講談社文庫

箱の中

木原《このはら》音《なり》瀬《せ》

講談社

目次

箱の中……7
脆弱な詐欺師……163
檻の外……293
解説　三浦しをん……445

箱の中

箱の中

僕は、何も悪いことなんてしていません。

二週間の新人研修を終えたあと、堂野《どうの》崇文《たかふみ》が配役されたのはN刑務所第八工場だった。自分よりも明らかに年下であろう刑務官に「午前中は作業の見学をしていろ」と言われ、指示されるまま担当台の隣に二つ並んだ机の左端に立った。工場の中は学校の教室を二つ合わせたぐらいの広さがある。部屋は十字の通路で四つに仕切られ、作業場は通路よりも二十センチほど高くなっていた。

第八工場は縫製が主で、作業場の前から後ろまで数十台のミシンが等間隔でずらりと並び、ダダダ、ダダダと地鳴りのような音を響かせている。

九月の初め、まだ気温は高い。立っているだけで背中にジワリと汗が滲む。体臭混じり、男の集団独得の汗臭さが鼻につく。左側にある格子のついた窓は全開だが、風は吹き込んでこない。もちろん、この中には扇風機などない。そしてねずみ色の工場衣を着た男達が、額に汗をかきながら一心不乱に縫っているのは、婦人用の毛皮のコートだった。

「願います」と右手を上げ、四十前後の男がミシンの前で大声を出す。担当台に立っていた刑務官がサッと指差すと、男は「糸補充です」と声をあげた。許可が下りると、工場の後方にある棚まで小走りする。糸を手に、その場で再び「願います」と声をはり上げる……。

新人研修の時に、刑務所生活の『手引き』なる冊子を渡された。そこには一日を分刻みにした生活スケジュールや、雑居房内、工場内での過ごし方、禁止事項が事細かく記されていた。刑務官の許可がないと、たとえ仕事の用であっても自由に歩き回ることはできないと知っていたし、長い拘置所生活で束縛される生活に慣れてはいたものの、ここでの締めつけの厳しさはその上をいく。新入りが入ってきても、わき目もふらず縫い続ける姿が、徹底ぶりを表していた。

ミシンの音の狭間に、ジリジリと蟬の鳴き声が聞こえた。勤労意欲なるものが湧いてくるはずもなく、ただ目の前の現実を凝視する。どうして自分はこんな場所にいるんだろうと思った。汗をかきながら、同じように汗だくになって縫い物をする男達を見ているんだろうと。

『どうして僕が？』

それは、警察に捕まった時から拘置所で過ごした一年半、そして今の今に至るまで何百回、何千回、何万回と繰り返された疑問だった。

忘れもしない一昨年の春、三月十六日の午後七時過ぎだった。仕事を終えて帰る途中、乗り換え駅のホームに降りた堂野は、いきなり背後から腕を摑まれた。振り返ると女が立っていた。二十代前半だろうか、短い髪で綺麗な顔をしていた。

「この人、痴漢です」

女は大声で叫んだ。周囲を歩いていた人の視線が、自分達に注目する。身に覚えのなかった堂野は「僕は何もしていません。人違いじゃありませんか」と否定した。女は「ごまかさないでっ」と興奮し、近くにいた別の若い女まで「私も見てました」と言いはじめた。自分を取り巻く不穏な空気。何もしていないのに、周囲の視線は『お前じゃないか』と言っている。

「本当に僕じゃありません」

「一緒に来て！」

女に腕を摑まれたまま、堂野は駅事務室に連れていかれた。何度駅員に「僕はやってません」と訴えても、まともに話を聞いてもらえない。ほどなく警察官が来て「署で話を聞くから」と言われた。無実なのだから、話せばわかってもらえると思っていたのに、刑事は「お前がやったんだろう」の一点張りで、こちらの言い分は一切、信じてくれなかった。

そのまま留置場に拘束され、一度も家に帰れないまま毎日のように取り調べられた。刑事は飴とムチの要領で「お前がやったんだろう。白状しろ」と凄んだあとで「さっさと認めちゃえよ。そしたら罰金三万ですむよ」と懐柔しようとした。けれど堂野はやってもいない罪を認めるのが嫌で「やっていません」と拒否し続けた。まるで悪夢のような日々だった。ストレスで髪の毛が抜け、胃が痛み、体重が十キロも減った。「お前がやったんだろう」と繰り返し責めたてられているうちに、だんだんと頭の中がおかしくなってきて、やってもいないのにやってしまったような気持ちになるのが怖かった。

証拠はなく、あるのは女の証言だけ。自分は『無実』を訴え続けている。こんな状況で起訴されるはずがなく、二十日間の勾留期限が過ぎれば釈放され、家に帰れると思っていた。

勾留期限の最終日、堂野は起訴された。……目の前が真っ暗になった。何度か保釈を申請したものの認められず、有罪判決が出るまでの一年半を拘置所で過ごした。三畳ほどの小部屋で一人、『どうして自分がこんな目にあわないといけないんだろう』延々と考えた。

最終的に堂野は二年の実刑判決を受けた。一貫して否認を続けていたので『反省がない』と裁判官の心証も悪く、加えて女が『毎日のようにあの男に痴漢された』と証言したために『常習性がある』『計画的で悪質』と判断され、初犯でありながら執行猶予がつかなかった。通常、未決勾留日数……刑が確定するまで拘置所に拘禁されていた期間……は、刑期から差し引かれるが、それも八割方しか考慮されず、約十ヵ月の服役が決定した。

起訴された時、弁護士は「犯行を認めませんか？」と堂野に勧めてきた。起訴されてしまったら、無罪になる可能性はほとんどない。否認を続ければそれだけ刑も重くなるからと。

「無実だから戦いたいという堂野さんの気持ちはわかります。でもこれが現実なんです。嘘でも罪を認めれば、執行猶予がつきます。拘置所を出られますよ」

絶対に首を縦に振らなかった。ここまできて、認められるかという意地もあった。判決が出た時、堂野は死のうかと思った。仕事は解雇され、一年半も狭い場所に閉じ込められた挙げ句、前科がついた。あの日、あの時、満員電車に乗ったばっかりに……。それでも、本当に自分が悪いならまだ諦めもついた。

キーンコーンと鐘の音が工場内に響いた。

「作業やめ、整列」

かけ声に、ミシンの音がピタリと止まる。全員がすみやかに通路へ整列し、点検を受ける。

「145番、堂野」

壇上にいた刑務官に呼ばれ、堂野はビクリと背中を震わせた。そろりと振り返る。

「三班の最後尾について食堂に入れ。三班班長、芝《しば》。挙手」

左端に立っていた五十代半ばの眼鏡の男が、ピシッと右手を上げた。

「あそこに行け」

挙手した男の傍に駆け寄っていく。足がもつれて、あやうく転びそうになった。三班班長の男は目が合うと、ニッと笑いかけてきた。

「そこの背ぇ高い奴の後ろに並んで。食堂の席もそいつの隣だから」

一九〇近くありそうな男の後ろに並ぶ。するとさっそく列が動き出した。食堂に入ると、全員が無言のまま席につく。堂野も教えられたように、背の高い男の隣に腰掛けた。工場担当の刑務官の合図で、一斉に食事がはじまる。メニューはイカと大根の煮物、卵焼き、ほうれん草のおひたしに麦飯。味は大味で、量も多くない。食欲もなかったので、半分以上残して箸を置いた。「ごちそうさま」の号令で食事が終わる。空食器を流しに下げてからは、それまでの沈黙が嘘のように周囲は雑談とテレビの音で騒がしくなった。

席を立ったり、本を読んだりする輩《やから》もいたが、堂野は自分の席に腰掛けたまま、俯き加減に汚れたテーブルを見ていた。拘置所は一人部屋なので、面会がなければ人と話をすることはなかった。誰とでもいいから喋りたいと思っていたのに、ここに来た途端その気も失せた。みんな一癖ありそうな顔をしている。当たり前だ。ここにいるのは本物の『犯罪者』なのだから。

「ようっ」

顔を上げると、向かい側に座っていた四十前後、馬面で斜視の男が声をかけてきた。

「初日だと緊張するだろ。でもま、すぐに慣れるさ」

作業場内では無関心に思えたのに、今は露骨なほど周囲の視線を感じる。

「ところであんた、いくつ?」

距離があるのに口臭がする。魚の腐ったような臭いに、思わず眉をひそめた。

「三十です」

男は「ふうん」と呟いた。

「で、何やった?」

「……僕は何もしていません」

小さな声で答える。男は笑った。

「何にもしてなくて下獄《げごく》してくるわきゃないだろ。窃盗、それともヤクか?」

「冤罪《えんざい》です」

男は「はっ？」と眉をひそめた。

「僕は冤罪なんです」

一瞬だけ周囲は静かになり、すぐまたザワザワと騒がしくなる。斜視の男は「そりやまた」と呟いて額を押さえ、肩を震わせるようにして「ハッ、ハッ」と笑った。

「何もしてねえでムショに入るなんざ、随分とモノズキだな」

ヒヒッ、ハハッと周囲から下卑た笑い声が聞こえる。堂野は俯き、膝の上に置いた両手を強く握り締めた。それから二、三人に声をかけられたけれど、テーブルに突っ伏し寝ているふりをして無視した。


堂野が入れられた雑居房は三〇六号室で、五人部屋だった。八畳ほどの広さがあり、右の奥に上半分がガラス張りになったトイレ、左にステンレス製の簡素な流しがあった。壁には個人用の小さな棚がタオルかけと共に設置されている。布団は一人分ずつ壁際に寄せられ、上に載せられたパジャマやシーツは皺一つなくきれいに畳まれていた。

工場で三班の班長だと言っていた芝も、同じ房だった。十六時二十分に仕事が終わり、点検。房に帰ってきて点検。そして夕食と分刻みのスケジュールが一息ついたのは、夕食が終わった十七時三十分頃だった。

長方形の折りたたみ式の長テーブル、背の高い男の隣が自分の『場所』になった。自由な時間とはいえ、用もないのに部屋の中を歩き回ったり、寝転がったりしていると刑務官に注意される。それは拘置所にいた時と同じだった。

房に入って驚いたのは、中にテレビが備えつけられていたことだ。拘置所にはなかった。食堂にあるのは見たが、房内にまで置かれているとは思わなかった。「堂野」と呼ばれて振り向くと、芝が眼鏡の奥の目を細めて「テレビ視聴は十九時からな」とニッと笑った。

「担当や掃夫《そうふ》に一通り話を聞いていると思うけど、何か困ったことがあったら聞いてくれ。俺は工場の班長をしているけど、房の房長は一週間交替で順番に回ってくるから。それと寝る場所はトイレの横な。臭いと思うけど、新入りはそこからってのが慣習だから。心配しなくても、一週間したら寝る場所も順にずれてくよ。あとはま、みんなに迷惑かけないようにやってくれ。それと注意を受けて点数を引かれないようにな。テレビ見られなくなるから」

わかりました、と堂野は答えた。

「一応、自己紹介をしておくよ。俺は芝。三班の班長で、今週は房長をやっている。で、お前さんの隣にいる背の高いのが喜多川《きたがわ》。房の中じゃ一番若い、二十八だったたかな」

喜多川と呼ばれた男は、能面のように表情がなかった。目だけでチラと堂野を見る。新入りには興味ナシといった態度だった。

「俺は三橋《みつはし》」

喜多川の向かいにいた三十代前半、自分と同い年ぐらいの男が名乗りをあげた。

「俺は年内に仮釈放なんだ。短い付き合いだけど、よろしく」

ニコリと笑う。丸顔で人懐っこい男だった。物腰も柔らかく顔立ちも優しい。坊主頭で舎房衣を着ていなければ、犯罪者には見えなかった。

「で、三橋の隣にいるのが公文《くもん》」

食堂で堂野のことを「モノズキ」と言い放った斜視の男だった。公文は唐突に「刑期は？」と聞いてきた。返事をしたくなかったけれど同じ房の男だし、最初から揉めごとはおこさないほうが賢明な気がして、仕方なく答えた。

「十ヵ月です」

公文は「十ヵ月ぅ」と細い目をさらに細めた。

「ションベン刑かよ」

何を言われているのかわからず首を傾げると、三橋が「一年以内の短期刑のこと、ここじゃそう言うんだよ」と教えてくれた。

「昼に聞いた時は冤罪って言ってたよな。けどムショにブチ込まれるには、それなりの立派な罪名がついてんだろ」

言い方がいちいち癪に障る。それを顔に出さないよう淡々と答えた。

「強制わいせつ罪です」

公文は「真面目なツラして、女に手ぇ出したか」と舌打ちする。堂野は慌てて否定した。

「ち、違います。僕は痴漢と間違われたんです」

あ、でもーと三橋が話に割り込んできた。

「堂野さんて初犯だよね。強制わいせつの初犯で実刑って厳しくない？　普通は執行猶予がつくもんじゃないの？」

「最高裁で、上告棄却されたんです」

三橋は「へえー」と目を丸くした。

「痴漢で最高裁か。けど痴漢ぐらいなら示談で何とかならなかったの？」

今となっては何もかも遅い。堂野は俯き、テーブルの木目をじっと見つめた。拘置所で過ごした長い時間、多額の弁護士費用、それらを全て無駄にするような有罪の判決。こんなことなら、最初に嘘でもいいから痴漢を認めていれば、三万円の罰金と略式起訴でその日のうちに釈放されていた。両親や妹に迷惑をかけることもなかったし、職場だって辞めなくてすんだかもしれない。……胸がズキリと痛んだ。無罪を信じて我慢した一年半はまるでゴミの日々だ。

「まぁ、人生には色々なことがあるさ。これも勉強だと思って我慢するんだな」

諭すような芝の言葉にムッとした。何が勉強だ。犯罪者に交じって刑務所に入り、規則でがんじがらめの生活を送りながら、単純作業を続けることに『学び』などない。あるのは『屈辱』だけだ。

急に気分が悪くなって、トイレに駆け込んだ。案の定、夕食を丸ごと吐いた。流しで口をゆすぐ。喉の奥がヒリヒリした。一人になりたい、一人になりたい……だけど、ここじゃそれも敵わない。横になりたくても、仮就寝の時間じゃないから、刑務官に見つかったら注意される。自分の『場所』である座布団の上に座り、堂野はテーブルに突っ伏した。

「おい、大丈夫か」

芝が声をかけてきた。顔を上げずに「ええ、まあ」とおざなりに返事をする。

「腹具合でも悪いのか？」

「いえ……少し疲れてるだけだと思います」

うつ伏せのままジッとしていると、誰も話しかけてこなくなった。胃の底がシクシクと痛む。知らず目尻に涙が滲んだ。

「そういや田岡《たおか》ってもうすぐ仮出所だろ。昨日の風呂ん時に、人の前でチンコ振りやがるから何かと思ったら、玉が増えてんだよ。よくやると思ったね」

公文の声だった。

「でもあの人、入れすぎてボコボコだろ。葡萄《ぶどう》みたいで気持ち悪いんだけど」

三橋が間延びした声で応える。

「葡萄ぐらいうまけりゃいいけどな」

芝の突っ込みに、笑い声が重なる。ペニスに玉を入れるのは、ヤクザだけだと思っていた。自分には縁がないと思っていた事柄が、ここでは日常かと思うとうんざりする。

「そういや田岡さんって何で入ってたんだっけ？」

三橋の問いに、公文が「殺しだよ、殺し」と平然と口にする。殺し……の単語に、ドキリとした。顔を上げる。

「浮気相手の女にイロができて殴り殺したんだよ、確か」

芝が顎先を擦りながら、補足する。

「それにしても軽くないですか？　四年……五年でしょ」

納得がいかないといった表情で、三橋が眉間に皺を寄せた。

「傷害致死だったからね。懲らしめるつもりで殴ったら、相手が勝手に死んだとか何とかぬかして、それが通ったらしいよ」

芝の言葉に、三橋が「ふうん」と相槌を打つ。

「人を殺して四、五年か。軽いよね」

ゾッとした。人を殺したとか、尋常じゃない。尋常じゃないのに、普通に話をしている。……キーンコーンと室内のスピーカーから、学校のチャイムに似た電子音が聞こえた。話をやめ、みんなが一斉にテーブルや座布団を片づけはじめる。布団が敷かれ、着替えはじめた周囲に急かされるように堂野もパジャマに着替えた。脱いだ舎房衣は、隣を真似て布団の頭許に畳んで置いた。

布団は、汗と体臭が入り混じった独特の臭いがした。トイレの隣だったので、便臭が強い。テレビがつけられたが、やっていたのはバラエティ番組だった。人の笑い声が煩わしい。だけど消してくれとは言えなかった。

うつ伏せになり、枕に顔を押しつけじっとしていると、足許からじわじわと虚しさがこみ上げてきた。どうして自分は、こんなに臭くてうるさい場所で、本物の犯罪者に交ざって寝ているんだろう。

悪いことなんて何一つしなかった。中学、高校とも無遅刻無欠席で、皆勤賞をもらった。大学ではエチオピアの恵まれない子供を支援するボランティア団体に入っていた。市役所に就職してからも、休んだのは風邪をこじらせた一日だけ。ひたすら真面目に、真面目にやってきた。そんな自分のどこが悪くて、こんな目にあうのだろう。全ては「運が悪かった」の一言で片づけられるのだろうか。

就寝の時間を知らせる音楽が鳴り、テレビが消された。部屋が暗くなる。ものの十分も経たないうちに、ギリギリと歯軋《はぎし》りが聞こえてきた。耳を塞いでも響いてくる。苛々して何度も寝返りをうち、フッとため息をついて横を見ると、隣の男と目が合った。暗い中、その目が光っているように見えてギョッとする。房で一番若い、喜多川という男だ。喜多川は酷い歯軋りの根源である公文の頭許の畳を、拳でドンと叩いた。騒音のような歯軋りが嘘のようにぴたりと止まる。そういうものらしかった。

「あ、ありがとう」

礼を言うと、喜多川は愛想程度にも笑わずフイッと顔を背《そむ》けた。歯軋りがおさまると、また便臭が気になってくる。刑務所、雑居房での初日。堂野は一睡もすることができなかった。

起床は六時四十分。起きてすぐに着替え、布団を畳み、掃除に取りかかった。分担は週ごとに変わるという話だったが、新入りの堂野はトイレ掃除を割り当てられた。赤い目で寝不足の原因になったトイレを掃除するのは、何とも皮肉な心持ちだった。

掃除が終わると点検、そのあとに食事がはじまる。五分程度で朝食を掻き込み、歯磨き。『出寮開始』のアナウンスが流れ、ほどなくして担当が部屋の鍵を開け「出寮」と声がかかる。廊下に出て、整列。私語は禁止で、二列になって静かに歩く。工場に入る前、検身場で舎房衣を脱ぎ、下着だけで職員の前を通ると、隣にある部屋で工場衣に着替えた。工場内に入っても点呼、そのあとで天突き体操という奇妙な体操をやらされてから、作業に取りかかった。

堂野に与えられた仕事は、仕付けをうった裏地の部分を縫う仕事だった。前日、班長に教えてもらったはずなのに、ミシンの糸掛けの順番が思い出せない。こういう場合は、作業指導を願い出ればいい。班長の芝さんはどこにいたかなと思い、背後を振り返った途端「こらぁっ」と怒鳴り声が飛んできた。全身でビクリと震える。工場担当の刑務官が飛んできて「今、何をしていたっ」と恐ろしい形相で詰め寄ってきた。

「作業中は脇見禁止だろうがっ」

「あ……その、班長を……さ、作業指導……」

怒鳴り声と、相手の放つ威圧感に声が小さくなっていく。刑務官が片目をクッと細めた。

「お前、新入りだな」

「はい」

「工場内は脇見禁止だ。作業指導を願いたかったら、挙手をして申し出ろ」

「はい……」

刑務官が「三班班長、作業指導だ」と怒鳴った。芝が担当台の前まで行き、作業指導の札を取って堂野の傍にやってきた。

「い……糸掛けを……」

怒られた余韻があるのか、指先も声も震える。芝は「糸掛けね」と言って、ゆっくりとミシンに糸をかけてくれた。

「昨日、初めて触ったって言ってたもんね。慣れるまで大変だと思うけど、ゆっくりでいいから丁寧にやってよ。曲がったりはみ出したりしたら、糸を外してやり直していいから」

芝が行ったあと、堂野は作業をはじめた。仕付け糸に沿って縫えばいいだけだ。わかっているのに、指先が震える。一緒に縫ってしまいそうで怖い。奥歯を嚙み締め、足許にある電動ペダルを踏んだ。加減がわからなくて、縫う速度が遅くなったり速くなったりする。

結局、縫い目が蛇行してしまい糸を解いた。縫い直しても縫い直しても仕付けの部分を縫えない。何度も糸を外しているうちに、苛々してきた。どうして自分は縫い物なんかしないといけないんだろう。どうしてこの糸は、こんなに絡んで外れにくいんだろう。手にしている布地を投げ出したい衝動を堪え、絡んだ糸をちまちまと外す。

「作業やめ、整列」の声で堂野は顔を上げた。周囲の人間が動き出し、みんなについてあたふたと廊下に下りた。昼になるのが早い。結局、午前中に一枚も縫い上げることはできなかった。

昼食を終えると、堂野は食堂の奥にある本棚に近づいた。ぼんやり座っていると誰かに声をかけられそうだった。昨日、公文に「モノズキ」だと言われた記憶が蘇る。多かれ少なかれそう思われているとしたら、もう誰とも話をしたくない。本棚に置かれてある本は、古本屋も敬遠しそうなほどくたびれたものが多かった。一番下の段にある、うっすらと埃の積もった一冊を取り出す。開くと同時に、背表紙から本の中身が外れてダランと垂れ下がった。

「堂野さん」

振り返ると、芝が背後に立っていた。

「仕事、どう」

「……あまり進みません」

芝は「ミシンは慣れるまで使いづらいからね」と苦笑いした。そして堂野の手許にある崩壊しかけた本にチラと視線を走らせる。

「本、好きなの？」

「ええ、まあ」

「読書とか好きそうだよね。賢そうだし」

親切で声をかけてくれたのだろう。それなのに「賢そう」という言葉が皮肉に聞こえて仕方なかった。

「他にすることがないので」

芝は一瞬、奇妙な表情をしたものの、誰かに呼ばれて離れていった。一人になれたことに安堵する。彼は犯罪者だ。ここにいる自分以外はみんな、悪いことをしている。まともなのは自分だけだ、そう思った。


夏の残影が消え、朝には肌寒さすら覚えるようになった十月の初め、妹の朋子《ともこ》が面会に来た。刑務所に来てから会うのは初めてで、アクリル越しに見る顔は少し痩せたように見えた。

「父さんと母さんは元気か？」

聞くと、朋子の頰が僅かに引き攣《つ》れた。俯き加減に「母さん、胃潰瘍《いかいよう》で入院しているの」とポツリと呟く。

「疲れもあったみたい。だけどもうすぐ退院できるから、心配しないで。今日も面会に来たがってたんだけど」

堂野は膝の上の両手を強く握り締めた。母親は優しく、大雑把で元気な人だった。それが胃潰瘍……ストレスからだろうか。ショックだった。

「兄さんはどう、辛いことはない？」

「僕は平気だよ。全然平気だから」

「それならよかった」と妹は息をついた。

「一つ、話しておこうと思うことがあるの。父さん、母さんとも話し合ったんだけど、再来月に今の家を引っ越すことになったから」

堂野は「えっ」と声をあげた。

「父さんと母さんは、福島のおばあちゃん家に行くって。私は仕事があるからこっちに残って、アパートを借りるつもり」

「ど、どうして引っ越したりするんだよ。それに父さんはまだ定年じゃないだろ」

妹は目を伏せた。

「そうだけど、もう会社を辞めるって」

短い沈黙。堂野は恐れていたその言葉をとうとう口にした。

「……僕のせいか」

「違うの、兄さんは全然悪くない。私達は兄さんの無実を信じているけど、近所の中には口さがない人もいるから」

「けど、そんな逃げるような……」

妹は「ごめんなさい」と頭を下げた。

「一番辛いのは兄さんよね。わかってる。わかってるけど、私も母さんも父さんもみんな疲れてるの。人から色々と言われるのが辛くて……」

脳裏に、住み慣れた我が家の風景が蘇った。堂野が小学校四年の時に父親が買ったマイホーム。ローンが終わったのは一昨年のことだった。ようやく自分の持ち家になったと父親は笑っていた。住み慣れた家。だけど出所する頃には、他人の家になっているかもしれない。

職をなくし、自由を奪われ、家族に迷惑をかけた。その上、思い出の詰まった場所までなくなってしまう。信用、人徳、一年半でなくせるだけのものをなくしたが、まだ毟り取られるものがあるとは思わなかった。

「私、もう部屋を決めてきたの。ロフトつきでね……ロフトって今は流行ってないらしいけど、憧れだったから」

妹は明るい調子で話しかけてくる。自分も辛いはずなのに、こちらを気遣う優しさに堂野も暗い顔をしてはいられなかった。

「部屋を借りなくても、安岡《やすおか》君と住めばよかったじゃないか」

茶化したつもりだったのに、妹はギクリとした顔をした。捕まる一ヵ月ほど前、安岡という男が妹をお嫁にくださいと挨拶に来た。両親も堂野も喜んで、結納や式の日取りをどうしようと話をしているうちに捕まってしまった。それからは自分のことで手いっぱいで、妹のことを考えてやるような余裕はなかった。

「えっと……アレね、駄目になった」

あっさりと妹は言ってのけた。

「性格が合わなかったっていうのかな。そういうのって仕方ないよね」

本当に、本当に性格が合わなかっただけかと、聞きたかったけど聞けなかった。聞くのが怖かった。十五分の面会時間が終わり、妹は下着と靴下、金を差し入れて帰っていった。

工場に戻ってからも、仕事に集中できなかった。家の引っ越し、母親の入院、婚約者と別れた妹……それらが順に頭の中を回る。あの事件は自分だけではなく、自分を取り巻く周囲の人々をも巻き込んで壊していく。

あの日、電車にさえ乗らなければ。あの日、女の後ろに立っていなかったら。最初、刑事に言われたように示談ですませていたら。嘘でもいいから「自分がやりました」と言って、三万前後の罰金を払い謝罪していたら……。

正義を信じて、正しいことはいつか理解してもらえると信じて、最後まで裁判で闘ったことの意味は、どこにあるんだろう。正しいはずだと信念を貫き通した自分に与えられたのは、強制わいせつ罪の前科と十ヵ月の刑務所生活。

ミシンを踏む足が止まった。もし自分に悪いところがあるなら、教えてほしかった。この状況に値するほどの罪を犯しているなら、説明してほしかった。胸の中が苦いもので満たされ、瞼が熱くなる。思わず泣きそうになり、歯を食いしばってミシンを踏んだ。

ガガガ、ガガガとミシンの騒音にまみれながら刹那、『死にたい』と思った。

昼休憩は二十分だった。いつにも増して短いのは、運動があるからだ。食事は全くといっていいほど手をつけなかった。妹との面会のあとで色々と考え込んでしまい、胸が重苦しくて食べられなかった。

昼休憩のあとは、縫製工場の全員が運動場へ出た。簡単な体操をしてからは、それぞれが運動場に散らばって自由に過ごす。ソフトボールをする者、周囲で応援する者、一人で黙々と腕立てをする者、ただ集まって噂話をする者。堂野はどこの集団にも属さず、日当たりのよい塀の下に一人で腰を下ろした。最初の頃は「ソフトボールをしないか」と誘われたこともあったけれど、球技は苦手だからと断った。苦手なのは本当だが、他の懲役《ちょうえき》と親しくなりたくないというのが本音だった。

強盗や覚醒剤の話が当たり前のように飛び交う中にいると、どこからが間違いでどこからが正しいという自分の物差しが狂いそうになる。自分まで『悪いこと』に影響され普通の感覚をなくしそうだ。

夕方、食事を終えると就寝まで食堂で借りてきた官本を読みふける。聞かれたこと以外は喋らなかったし、自分からは声をかけない。はっきり「関わらないでほしい」と言わなくても、そういう雰囲気は相手に伝わるのか、最初は何かにつけ声をかけてきていた芝や公文も、今は何も言ってこなくなった。交流がないと、情報は断絶する。雑居房に入ってそろそろ一ヵ月になるが、同じ房の人間が何の罪で服役し、刑期がどれぐらいなのか堂野は聞いたことがない。刑務所の中で、受刑者は自分達のことを懲役と呼ぶ。そんなことも、ついこの間まで知らなかった。

「何してんの？」

声をかけてきたのは同房の三橋だった。

「別に……」

ヨイショと呟きながら堂野の隣に腰を下ろした三橋は「今日は天気いいよね」とニッと笑いかけてきた。どうして隣に座るんだろうと思いつつ「そうですね」と答える。すると何の前置きもなく「あのさ、大丈夫？」と言われた。

「何がですか？」

「いや、面会のあとでちょっと様子がおかしかったからさ。大丈夫かなと思って」

鋭さに、ドキリとした。

「面会のあとで崩れちゃう人、多いんだよ。俺でよかったら、話を聞くよ」

そう言ったあとで「あ、ムリに喋ろうとしなくてもいいからね」と付け足した。

「もうすぐ俺、仮出所だろ。けど君のことは何か気にかかるっていうか……」

奥歯に物が挟まったような歯切れの悪い口調。「ああ、もうっ」と呟いて後頭部を掻き上げ、三橋は「本当のこと言うとさ」と切り出した。

「ここじゃ誰にも言ってないけど、俺も本当は冤罪なんだよね」

堂野は驚いて目を見開いた。

「ここで冤罪なんて言ったら、みんなに煙たがられるからずっと黙ってたんだ。だから君のことは勇気があると思ってたよ」

「三橋さんは、どうして捕まったんですか？」

思わず身を乗り出していた。

「知り合いにハメられたっていうのかな。双方同意の上で取り引きしたのに、向こうが警察に被害届出しちゃってさ。警察って被害者の証言が絶対ってトコがあるだろ。俺の言い分なんて全然聞いてくれなくてさ、詐欺で有罪だよ」

自分の体験がまざまざと蘇る。何度「違う」と言っても、聞いてくれなかった刑事。被害者の言葉だけを一方的に信じて、都合のいいように作られる調書。「電車の中でさ、目の前に若くて綺麗な女がいたら悪い気はしないだろ？」と言われ、世間話だと思って「そうですね」と答えると、調書に『若い女性が目の前に来て、悪い気はしませんでした』と記載されたこと。そんないい加減な調書が、法廷の場で絶対の力を持つこと。

「俺と同じだと思うと、ほっとけなかったっていうかさ。君は刑期も短いし、自棄《やけ》にならずに頑張ってほしいと思うよ」

胸の底がジワッと熱くなった。近くに、こんな風に自分のことを理解してくれる人がいるなんて思わなかった。どうにも我慢できなくなり、堂野は自分がなぜ痴漢と間違われ、どんな取り調べや裁判を受けて今に至ったかを、握った手のひらに汗をかくほど興奮しながら喋った。そして自分はわかってほしかったんだと悟った。理解してもらいたかった。聞いてほしかった。自分の気持ちを……。

話し終えたあと、三橋は放心する堂野の肩をポンポンと軽く叩いた。自分の中の鬱屈としたものを吐き出した解放感と心地よさで、少し泣いた。刑務所に来て初めて、自分をわかってくれる人と出会えた、そんな気がした。

堂野は三橋と急速に仲良くなった。自分と同じ冤罪、罪を犯した人間ではないと思うと、身構えることなく安心して話をすることができる。聞けば、三橋は自分と共通する部分が多かった。「孤立したくないからみんなと話を合わせているけど、盗みと覚醒剤の話はもううんざりなんだよ」と漏らすのを聞いた時は、堂野も思わず「僕もそうなんです」と相槌を打っていた。房の中で懲役と話をしている時には気づかなかったけれどかなりの博学で、貿易会社を経営していた関係で英語と中国語を話せると言っていた。

心を許せる友人もでき、房での生活にも慣れた十一月の初め、散髪があった。散髪は二十日に一度あり、堂野はここに来て三度目の散髪だった。

散髪の日は、朝から憂鬱になる。中学生の坊主のように頭を丸められてしまうのが、懲役の象徴みたいで嫌だった。散髪のあった日の夜は必ず、それぞれの頭の剃り具合が話題になる。誰は短い、誰は長い、かっこうがいい、かっこうが悪い……呆れるほど同じ会話が延々と繰り返される中、堂野は一人、官本を読んでいた。一昨日、隣の工場の本とそっくり中身が入れ替わった。新しい本に目移りして何を借りるか迷ったけれど、結局十年前のベストセラーにした。

「散髪ってさ、どうして富《とみ》ジイなんだろうな。もっと手先の器用な奴にすりゃいいのに」

左右のもみ上げの長さが違っていたので、自らシェーバーで整えざるをえなかった公文が、鼻の頭に皺を寄せ、渋い顔をした。

「富ジイなら、揉めごとがおこらないだろうって刑務官も考えたんだろ。髪の長さが変だとか云々で、前に殴り合いのケンカがあったからな。若い奴だったら文句の一つも言ってやろうと思うけど、あんなヨボヨボの富ジイにケンカ売るなんて、こっちの度量を疑われる」

芝も苦笑いしながら「俺も出来が今ひとつだったよ」と頭を擦った。

「今回は喜多川がアタリなんだよ。長さも揃ってるしな」

公文が喜多川の頭をグリグリと撫で回した。迷惑そうに目を細めるものの、喜多川は何も言わない。

「頭の形がいいから、刈りやすいんじゃないの？」

そう呟いた三橋と、目が合った。

「堂野も頭の形がいいよな」

テーブルの上に身を乗り出し、三橋は堂野の頭を撫でた。

「うわっ、お前って髪柔らかいなあ。猫っ毛か」

「ちょっと、くすぐったいですよ」

笑うと、三橋も少し笑った。ふと、視線の気配を感じて横を向くと、喜多川と目が合った。恐ろしく表情のない目が、じっとこちらを見ている。何だろうと思っていると、すぐに視線は逸らされた。

翌日は入浴日だった。入浴の時間は日によってまちまちで、午後の遅い時間に入る順番になると、湯船に垢が浮かんでいてうんざりするが、今日は時間が早かったので湯はきれいだった。十五分という短い入浴時間で手早く洗体、洗髪をすませ湯につかる。実際湯に入っていられるのは五分前後、刑務官の合図で湯船からあがり、脱衣所に移動した。

「嘘つき」

俯いて髪を拭っていた時に、声が聞こえてきた。顔を上げると、隣に喜多川が立っていた。表情のない目が堂野を見下ろす。

「三橋」

それだけ言うと、フイッと顔を背けた。まともに言葉を交わしたことのない男にいきなり謎めいたことを言われて、堂野は首を傾げた。三橋が嘘つきという意味だろうか？　だけど彼は気のいい男だし、嘘をつくような人間じゃない。三橋は風邪気味で今日は入浴禁止になっている。いない時を狙ったかのように声をかけてきたのが気になったが、それも房に戻れば忘れてしまう程度の些細なことだった。

翌日は運動日になっていた。堂野はいつものように三橋と二人、塀の下に座りソフトボールをする懲役をぼんやりと見ていた。

「喜多川って……」

三橋が「なに？」と問い返した。

「喜多川って、何やったんだろう」

「何って、罪状のこと？」

浅く頷く。三橋は知っている風だったが、口にするのを躊躇《ためら》うような素振りを見せた。

「知ってるんですね」

「本人から聞かなくても、別口から話が入ってくるし。何、あいつのことが気になるの？」

「ええ、まあ」と堂野は歯切れの悪い返事をした。

「この前、彼に『嘘つき』って言われたんです。そのあとで『三橋』って言うから、少し気になって」

「それってさ、俺が嘘つきってこと？」

微妙に険を含んだ言葉に、気を悪くさせてしまったかもしれないと思い焦った。

「いや、そうじゃなくて、その……喜多川とはあまり話をしたことがないのに、急に変なこと言うから……」

三橋は神妙な面持ちで「堂野」と呟いた。

「喜多川には気をつけたほうがいい」

「気をつける？」

「無口でおとなしいけど、あいつはトラブルメーカーなんだ。急に切れて大暴れするらしい。何回も懲罰房に入っているから、仮釈放もないって噂だ」

喜多川にはクールで無関心というイメージがあり、切れると言われても想像できなかった。

「同房の奴を悪く言いたくないけど、関わらないほうがいい。あいつはタチが悪いよ。自分が気に入らない奴のことは、陰で担当の刑務官に言いつけるんだ。あいつにチクられて懲罰を受けた奴を俺は何人も知ってる。自分に仮釈放がつかないから、他人の仮釈放を潰して腹いせしているんだ」

仮釈放を潰されると聞いて、冗談じゃないと思った。カーンと大きな音が辺りに響く。ソフトボールが放物線を描いて、遠くへ飛んでいく。打者は喜多川で、勢いよく駆け出した。悠々とホームベースまで戻ってきた喜多川は、芝と公文に肩を叩かれている。楽しそうに見えた。

「こうやってボーッとしてるとさ、俺達は本当に懲役なのかって思うこと、ない？」

三橋がポツリと呟いた。

「人を一人殺しても、飯食って、寝て、ソフトボールなんかやって、笑ってるんだもんな」

殺人、という言葉が脳裏に浮かぶ。目が合うと、三橋は背の高い無表情な男を指さした。

「ここってもともと長期刑を主に収容しているムショなんだよ。けど短期刑の奴が増えて、そっちも入れるようになってから長期も短期もごちゃ混ぜになってるみたいでさ。俺らのいる第八工場は短期が主なんだけど、たまに喜多川みたいな長期の奴がいたりするんだよな」

刑務所だから、人を殺した人間もいるだろう。だけどそれが同じ房で、隣に寝ている男だとは思わなかった。

「直接本人から話を聞いたわけじゃないけど、ナイフで相手をメッタ刺しだったらしいぜ」

日差しは暖かいのに、氷の中に突き落とされたように背筋がゾッとした。

十一月も半ばを過ぎると、朝晩の寒さが厳しくなってきた。房内に暖房設備はあったが、三橋が来てから一度も使われたことがないという話だった。これからもっと寒くなると考えるだけで、寒がりの堂野は憂鬱になった。

朝から雨が降って肌寒い日だった。昼休み、堂野は三橋に呼ばれて食堂の本棚の隅に連れていかれた。

「俺、明後日にはここを出られそうなんだ。統計工場の奴が教えてくれた」

小さな声で囁いた。

「明日は出房停止になって、独居房に行くことになると思う。だから堂野と一緒に働くのも今日が最後になりそうだ」

何でも相談できる男がいなくなる、そう思うと急に心許《こころもと》なくなる。不安な気持ちが顔に表れていたのか、三橋は苦笑いした。

「堂野も仮釈放をもらえばあと三、四ヵ月だろう。頑張れ」

友達の仮出所を素直に喜んであげられない自分を嫌悪しつつ「外でも頑張ってください」と言った。三橋は周囲を窺うようにキョロキョロと見渡し、堂野の耳に口を寄せた。

「大きな声じゃ言えないけど、ずっと考えてたことがあるんだ。俺らみたいな冤罪って、けっこう多いと思うんだよ。そういう被害にあった人間を集めて、国を相手に訴訟を起こそうと思ってるんだ。堂野も出所したら、俺と一緒に戦わないか」

自分の無罪を証明するための戦い。胸の中で、トクンと何かが揺れた。どうしようもないと諦めていたものが、再び動き出す。

「た、戦いたい」

三橋はニッコリ笑った。

「そう言うと思ってたよ。こういう苦しさっていうのは、当人にしかわからないもんな。……塀の外で、お前を待ってるよ」

堂野は三橋に、実家の住所を教えた。三橋の住所も教えてほしいと言うと、出所後の居場所がまだ決まっていないから……と苦笑いしていた。

「三月に入ったら、俺から実家のほうに連絡するよ。それまでに、訴訟の準備を進めておくから」

最後まで頼もしい友人だった。翌日、三橋は独居房に移り、翌々日に出所した。一人残されてしまったようで寂しかったが、堂野は三橋に生きる目的をもらった。刑務所を出ても、正直何のあてもなかった。だけど自分を陥れた『悪』と戦うためなら、どんな苦しい状況にも耐えていけそうな気がした。

三橋が出所した翌日、柿崎《かきざき》という新入りがやってきた。二十七歳と若く、罪状は覚醒剤の不法所持。刑期は二年だった。歳が近かったこともあり、一方的に喜多川に懐いた。勝手に「兄ィ」と呼び、金魚の糞みたいに後ろをくっついて歩く。当の喜多川は我関せずといった顔で、全く相手にしていなかった。

柿崎は下ネタが大好きで、ペニスの形状についての話ばかりしていた。覚醒剤を使って、五日間ブッ続けでセックスしたのが自慢で、鼻高々で話す横顔からは、知性の欠片も感じられなかった。おまけにホモっ気があり、房の仲間に「抜かせてくださいよ」と真顔で言っては嫌がられていた。堂野も「溜まってますよね。俺とどうっスか」と迫られ、みんなに倣《なら》って無視していると、何も言ってこなくなった。入浴の際など、柿崎が隣で露骨に勃起しているのを見ると、呆れると同時にため息が出た。

仮釈放に響く懲罰を受けないよう、堂野は注意して毎日を過ごした。このまま懲罰を受けなければ、来年の三月中旬には仮釈放を受けられる予定だった。

堂野は公文に『ションベン刑』と言われたほど短期刑なので、等級が四級から上にあがらない。懲役には一級から四級までの四段階あり、級があがるにしたがって月の面会日や手紙を出せる日が多くなる。四級の堂野は面会と手紙の差し出しは月一回と決められていた。

十二月の初め、作業場でミシンを踏んでいると、工場担当に呼ばれた。面会と聞いても、素直に喜べなかった。会いたいけれど、自分のせいで家族の生活を変えてしまったかと思うと、顔を合わせるのが申し訳なかった。それでもせっかく遠くまで訪ねてきてくれたのに会わずに帰すこともできず、面会室に向った。

来ていたのは母親一人だった。拘置所での面会は私服だったが、ここではネズミ色の工場衣。いかにも受刑者という自分の姿を見せるのが切なくて、俯いた。

「元気?」

母親は刑務所に入る前に見た時よりも、明らかに瘦せていた。

「辛いことはない?」

雑居房の中は寒い。悪いことをした人間と一緒にいると、心が荒《すさ》んでいくような気がして怖い。時間だけは腐るほどあるから、自分のことばかり考えて、考えて、考えすぎて心が苦しくなる。

……本当のことを言ったら心配させてしまうから、首を横に振った。

「僕は大丈夫だよ。それより母さん、具合はどうなの? 倒れたって聞いたけど」

母親は目を潤ませ、ハンカチを目尻に押し当てた。

「かわいそうに……かわいそうに。こんなことになって……でも、もう大丈夫だからね。大丈夫……」

堂野は母親が「大丈夫」としきりに繰り返すことが気になった。

「高村《たかむら》さんに、よーくお願いしておいたからね。もう大丈夫よ」

「母さん、高村さんて誰？」

「お前の大学時代の友達じゃないの」

堂野は記憶をひっくり返してみたが、高村という名前の知り合いに覚えはなかった。

「警視庁にお勤めの高村さんよ。人づてにお前のことを聞いて、心配して家に来てくださったの。もっと早く自分がこのことを知っていたら、色々と打つ手があったのにと残念がってくれていたわ」

どうにも腑に落ちなかった。高村という知り合いはいないし、堂野が大学で所属していたのは理学部だ。警視庁を目指している奴なんて一人もいなかった。

「高村さんは警察の上の方に知り合いがいるから、お前のことを取り計らってくれるようお願いしてくださるって約束してくれたわ。心づけもお渡ししたし、もう大丈夫よ」

心づけと聞いて、堂野はギクリとした。

「母さん、お金を渡したの？」

母親は大きく頷いた。

「お前のためですもの。偉い人にお願いするのだから、それなりにこちらの気持ちをお伝えしないと」

「僕には高村なんて知り合いはいない。それは誰なの？　母さん、誰に金を払ったんだよ」

細い母親の顔が、みるみる青ざめていった。

「でも、でも、お前の知り合いだって……」

「どんな奴だったのっ」

高村は眼鏡をかけていて背が低く、小太りでお世辞にも美男子とはいえなかった。ただスーツを着ていたからちゃんとして見えた、と母親は言った。

「高村さんはお前がどこの刑務所にいるかを知ってたのよ。お前が刑務所に入ったってことはみんな知っているけど、どこの刑務所にいるかなんて誰にも話してない。だから……」

「母さん、僕は有罪になったんだ。刑が確定したら、それが覆《くつがえ》ることはない。冤罪でもそうだよ。上の人間に話したからって、今更どうにもならないよっ」

「それは母さん、知らなくて」

膝の上に置かれた母親の両手が、色がなくなるほど強く握り締められているのが見えた。

「いくら払ったの？　今からでもいいから、すぐに被害届を出して。そんな話、まともに信じるなんておかしいよ」

「わたしたちは、おっ、お前のためを思って……」

「いくら払ったのっ」

母親は震える声で「三百万」と呟いた。

「父さんともね、相談したのよ。でもお前のためだからって」

母親の声がどんどんと遠くなる。堂野は軽い眩暈を覚え、額を押さえた。


両親が誰に三百万という大金を支払ったのか、気になって仕方なかった。ただでさえ自分のせいで辛い目にあわせている両親から、更に金を毟り取るようなことをした男に、猛烈に腹が立った。けれど心当たりがない。自分がどこの刑務所に入っているかを知っているのは、両親と妹だけ。三人が喋らなければ、誰も知ることはない。

色々な可能性を考えているうちに、ふと三橋ではないかと思った。けど彼は背も低くないし、太ってもいない。そういう身体的な特徴は、変えることはできない。だから三橋でもなかった。じゃあ誰が……。堂野は朝から晩まで三百万円を奪い取った男のことを考えた。

母親が面会に来てから三日ほど経ったある日、作業中に下糸のボビンを入れる場所に上糸を入れようとしている自分に気づいて、ギョッとした。最初は考えごとをしていたからだろうかと思ったが、次は縫い誤った部分の糸を外そうとして、目打ちを手にしたつもりがハサミで、布地をジャッキリと切り落としてしまった。普通じゃ考えられないミスが続き、自分がおかしくなっているような気がして怖くなった。このまずっと三百万のことばかり考えていたら、変になる。何とか気を紛らわそうとしても、暇ができればやっぱりそのことを考えてしまう。

夕食後、堂野はいつものように借りた本を開いた。だけど一行も読むことができない。誰が両親を騙したのか、それればかりが頭の中をグルグル回る。

「堂野」

名前を呼ばれ、ビクリと震えて顔を上げた。

「明日は洗濯日だけど靴下、出すだろ」

芝が右手に持った紙切れをヒラヒラさせた。

「今出さないなら、明日の朝、洗濯袋に自分で入れてな。洗濯願箋は先に書いとくから。私物でいいんだよな」

「はい」

みんなの靴下をまとめて紐に通し、芝は洗濯袋に入れる。声をかけられたからではないけれど、誰でもいいから聞いてみたい衝動に駆られて、堂野は声をかけた。

「あの」

振り返った芝は「洗濯やめとく？」と首を傾げた。

「いえ、その……洗濯物じゃなくて、ちょっと聞きたいことがあって」

芝は「何？」と手にしていた洗濯袋を畳の上に置いた。

「自分がどこの刑務所にいるのかってことは、普通は家族しか知りませんよね」

「話さなきゃ知らんだろうな」

「そうですよね……」

口ごもると「何だ、何だ」と公文が話に首を突っ込んできた。

「何かあったか」

「いえ、別に……」

やんわりと話を逸らそうとしたけれど、公文と芝が執拗に「どうした？」と聞いてくるので、つい口を開いてしまった。

「実家のほうに僕の昔の知り合いだという男が来て、警視庁にいるから色々と手を打ってくれるって言ったらしいんです。それで両親が心づけを渡してしまって」

「ココロヅケって何ですかぁ？」

間延びした声で柿崎が聞いてきて、その後頭部を公文がスパンと叩いた。

「金だよ、カネ」

芝は「そうか」と呟き、公文に意味深な目配せをした。公文もチラと芝を見る。

「堂野、ここじゃ自分の住所や他人の住所を教えあうのは禁止だって知ってるよな」

芝の声は神妙だった。

「……ええ」

「誰かに教えたか？」

脳裏に、三橋の姿が浮かんだ。

「三橋に教えたか」

公文に言い当てられ、ドキリとした。

「でも三橋さんじゃないですよ。家に来たっていう男は、背が低くて小太りだったんです。彼とは体格も全然違うので」

芝は腕組みをし「ウーン」と唸った。

「三橋は仮釈放中だったよな。下手して仮釈放中に捕まったら、刑期が倍になる。賢い奴だから、危ない橋を渡るとも思えないんだが」

俺は三橋だと思うぜ、と公文はテーブルの上から前に身を乗り出した。

「堂野は刑期が短いからさ、三橋の仮釈放中に出てくるだろ。出てきてからじゃそういうネタで仕事はできねえから、やったんじゃねえの。自分でやるとアシがつくから仲間にやらせたとかな」

「そういうテもあるか」

芝と公文の話を聞いているうちに、堂野も三橋のような気がしてきた。だけど唯一心を許すことのできた男を疑いたくなかった。

「でも、三橋さんは言ってたんですよ。自分も冤罪だって。だから僕がここを出たら、一緒に裁判を起こそうって」

公文が「三橋が冤罪？　んなわけねえだろ」と吐き捨てた。

「あいつは根っからの詐欺師じゃねえか。一人暮らしの年寄り狙った訪問販売で、荒稼ぎしてたんだろ。得意気に話してたぜ」

目の前にザッと暗幕が引かれたような気がした。奴は冤罪じゃなかった。自分と同じじゃなかった。じゃあ出所したら一緒に戦おうと言ったあの言葉は何だったんだろう。三橋との会話がまざまざと脳裏に蘇る。貿易会社を経営していたというのも、外国語が話せると言っていたのも、全部嘘か？　自分に同情して、うんうん、わかるよと話を聞いてくれたあの真摯な態度も偽物か。

そういえば、三橋が『自分のこと』を話すのは、決まって二人きりになる昼休みか運動の時だった。冤罪であることを黙っていると言っていたので、房の仲間には聞かれたくないんだろうと思っていたけれど、今になって思えば、房の仲間に聞かれたら、自分の『嘘』がばれるから、警戒していたんじゃないだろうか。出ていく時も、住所を教えてくれなかった。住む場所が決まっていないのではなくて、最初から教える気がなかったんじゃないだろうか。出来事と事実が、一本の線で繋がっていく。堂野は半開きの口を閉じられないまま、呆然とテーブルの木目を見つめた。……自分は、騙されたのだ。

背後に回ってきた芝に、ポンと肩を叩かれた。

「三橋も悪人だが、堂野さんも不注意だったな。多いんだよ。信頼していた懲役と住所を教えあって、先に出所した奴に詐欺にあうってケースがさ」

「そんな……」

畳についた両手を握り締め、歯を食いしばった。有罪の判決を受けた時よりも激しい絶望感が、全身を苛む。怒りで体がブルブル震えた。

「あ、あいつを訴えてやるっ」

立ち上がり、報知器を押して担当を呼ぼうとすると、芝に引き止められた。

「証拠がないんだろ。訴えたって、三橋が『知らない』って言えばそれで終わりだ。逆にお前が三橋に住所を教えたってことで、不正連絡で懲罰房行きになる。仮釈放に響くぞ」

堂野は畳の上にヘタリと座り込んだ。犯人はわかっているのに、何もできない。自分のせいなのに、何もできない。

「親御さんには被害届を出させたんだろう。あとは待つしかないな」

その間に三橋が逃げてしまったら、捕まらなかったら、泣き寝入りするしかないとわかった時、両目からポタリと涙が落ちた。息子が刑務所に入ったと肩身の狭い思いをしている両親から、追い討ちをかけるように三百万を毟り取った。それ以上に……自分の信頼を食い物にされたことが悔しい。悪人、泥棒、盗人、嘘つき……嘘つき……。堂野はノロノロと顔を上げた。そして視界に入った無表情な男に駆け寄り、胸許を摑みあげた。

「おっ、おいおいっ」

芝が慌てて喜多川から堂野を引き剝がした。

「お前は知ってたんだろっ。三橋が僕をカッ、カモにしようとしてるって、わかってたんだろ。どうして教えてくれなかったんだよっ」

怒りの感情をぶちまけても、喜多川の表情は変わらなかった。

「堂野、大声を出すな。担当が来たら……」

芝の声を無視して「答えろっ」と怒鳴った。喜多川は摑みかかられて乱れた胸許を直すと、フッと息をついた。

「俺は知らない」

抑揚のない声だった。

「俺は何も知らない。三橋は嘘つきだから、嘘つきって教えてやっただけだ」

キーンコーンと仮就寝のチャイムが鳴る。それと同時に廊下側の窓がガラッと開いて、格子の向こうから刑務官が顔を覗かせた。

「コラぁ、お前ら、何騒いでたっ」

芝は前に進み出ると「すみません」とペコリと頭を下げた。

「テレビの音が大きすぎたみたいです。ボリューム、絞りますんで」

刑務官は眉間にクッと深い皺を寄せた。

「テレビ視聴は十九時からと決まっているだろうっ。決められた時間になる前にテレビをつけたのかっ」

「すみません。娘が明日、陸上の短距離走で全国大会に出るんですよ。会場が神戸だっていうんで、天気のほうが気になってですね」

娘、全国大会という言葉が効いたのか、刑務官は「どんな理由があろうとも、時間外のテレビ視聴は禁止だ。以後、気をつけろっ」と注意をするに留まった。

刑務官がいなくなってから、呆然と座り込んだ堂野をよそに、四人はテーブルを片づけ、布団を敷きパジャマに着替えた。声をかけられても動けなかったので、堂野の布団は芝が敷いてくれた。

「サッサと着替えろ。また注意されるだろ」

公文に小さい声で怒鳴られ、堂野はようやくパジャマに着替えた。

「舎房衣もちゃんと畳めよ。騙されてショックなのはわかるけど、お前のせいで点数引かれたら、この房はテレビ禁止になるんだからな」

脱いだ舎房衣を畳み、布団の中に入る。途端、涙が体の奥からワッと溢《あふ》れ出してきた。両親に申し訳なくて、自分の不注意で三百万もの大金を奪われてしまったことが申し訳なくて、涙が止まらなかった。自分を騙した極悪人を呪った。呪いで人が殺せるなら、そう思って呪った。あんなゴキブリみたいな男、生きている価値もない。もし自分を外へ出して三橋を殺しにいかせてくれるなら、誰か三橋を殺してくれるなら、命と引きかえにしてもいい。

叫び出しそうな衝動を堪えるため、枕に噛みついた。食い殺すような勢いで何度も噛む。顎が痺れ、唾液で枕カバーはベトベトになる。そんな自分を公文や柿崎が気味悪そうに見ていたことにも気づかなかった。

憎い、憎い、殺したい、殺したいと思う狭間に『死にたい』という単語が交ざる。いっそ死にたい。両親や妹に苦労をかけて、それだけならまだしも、二重にも三重にも迷惑をかけて……自分が生きているだけでトラブルを招く。こんな人間なんて、消えてなくなればいいと思った。

明け方に、少しだけうとうとした。いつもの日常がはじまっても、頭の中は薄い膜が張られたようにぼんやりして、自分が『生きている』という感覚が酷く曖昧に思えた。

朝食には、一切口をつけなかった。工場へ行き、仕事をはじめてもどこか虚ろで、まっすぐな縫い目を見ていると、自分が感情のない機械のように思えてくる。昼も手をつけず、夜も箸箱から箸も出さずに座っていると、芝が「食べないのか」と聞いてきた。……返事もしなかった。

仮就寝になるとすぐ、布団に入った。三橋を呪う言葉を頭の中で吐き散らしながら、騙された間抜けさを自己嫌悪し、どうやったら死ねるだろうとコンコンと考えた。

刑務所の中は、死ぬことすら難しい。雑居房では無理だ。独居房を申請しようかと思ったけれど、四級では申請しても許可されないと聞いた。作業中にトイレに行って、そこで首を吊ろうか。首を吊れるような梁《はり》があったかどうか思い出せず、明日確かめてみることにした。

死のうと決めると、気持ちが少し楽になった。でも三橋のような男のために死ぬのかと思うと、怒りと腹立たしさで胃の底がチリチリ痛んだ。だけど死んだらこんな苦しみから永遠に解放されるかと思うと、やっぱり『死にたい』というところに気持ちは落ち着いた。

翌朝、堂野は二口だけ朝食を食べた。工場に行き、午前中の休憩時間にトイレに入ったが、ヒモをかけられるような梁や釘はなく、がっかりした。いっそ舌を嚙み切ろうかと思ったが、今すぐ実行するような勇気はなかったし、遺書を書き残しておきたかった。

昼食は半分ほど食べて箸を置いた。皿を片づけたあと、本棚に近づいたが読んでみたいという気持ちは湧いてこなかった。今さら、と思ってしまう。狭い食堂の中を感慨深く見渡す。人生の最期が刑務所の中になってしまうことに、一抹の虚しさを覚えながら。

誰か近づいてくる。向かいの房の夏木《なつき》という五十代の男だ。体臭が強く、冬になって多少マシになったが、入所した最初の頃は近づくと吐物のような臭いがした。

「よう、堂野」

二言、三言しか話した記憶がない。親しくもない男だ。小さく会釈すると、夏木はニヤリと笑った。

「三橋に随分と巻き上げられたんだってな」

自分の唾液が喉を通過する、ゴクリという音が大きく聞こえた。どうして夏木が知っているんだろう。同じ房の人間にしか話してないのに。

「誰に聞いたんですか」

夏木は右の鼻に小指を突っ込み、塊を穿り出した。

「柿崎のアホだよ。そりゃもう弱って死にそうだってな」

ガハハと笑い、夏木は臭い息を吐きながら堂野の耳許に囁いた。

「世間知らずの真面目な坊ちゃんだから、親も手堅く金を貯めてるはずだって言ってたけど、ホント上手いことやったもんだぜ」

「し、知ってたんですか」

「知ってるも何も、俺の獲物に手を出すなって、釘さされたからな」

握り締めた両手が、ブルブル震えた。

「教えてくれてもよかったじゃないですか。奴のせいで僕の両親は……」

夏木はヘッと吐き捨て、肩を竦めた。

「お前の親のことなんざ、俺の知ったことか。それにな、こういうのは『騙されるほう』が悪いんだよ」

言うだけ言うとスッキリしたのか、夏木は背を向けた。次の瞬間、気づけば堂野は夏木の後ろ衿を摑んでいた。強引に振り向かせ、顔を殴りつける。ガツッと鈍い音がした。よろけて仰向けに倒れた男の上に馬乗りになり、恐怖に歪む男の顔を、続け様に殴打した。

「堂野っ、やめろっ」

芝に後ろからはがいじめにされても、振り払った。這いずって逃げようとする夏木の足を摑んで引き寄せ、後頭部を摑んで床に顔を叩きつける。

「お前ら何をしているっ」

刑務官が飛んできて、非常ベルが鳴り響く。四人の刑務官が駆けつけてきて、堂野はあっという間に両手両足を捕らえられた。

「放せっ、放せっ」

怒鳴っていると、口にタオルを突っ込まれた。それでも暴れていると、腹や背中に容赦なく蹴りをいれられた。痛みで息が止まり、動きが止まる。その隙に食堂から引きずり出された。

取調室に連れ込まれると同時に、工場衣を下着ごと脱がされ、白衣のような服と、股の割れた下着を着せられた。そして革のベルトに革の手錠がついたような装具を腰につけられ、右手を後ろに、左手を前に固定された。大声で喚いていると、口許も何かで覆われた。

二人の刑務官に引きずられるようにして地下へ連れていかれ、堂野は二畳ほどの広さの何もない部屋にポンと放り込まれた。壁は全ての面が柔らかいスポンジのようなものでできている。床は古い病院のようなリノリウム。そこが『保護房』らしいと気づいたのは、口許を覆う器具をつけたまま喚き散らし、壁や床に何度も頭をぶつけて転げ回り、疲れ果てて横になった時だった。

炎のような怒りが過ぎると、どうしようもない脱力感と無力感に襲われた。堂野はリノリウムの床に顔をつけて泣いた。鼻水も涙も垂れ流しのまま。腕が固定されているので、拭うこともできない。そのうち泣くことにも疲れ、いつの間にか気を失うように眠ってしまっていた。

どれだけ眠っていたのか……凍えるような寒さと、激しい尿意で目が覚めた。部屋の中に便器の形状をした物はなく、右端の床に直径が十センチほどの穴が一つあるだけ。保護房のトイレは穴だと誰かが言っていたのを思い出す。穴の傍まで歩いてゆき、その上でしゃがみこむと、股の割れた下着の隙間から、性器が露出した。手を使えないので、上手く穴の部分にペニスを向けられない。モタモタしているうちに我慢しきれなくなって漏らしてしまい、穴の周囲にまけた上に自分の足にも少しかかった。絶望的な気分に拍車がかかり、堂野は部屋の隅に寄って猫のように丸くなった。死にたいと思った。死ぬつもりだったのに、どうしてこんなことになったんだろうと考える。

何も考えたくない。だけど何もない空間の中では、考える以外に何もすることがなかった。

三日間、革手錠と口を塞ぐ防声具をつけて放っておかれ、四日目に取り調べがあった。それから一週間『軽へい禁』という懲罰を受けた。工場での就業時間中、保護房の中で正座、もしくはあぐらをかいて座っていなければならないという懲罰だった。

革手錠と防声具は外されたものの、話し相手もいない、仕事もない、何の刺激もない世界で一日中座っているのは生き地獄だった。時間の経過を知らせるのは、日に三度の食事だけ。頭がふらふらして、立っているとすぐ転ぶようになった。自分の体が次第におかしくなっていく。無音のはずなのに、いつからかジーッという耳鳴りが聞こえはじめ、一晩中耳について離れなくなった。

軽へい禁を言い渡されて七日目、保護房に入って十日目の夕方、堂野はようやくもとの雑居房へと帰された。雑居房に戻っても、耳鳴りはなかなか消えない。保護房の中では誰の声でもいいから聞きたいと思っていたのに、実際に人の声を聞くとなぜか耳を覆いたくなった。

芝や公文が話しかけてきても、堂野は返事をしなかった。答えたくなかったし、人と関わるのが怖かった。ここには普通の人間なんて一人もいない。人を陥れようとするような奴らばかりだ。刑務官だって同じだ。まともな取り調べもないまま保護房に入れ、革手錠で拘束し、排便しても尻も拭かせない。ここで堂野は羞恥心の全てを根こそぎ引き抜かれた気がした。

雑居房に戻った翌日の朝、堂野は十一日ぶりに髭を剃った。鏡の前に立つ男は頰がこけ、目が落ち窪み、まるで幽霊のようだった。気持ちが悪いと思うと同時に、鏡を素手で叩き割っていた。ガシャンと音がする。堂野が割れた鏡の前でぼんやりと突っ立っていると、芝に電気剃刀を奪われ、床に突き飛ばされた。

「どうしたっ」

音を聞きつけて飛んできた刑務官が、窓の外から怒鳴った。

「すみません、髭を剃ってたら肘が鏡に当たって、割れてしまいました。本当にすみません。すぐに片づけます。割れた鏡は、自分の賞与金で弁償します」

堂野の髭剃りを持ったまま、芝は平謝りに謝った。刑務官もわざとではないと信じたようで、自分の目の前で割れた鏡を片づけさせると、ちりとりごとガラスの破片を回収していった。刑務官がいなくなったあと、芝はフッと息をついて堂野に振り返った。

「大丈夫か。手とか怪我してないか」

優しげな声に、背筋がゾッとする。震えるように首を横に振り、部屋の隅に逃げた。公文が「礼ぐらい言えよ。でないとお前、また懲罰房行きだったぞ」と怒鳴ったけれど、頭に響いてこなかった。それどころか、芝に対する不信感が一気に膨らんでいった。放っておけばいいのに、どうして自分を助けるんだろう。この男も親切そうな顔で近づいてきて、心を許したところで騙してやろうと考えているんじゃないかと疑心暗鬼になった。

それからすぐ点検があり、朝食になったが箸を持つ手が震えて半分も食べられなかった。おまけにトイレですぐもどした。工場に行っても、まともに作業ができなかった。直線が縫えない。手が震えて、何度も何度も縫い直しをしているうちに、布地を駄目にした。

昼に食堂で夏木と顔を合わせた。夏木は堂野と目が合うと、ギョッとした表情で視線を逸らした。保護房の中にいた時は殺したいとまで思った男なのに、そんな凶暴な思いもどこかに消え去っていた。

それよりも死にたいと思った。死んで楽になりたい。こんなところに一秒もいたくない。死体になってでもいいから外へ出たい。

昼食もほとんど食べず、口にした僅かの食物もすぐ吐いた。その日は入浴日だったが、案の定入っている途中でひっくり返って倒れた。医務室に運ばれて三時間ほど寝て、どこにも異常はないと房に戻された。ちょうど夕食の時間だったが、これも半分も食べられなかった。

座っていると疲れるけど、横になれない。だから机にうつ伏せになった。保護房にいた時は、本の一冊でもあればと切望したが、いざ読める状況になると、読む気がしなかった。ようやく十九時の仮就寝になる。壁にもたれてぼんやりしていると、芝が布団を敷いてくれた。公文が着替えろと言うから、パジャマに替える。布団に入ってからも、耳鳴りはするし頭はぼんやりしておぼつかない。

「あいつ、ヤバイんじゃねえの？」

「シーッ」

そんな会話が、うっすら聞こえる。自分はおかしい。おかしくなった。きっともう駄目だ。目を閉じているのに、眠れないまま時間が過ぎる。キッカケなどどうでもよかった。いつまで経っても足が温かくならない、そんなことでも。涙が込み上げてきて、うつ伏せになり枕に顔を押しつけて泣いた。密かな足音が近づいてきて、房の前でぴたりと止まる。窓が開く音に顔を上げると、夜勤担当の刑務官が格子の向こうからじっと堂野を見ていた。

「泣くぐらいなら、二度とこんなところに入るようなことをするんじゃない」

もし、もし自分が本当に悪いことをしていたら、その言葉は胸に響いていたかもしれない。けれど、何もしてないのにこんなところに押し込められて、反省のしようもなかった。

刑務所で人を信じてはいけなかったんだろうか。間違っていることが正しくて、正しいことが間違っているんだろうか。常識や正義という言葉はここじゃ通用しないんだろうか。

刑務官が行ってしまったあと、堂野はノソリと半身を起こした。ぼんやりと壁を見つめたあと、布団から抜け出して洗面所の前に立った。

暗い中、物の影がぼんやりと浮かび上がる。洗面所の角に、ガツンと額をぶつけてみた。生温い感触がしたが、不思議と痛くはなかった。ガツガツと繰り返すうち「何をしているんだっ」と廊下側の窓から声が飛んできた。振り返ると、刑務官が懐中電灯の光を堂野にあて、睨みつけていた。

保護房という単語が脳裏を過ぎった。革手錠をつけられ、放り込まれた記憶がまざまざと蘇る。あんな場所に入るのは嫌だ、そう思った途端、堂野は刑務官に向かって頭を下げていた。

「すみません、すみません。トイレに行こうと思ったら、足許が滑って……転んでしまいました。うるさくしてすみませんでした。気をつけますので、すみません」

夜勤担当は怪訝な顔をして、堂野の顔面に光をあてた。

「その額はどうした」

「これはその……滑って角で打ちました」

追及するのも面倒だったのか「以後、気をつけるように」と言って夜勤担当は歩いていった。今の騒ぎで目を覚ましたのか、芝と喜多川がこちらを見ている。

「うるさくして、すみません」

二人におざなりに頭を下げ、堂野は布団に入った。天井を見上げていると、目尻からダラダラと涙が溢れて、止まらなくなった。しゃくりあげるとうるさくなる。刑務官に注意を受けたら、また減点になる。減点が十点を超えると、房内のテレビ視聴が禁止になる。みんなに文句を言われる。切ない感情が、テレビ視聴禁止という現実の狭間に入り込み、顎が抜け落ちそうになるほど虚しくなった。

自分の存在が、三十年それなりに生きてきた人生が、薄っぺらく見える。本当に自分はゴミじゃないかと思えてきた。誰でもいいから、助けてほしい。こんな場所から連れ出してほしい。お前は何も間違っていない、正しいんだと言ってほしい。耳の中に、涙が溜まる。「助けて、助けて、助けて……」と心の中で繰り返す。

遠くから足音が近づいてくる。夜中はどれだけ静かに歩いても、わかる。さっき騒いでいたせいか、刑務官は念入りに房の中を懐中電灯で照らしていった。目を開け、誰もいなくなったはずの廊下側の窓に視線をやると、隣で寝ていた喜多川と目が合って驚いた。

ダラダラと泣いているのを見られていたかと思うと、気まずかった。上を向いて、目を閉じる。目を閉じても、頬を流れる涙は止まらなかった。不意に、突き上げるみたいにして喉許に何かこみ上げてきて、手首を噛んだ。そうしないと、時間も場所も考えずに叫び出してしまいそうだった。うねりのような感情が行き過ぎてから、手首を外す。開いたままの口を閉じられず、ぽかんと開けたまま天井を見つめた。カクカクと顎が揺れはじめた。……まるで寒いみたいに。

「助けて、助けて、助けて、助けて、助けて、助けて……」

心の中でそう言っているつもりが、気づけば唇が震えていた。呪詛のような感情が、滲み出す。そっと頭に手を添えられる感触に、堂野は目を見開いた。添えられた手は、ゆっくりと髪を撫でる。まるで年端のいかない子供を慰めるように、同じ動作を繰り返す。隣の男に違いなかった。堂野は布団を目許まで引き上げた。顔を隠して寝て、担当に見つかったら注意を受ける。わかっていても、隠した顔を外に出すことはできなかった。

溢れる涙が、慰められる前よりも流れて流れて止まらない理由は、堂野にもわからなかった。

いつの間にか眠っていて、気づくと朝になっていた。柿崎が「でこのトコ、どうしたんスかぁ」と聞いてきたので「夜中、転んだ」と適当にやり過ごした。

喜多川はいつも通りだった。慰めたからといってそれを恩着せがましく言ってこない。正直、ありがたかった。泣いても疲労感が蓄積されるばかりだったのに、今朝は憑きものが落ちたように胸の中がスッキリとしていた。昨日と状況は何ら変わりないけれども。

腹が空いていたから、朝食も全て平らげた。工場に出ても、昨日みたいに半日、縫ったり解いたりを繰り返すこともない。午前中のノルマは午前中に終わらせることができそうだった。

作業をしながら、堂野は「礼の一つぐらい言っておいたほうがいいんだろうな」と考えていた。向こうが何も言わなかったとしても、夜中あの手に慰められたのはまぎれもない事実だった。だけど……と別の自分が胸に囁く。これは喜多川の手じゃないだろうか。ちょっと優しくして恩を着せておいて、こちらが礼を言って下手《したて》に出たのをいいことに、途方もない見返りを要求してくるんじゃないだろうか。ここでは「優しい」が単純に善意で終わらない。優しそうに見えたからといって、それが本当に優しいとは限らない。三橋の件で、堂野は嫌というほど思い知らされていた。

警戒する一方で、疑うだけの自分というものに嫌気がさした。本当に、喜多川が善意から、同情から自分を慰めてくれたのだったら？　本音をいえば「ありがとう」ぐらい言いたいし、言うのが当然だと思っている。だけど、もう二度と誰にも騙されたくない。

考えているうちに、昼になった。食堂に移動し、席につく。堂野が入所してから、席がずれても、自分の隣が喜多川なのは変わりない。今日のメニューは親子丼だった。それにもやしの胡麻和えと、ししゃもが二匹ついている。ものの五分で食べ終えてしまう者がいる中、堂野はゆっくりと麦飯を嚙み締めた。

礼を言おうか、どうしようかと考えているせいなのか、隣の男の動向が妙に気になった。喜多川も食事は速い。そして残さない。だけど今日はししゃもを前に箸が止まっていた。逡巡するように箸が前後に揺れ、最後は勢いをつけるように二匹同時に口の中に放り込んでいた。両目を閉じて、眉間に深い縦皺を刻んだまま、もしゃもしゃと口を動かす。残すことに関してお咎めはないのだから、それほど嫌なら残せばいいのに、渋い顔をしながら我慢して食べているのが何だかおかしかった。

食事が終わると、喜多川は壁に取りつけられたテレビを見はじめた。本を読むでもなく、誰かと雑談するでもない。そういえば房の中でも、話をする輪の中にいても、喜多川から喋っているのを聞いたことはなかった。同室の公文や芝、柿崎は今も他の部屋の住人との雑談に暇《いとま》がないというのに。

テレビは中高年の主婦層向けの番組なのか、健康やコレステロールといった言葉が、頻繁に飛びかっていた。

「あの」

喜多川が振り向く。無表情な目が怒っているように見えて、堂野は思わず身構えた。

「夜は……その、ありがとう」

右の眉をヒクリと動かして、首を傾げる。

「少し気持ちが楽になった。だから……」

喜多川はまるで他人事のように「ふうん」と呟き、テレビに視線を戻した。何かを期待していたわけではない。けれど「よかったですね」ぐらいは、社交辞令で言うのかと思ったが、それもなかった。口数が少なく無愛想な男を見ていると、夜に自分の頭を撫でていたのは別人じゃないかと思えてきた。それ以前になぜ慰めようという気になったのか、横顔の男の真意は読めなかった。

「本、読まないの」

テレビを見ていると思っていた男が突然振り返り、聞いてきた。いきなりのことで驚いて、堂野は変に口ごもった。

「えっ、ほっ、本？」

「食べたあとは、いつも本を読んでいるだろう」

「あ、うん。今日はいいかな」

「ふうん」

喜多川は再びテレビを見る。喋り方のタイミングが唐突で妙に話しづらいなと思っていると、また声をかけてきた。

「どうして俺にありがとうって言うの？」

終わっていたと思った話が蒸し返される。堂野はお礼の根拠まで聞かれる気まずさに、俯いて指先を組みなおした。

「どうしてって、言っておいたほうがいいと思ったから」

喜多川は「ふうん」と呟いて、またテレビに視線を移した。変わった男だなと思っているうちに昼休みが終わる。点呼を終え、作業に取りかかっている間に、結論めいたものが頭に浮かんだ。喜多川が変わっていてもおかしくない。普通の人間だったら、常識があったら、人など殺さないだろう。妙に納得して、堂野は黙々と作業を続けた。


その日の夕食での出来事だった。メニューは鶏の唐揚げに五目スープ、キムチに林檎。堂野が入所してから、鶏の唐揚げが出るのは初めてで、珍しく美味しかった。

「この唐揚げ、美味いよなあ」

いつも食事にケチをつける公文ですら、ホクホクとした顔で唐揚げを頬張る。堂野も他のおかずをさておき、二つの唐揚げから先に食べた。物を食べることが、食べて美味しいと思えることが、そのまま生きることに繋がっていくような気がして、不思議だった。

「鳥、美味しい？」

隣からそう聞かれる。見れば喜多川の皿は唐揚げが一つになっていた。自分も食べてるんじゃないかと思いつつ「美味しいよ」と答えると、喜多川は残った唐揚げを箸で摘み、ポンと堂野の皿に放ってよこした。顔からザッと血の気が引く。慌てて背後を振り返り、刑務官がいないのを確かめてから、喜多川の皿に投げ返した。

刑務所での食事は、やり取りが固く禁止されている。弱いものが強いものに食事を取り上げられないようにとの配慮からだ。食品のやり取りが見つかったら、たとえそれが双方合意のもとでも、注意を受ける。下手をしたら小票《こひょう》どころか担当訓戒を受けてしまう。

懲罰を一度受けてしまうと、半年は仮釈放が延びる。堂野は刑期が短いので、この前の懲罰で仮釈放はなくなり、満期までつとめなくてはいけなくなった。動静小票や担当訓戒をどれだけ受けても出所には関係ないが、数ヵ月残った刑期を平穏に過ごすために、担当刑務官に目をつけられるようなことは極力したくなかった。

喜多川は戻された鶏の唐揚げと堂野の顔を交互に眺めたあと、おもむろに唐揚げを口に含んだ。無言のまま食べる。この男は自分を陥れようとしているのかもしれない。心の中で警戒を強めた。少しくらい親切にされたからといって、やっぱりここにいるような奴は油断ならない。

堂野は食事を終えると、届いたばかりの週刊誌を広げた。月初めに頼んでいたことをすっかり忘れていた。虫の羽音のような耳鳴りも遠くなり、本を読むのに集中できるようになる。

不意に、寒気を感じてブルッと震えた。クシャミがたて続けに二回出る。保護房が寒くて、その頃からクシャミが時折出るようになった。寒いから毛布でもかぶっていたいけれど、仮就寝前に毛布を使っていたら注意される。

寒さを紛らわせるため、何か集中できるようなものはないかとパラパラ雑誌を捲っていると、クロスワードパズルがあった。棚から鉛筆を取ってきていざやろうとしたら、横から伸びてきた手が開いたページをバタンと閉じた。喜多川だった。一瞬ムッとしたが、言い争うのも面倒で、再度クロスワードパズルのページを開ける。するとまた横から手が伸びてきて雑誌を閉じ、蓋をするように表紙の上に手を置いた。二度繰り返されると、流石《さすが》に腹が立った。

「意地悪をしないでくれないか」

怒りを抑え、静かな声でそう言ったのに本を押さえつける手は離れない。強引にどけようとすると喜多川も力をこめてくる。互いに無言のまま睨み合う。やり取りを見ていたのか「まあまあ」と芝が仲裁に入ってきた。

「喜多川も口で言わなきゃ、堂野もわかんないだろ」

そうやって諫《いさ》めたあと「あのね」と堂野の顔を見た。

「クロスワードパズルは禁止なんだよ。やってるのを見つかったら、懲罰になるんだ」

懲罰、と聞いて堂野は驚いた。

「理由はわからないんだけどね。それを暗号みたいに使って外と連絡を取ろうとした奴でもいたんじゃないかな」

こんな子供の遊びみたいなものまで注意の対象だとは思わなかった。それほどやりたかったわけでもないし、危ない橋は渡りたくない。堂野はクロスワードパズルのページを閉じ、決まり悪さに俯いた。男の顔を見られない。喜多川は親切に注意してくれていたのだ。だけどクロスワードパズルが駄目だとはっきり言ってくれないとわからない。言葉の足りない男に腹を立て、すぐに自己中心的な思いを後悔した。教えてもらわなければ、懲罰だったかもしれないのだ。

顔を上げると、喜多川と目が合った。こちらが何か言い出すのを待っているような表情に見えた。

「誤解して悪かった。教えてくれてありがとう」

喜多川は目を細めて「ふうん」と呟いた。小馬鹿にされているような気がして、謝るんじゃなかったとすぐさま後悔した。

仮就寝になり、布団に入っても足が寒かった。いくら擦りあわせても、温かくならない。寒い寒いと思いながら寝ると案の定、翌朝にはズルズルと鼻水が出るようになった。

ちょうどその日は週に二回の医務の日だった。午前中に掃夫が回ってきたので、医官に風邪薬をもらえないかと申し込むと、体温が三十七度と微熱程度だったので、「入浴禁止」と言われただけで、薬はもらえなかった。昔から風邪をひくと長引くタイプで、大丈夫だろうかと不安だったが、予感は見事に的中した。

午後から体の節々が痛くなり、熱の上がる気配がした。体がだるく、重たい。食欲はなかったが、それでも体力を温存したいと思って無理に食べたら、あとですぐにもどした。

頭はガンガンするし、鼻水も止まらない。堂野は我慢できずに報知器を押した。数分経たないうちに、担当刑務官が「何だ」と窓から顔を覗かせた。

「145番、堂野です」

鉄格子の向こうにいる刑務官に頭を下げる。

「頭痛がして鼻水が止まりません。風邪薬をいただけないでしょうか」

担当はギロリと堂野を睨んだ。

「今日、医官に申し出なかったのか」

「診察をお願いしました。ですが『入浴禁止』と言われただけで、薬はもらえませんでした」

「医官がそれでいいと判断したのなら、入浴禁止程度なんだろう。気持ちがたるんでいるから、風邪などひくのだ」

そんなことで呼ぶなと言わんばかりの横柄な態度に、堂野は言葉を失った。刑務官がいなくなったあと、芝が「薬は無理だよ」と背後から呟いた。

「滅多なことじゃ、薬はくれないよ。死ぬ直前じゃないと、普通の病院にも入れてくれないしね。次の医務の日まで待つしかないよ」

堂野は絶望的な気持ちで座り込んだ。このまま耐えるしかないのだ。具合が悪いと言っているのに、薬もくれない。これが日本の刑務所の現状かと、怒りすら覚えた。具合の悪い人間を放っておいて、死んだらどうするのだろう。

背筋がゾッとした。死んだらそのまま。死人に口はない。１４５番の懲役は、たまたま風邪をひいて、運悪くこじらせて、亡くなりました。それで終わり。

十九時の仮就寝を待ちわびて、堂野は布団の中に入った。寒くて体はガチガチ震え、鼻水も止まらない。鼻をかむちり紙は一週間の枚数が決められているので無駄遣いはできず、一枚をベトベトになるまで使った。ちり紙を使いきったあとは、仕方がないからタオルを使った。けれどタオルもすぐにベトベトになり、鼻水で鼻水を拭うような悲惨なことになった。就寝で明かりが消されたあとも、自分の鼻の音だけがズルズルと房の中に響いた。夜勤担当の刑務官もそれを聞いているはずなのに、何も言ってくれない。

密かな足音が通り過ぎていったあと、堂野の顔に柔らかいものが触れた。何かと思えば、ちり紙だった。自分のちり紙は使いきっているので、人のもの。朦朧とする頭で目を開けると、喜多川がじっとこちらを覗き込んでいた。

たとえちり紙の一枚でも、懲役同士のやり取りは禁止されていて、見つかれば懲罰の対象になる。それに一週間に配給されるちり紙は決して多くない。人に分けすぎて自分の分がなくなれば、トイレで尻を拭うのも困るようになる。そう思うと、貴重なちり紙をもらうのは申し訳なかった。

喜多川はムクリと起き上がると、堂野のタオルを奪い取った。そして洗面所に行くと、鼻水だらけのタオルを洗い始めた。タオルは週に二度、決まった時間しか洗ってはいけない。夜中に勝手に洗うなど許されたものではなかった。大丈夫なのかとオロオロする堂野をよそに、喜多川は音がしない程度に水を流してタオルを洗い、それを喜多川の額にのせた。冷たい水を浸したタオルは、脳に染み込むほど心地よかった。

「ありがとう」

言ってる先から鼻水が出て、喜多川のものであろうちり紙で鼻をかんだ。

「ごめん、君のなのに。本当に……」

密かな足音が聞こえてくる。喜多川は堂野の額のタオルを取ると、頭許に畳んでおいてある舎房衣の陰に隠した。そして足音が遠ざかると再び額にのせた。

「あのね、もういいよ。そんなことしていて、夜勤担当に見つかったら、君が懲罰になるかもしれないから……本当に」

二度ぐらい「いいから」と遠慮したけれど、喜多川はやめなかった。そのうち堂野はグズグズと鼻を鳴らしながら眠ってしまい、気づくと朝になっていた。

目覚めても鼻水は止まらず、頭がふらふらした。朝食も味噌汁だけ飲んで、あとは残した。作業は座り仕事なので疲労は少ないが、とにかく工場内は寒い。メリヤスの下着の上下を着ていても、体がブルブル震える。柔らかい厚手のウールの婦人用コートを縫いながら、これに包まって横になれたらどれだけ気持ちいいだろうかと切実に思った。

昼はカレーライスだったが、食べる気がしなかった。林檎の牛乳サラダがついていて、それだけは何とか食べられた。カレーを丸ごと残したまま匙を置こうとすると、隣からスッと手が伸びてきて、あっというまに皿が入れ替えられた。自分が食べてしまった林檎の牛乳サラダのかわりに、あたらしい林檎の牛乳サラダの皿がやってきた。堂野がそれしか食べられないと知った喜多川が、自分の分と入れ替えてくれたのだ。工場担当の刑務官はこちらを見ていなかった。

「あ、ありがとう」

堂野は素直に林檎の牛乳サラダを食べた。食べながら、どうして喜多川は自分に親切にしてくれるのだろうと不思議に思った。昨日の夜も、その前も。自分を陥れるためだろうと思った鶏の唐揚げも、ひょっとしたら親切からだったのかもしれない。

食事が終わり、ふらふらしながら食器を流しに置きにいった。早く椅子に座りたいのに、途中で喜多川に腕を掴まれ、食堂の後ろにある本棚のところまで連れていかれた。ぐっと腕を引かれ、しゃがみこまされる。

「この本、面白い？」

そう言って喜多川が指さしたのは「日本の寺院」という写真集だった。座って休みたかったけれど、親切にしてくれる男を無視することもできず「それは読んだことがないから」と言うと、喜多川はしゃがみこんだ堂野の顔の前で手を開いた。そこには白い錠剤が三つ載っていた。喜多川は堂野の顎を引くと、手のひらを口に押しつけた。わけがわからないまま、堂野はそれを口腔に入れ、唾でゴクリと飲み干した。飲んだ錠剤が何だったのかは聞けなかった。こんな場所で、聞けるはずもなかった。けれど午後になって、鼻水が少しだけマシになったのは確かだった。

長い一日が終わり、雑居房へと戻る。夕食をやっと半分食べ終えて、本も読めずテーブルにうつ伏せになっていると、喜多川に腕を引かれた。棚の傍に連れていかれ、そこでまたこっそり三粒の錠剤をもらった。堂野は素早くそれを飲み干した。飲んでしまうと、喜多川は何もなかったかのようにテーブルへと戻り、座布団の上であぐらをかいて、芝や公文の話をじっと聞いていた。

夜になると、また熱が上がってくる気配がした。薬が効いてるようで鼻水は少なくなったものの、頭が痛い。就寝になってから、喜多川は夜勤担当の刑務官の監視の隙をぬってタオルを濡らし、頭を冷やしてくれた。鼻水が止まりきらずズルズルと音がしはじめ、ちり紙は喜多川の分まで使いきってしまってなくなったので、かみたいのを我慢していると、不意に喜多川が堂野の鼻を摘んだ。

手のひらで鼻を拭われて驚いた。汚れた手を、喜多川はタオル同様、隙をついて洗う。そして堂野が鼻をグズグズと啜ると、同じことを繰り返した。たとえ相手が親や恋人でも、同じことをしろと言われたら躊躇うだろう。自分もそうだ。喜多川は、親でも恋人でもない。親しくもない。それなのに、どうしてこんなに親切にしてくれるんだろう。その慈善的な行為に、堂野は感動すらしていた。

「本当にごめん。でも、ありがとう」

喜多川は「ふうん」と、相槌とも何ともいえない返事をすると、無表情のまま黙々と堂野の世話をやいた。

上辺だけで、人はここまで親切にはなれない。喜多川は優しいのかもしれないと堂野は思った。たとえ偽物だったとしても、今この行為は本物だと信じていいような気がした。

朝、昼、晩ともらえる錠剤のおかげで、堂野の風邪はピークを越え、少しずつよくなってきた。そして待ちに待った医務の日には、薬はいらないかと思えるまでに治ってきていた。喜多川には言葉に言い表せないぐらい感謝しているが、それをどうやって伝えればいいのかわからなかった。

喜多川は淡々としていて口数も少なく、滅多に話しかけてくることもない。けれど自分はこの男に気に入られているのかもしれないと、思うようになった。たとえば、美味しいと思える食事が出ると、喜多川は必ず堂野に分けてくれる。欲しいと言ったわけではないのに、誰も見ていない隙を狙ってポンと皿に放り込んでくる。誰にでもそうなのかと思えば、自分にだけだった。それほど親切にしてくれるのに、見返りを求めてくるわけでもない。自分が苦しい時や、困った時に善意で助けてくれる人がいるというのは、誰も信じられないと思っていた頃に比べると随分と心強かった。

十二月の終わり、今年最後の運動日。堂野はようやく風邪が完治したばかりで、寒い運動場へ出ていきたくなかった。けれど休むためには担当刑務官に願箋を出して受診したりと面倒だと言われたので、仕方なく外に出た。

ソフトボールの試合をはじめたのは一班と四班のチームで、今日は自分のいる三班は試合の回りではなかった。堂野は風のこない、日当たりのいい場所を選んで、軽くストレッチをしてから塀を背に座り込んだ。

青い空は高く、風は冷たい。堂野は最近、房の懲役を真似てノートにカレンダーを作った。一日過ぎると、一つ塗り潰していく。最初はそんなことをしている仲間を見てうんざりしていたが、今は一日一日塗り潰していく人の気持ちがわかる。残りの日数が少なくなると、自分が外へ出ていける日が近くなっていると実感する。終わりが見えていると、頑張ろうという気になってくる。

喜多川が歩いてくる。自分のところに来るつもりだろうかと思ったら、やっぱりそうだった。気遣いか偶然かはわからないが、風上にスッと腰を下ろした。

傍に来たからといって声をかけてくるわけでもない、テレビを見ている時と同じ、ぼんやりとした顔でソフトボールの試合をしているチームを見ている。

「今日は、試合がなくて残念だったね」

喜多川が振り向いた。

「別に」

気の抜けたような声だった。

「いつも楽しそうに試合をしてるよね。僕は球技が苦手だから、羨ましいよ」

「ソフトボールは面白くない。若いから出ろって言われて、出てる」

ばっさりと切り捨てた物言いに、堂野は戸惑った。好きでソフトボールをしているとばかり思っていたからだ。

「好きじゃないなら、みんなにそう話したら？　無理をしなくてもいいんじゃないかな」

喜多川が堂野の顔を見た。

「言われた通りにしてれば、楽だし」

確かにここでは、言われた通りにして逆らわなければ、生きていきやすいかもしれない。

「だけど意に添わないことをするのは、君のストレスになるんじゃないかな？」

「ストレスってなに」

真顔で聞かれて、堂野は口ごもった。

「たとえば自分の思い通りにいかなかったり、嫌なことが続いて、気持ちが不安定になったりすることだよ」

喜多川は首を傾げた。

「わからない？」

ふと、堂野は喜多川はどれぐらいの学習課程を踏んでいるのだろうと思った。今時、小学生でもストレスの意味ぐらい知っている。

「朝から夜まで、一日は決まっている。飯も三回出てくる。注意深くしてたら、怒られない。俺は何も考えなくていい」

喜多川の言い方がここでの生活を肯定しているように聞こえて、堂野は『ちょっと待て』と思った。

「型に押し込められた窮屈な生活を嫌だと思わないの？　外に出たら自由になる。誰にも命令されない。辱められることもなく、好きなことができるよ」

喜多川はいつもの口癖のように「ふうん」と呟いた。

「みんな出たいって言うけど、ここの何が嫌なんだろうな」

だから、自由のない生活が嫌なんだと言っているのに、喜多川には全然響いていない。

「なあ」

喜多川が頭を膝につけたまま、堂野を見上げた。

「ありがとう、って言ってよ」

突然何を言い出すのかと思った。それに感謝の言葉は、強要されて言うものじゃない。それでも、今までの数々の親切をひっくるめて堂野は「ありがとう」と言った。

「あんたには、たくさんの『ありがとう』があるな。泣きながらとか、笑いながらとか、困ったみたいにとか」

喜多川は運動場の土を靴の踵《かかと》で蹴り上げた。

「普通の人は、そんなに『ありがとう』をたくさん言うのか？」

「普通の人？」

「芝が堂野は普通の男だって言ってたからさ。俺は今まであんまり『ありがとう』って言われたことなかったから」

喜多川は幾つだっただろう。確か二十八のはずだ。いい歳なのに、まるで年端のいかない子供のようなことを言うので、堂野はなんと答えていいのかわからなくなった。

「あんたに『ありがとう』って言われると、気持ちいいんだよ。だからさ、もっと俺に『ありがとう』って言ってよ。あんたの喜ぶようなこと、もっとしてやるからさ」

言っていることがおかしい。

「君は間違っているよ。親切とか思いやりは言葉のためにあるわけじゃなくて……」

「気持ちなんてどうでもいいから、あんたは俺に『ありがとう』って言えばいいんだよ。俺は自動販売機に、ちゃんと金を入れてるだろう」

堂野は衝撃を隠しきれなかった。お金と称されるものが、喜多川にとって自分への親切なのだろうか。自分への親切が記号化したもののように思えて、そこには思いやりも何もないということに愕然とした。

喜多川は空を見上げ、フッと息をついた。

「月末になったらちり紙が来る。自弁で沢山買った。あんたにやるよ。だからその時は、ちゃんと『ありがとう』って言えよ」

堂野は喜多川という男のことを考えた。彼の考え方がおかしいのは明白。それでも関係を断ち切ろうとは不思議と思わなかった。

それに「ありがとう」と一言言ってもらいたいがために、夜中じゅう自分の世話をしていたのかと思えば、それはそれで無邪気な気もした。子供が何か、人に親切にしてあげようと思い立つのは褒めてほしかったりとか、喜んでもらいたいとか単純な理由からかもしれない。喜多川の考え方も子供と同じだと思えば、理解できないこともない。それが二十八歳といい大人だから問題なだけで……。

感謝の言葉が気持ちいいと言うのなら、心の底から悪人ではないような気がした。たとえ人を殺してしまったとしても、悔い改められれば、やり直しはできる。堂野は喜多川に人の気持ちを機械みたいに考えるのではなく、もっと柔らかくて温かいものだと知ってほしかった。

翌日の昼休み、昼食の食器を片づけたあと、堂野は官本を物色するのをやめ喜多川の隣の席に戻った。

「見ていて、おもしろいかい」

ぼんやりとテレビを見ていた喜多川は、「別に」と気のない返事をした。

「僕と話をしよう」

喜多川は首を傾げた。

「昨日、話したよね。君は僕に『ありがとう』って言ってほしいって。だけど僕は機械みたいに『ありがとう』って言うのは嫌なんだ。それより君と友達になりたいと思うんだよ」

間髪入れず、喜多川は「嫌」と返事をした。

「ど、どうして？」

「友達はろくなもんじゃない」

「友達だったら、利害関係なしに付き合えるだろう。そういうほうが、ちゃんとした気持ちを育てられるよ」

「どんな？」

堂野は言葉に詰まった。

「たとえば君が困っている時に、僕が何か助けてあげられるかもしれない」

喜多川はクックッと肩を震わせた。

「お前に俺を助けられるもんか。何にも知らなくて、何も持ってなくて、弱いくせに。俺なんかに『助けて』って言ったくせに」

それは本当のことかもしれないが、面と向かって言われたくなかった。

「あんたはおかしなことばかり言うな。それが普通なのか？」

喜多川はひょいと肩を竦めた。

「普通って、変だよな」

夕食を食べていると、喜多川は自分の分のデザートだったみかんの半分を、ひょいと堂野の皿に入れた。あげたのがばれないように、堂野が食べた分の残りの皮は自分の皿に移してと抜かりがない。

房の仲間は、喜多川が堂野に食事を分けるという行為を知っていても、何も言わない。担当刑務官に密告する懲役もいるので、それを考えると黙認されている自分は同房者に恵まれていた。

食事が終わるとテーブルの上を片づけて、仮就寝まで本を読んだり、雑談をして過ごす。本を読んでいた堂野は、隣の男の視線を露骨に感じた。みかんの代償である「ありがとう」が欲しいんだろうなというのはわかっていても、言いたくなかった。

柿崎が格安のルートで覚醒剤が仕入れられると話しはじめ、公文が食いつくようにして聞きはじめた。芝は適当に相槌を打つ。喜多川は柿崎に顔を向けているけれど、テレビを見ている時のように虚ろな目をしていた。

覚醒剤には興味がなさそうに見えた。ここで上手くやっていくために、話を聞いているふりをしているんだろうか。真意はわからない。堂野は読んでいた雑誌から顔を上げた。

「喜多川さん」

男が緩慢に振り返る。

「一緒に本を読まないか」

喜多川はチラと柿崎を見たものの、結局は堂野の手許を覗き込んだ。一緒に本を読もうと言ったものの、特にこれを読んでほしいと思ったわけではない。覚醒剤の話を聞かせるのがなんとなく嫌だっただけで……。

堂野は適当に雑誌の写真を指差した。そこには「温泉特集」と銘打たれ、全国の温泉宿がベスト二十まで紹介されていた。

「温泉に行きたいね。ここのお風呂は時間が決まっていて、ゆっくり湯船につかれないから。露天風呂もいいね。外で景色を見ながらとか」

喜多川は「ふうん」と呟いた。

「温泉ってでかい風呂だろ。遠くに行かなくても、銭湯に行けば」

身も蓋もなく、堂野は言葉に詰まった。

「そうだけど……遠くに行って、近くでもいいんだけど旅をするっていう行程を踏んで、手間暇かけて楽しむってのも、粋だと思うんだけど」

「俺はあんたが何を言ってるのかわからない」

理解できないものを理解しろというのは無理だ。堂野は話を変えようと、雑誌のページを捲る。ベストセラー作家のインタビューが掲載されていた。作家の写真の背後に写っている古い家に、目が釘付けになる。何の変哲もない、高度成長期に乱立した集合住宅。それは自分の育った家に酷似していた。

「そいつを知ってるのか？」

堂野は苦笑いした。

「人じゃなくて、家を見てたんだ」

「家？」

「僕の家に似ていたから」

喜多川は「ふうん」と写真を覗き込んだ。古い小さな家。それでも家族で暮らした家。自分が出所した時に、その家はもう他人の家になっているのかと思うと、両親がそう決断せざるをえなかった原因が自分だと思うと、胸がギリッと締め上げられるように苦しくなった。

「中、どうなってんの？」

「中？」

「あんたんちの家の中、どうなってんだよ」

「どうって、普通だよ」

「普通って、どんな？」

言葉で説明しようとしても難しいので、堂野はノートを取り出した。手前のページはカレンダーを作ってしまったので、裏からページを捲る。そこへ自分の家の見取り図を簡単に描いた。

何に対しても無関心そうだった喜多川が、家の見取り図には強い興味を示した。

「ここは、何？」

「そこは玄関。入ってすぐに廊下があって、右手には階段がある。二階は妹と僕の部屋で、下には三部屋あって、居間と両親の寝室と客間」

喜多川は窓はどこにあるとか、風呂はどれぐらいの広さだとか細かく聞いてくる。堂野は消しゴムで消しては修正を繰り返し、完璧な「堂野家」の見取り図を完成させた。

そしたら「庭にさ、木とか植えてねえの？　犬は飼ってねえの」と言うから、堂野は庭にある百日紅《さるすべり》の木から、母親が趣味で造った花壇まで描き加えた。

喜多川は堂野がノートに描いた家の見取り図を、じっと眺めていた。遠くにかざしたかと思えば、机の上に置いて指先で門をくぐり、玄関を入って居間へ行く。居間を指でグルグルと回しているので「何をしてるんだ？」と聞くと、「広そうだから、走ってみた」と子供の空想みたいな返事をしてきた。

「君の家は、どんな感じだったの？」

興味に駆られて聞くと、喜多川は首を傾げた。

「狭かったかな」

「描いてみて」

鉛筆を渡すと、喜多川はノートに小さな四角を描いた。

「ここ？」

「そう」

「随分狭いみたいだけど」

「畳二つぐらい」

「けど、ここには玄関とかトイレとか、風呂場もないし」

「玄関はここ。トイレと風呂はない」

堂野は「えっ」と問い返した。

「トイレのかわりにおまるがあった。毛布もあった。夏は暑くて臭くて、冬は寒かった」

「君は、一人で暮らしていたの？」

「母親がいたけど、滅多に顔を見なかったな。食い物は窓から放られてきて、たまに忘れやがるから何も食えない日があった」

堂野はゴクリと唾を飲みこんだ。

「それって……いつの話なの？」

「さあ、ガキの頃だったからな。覚えてない」

喜多川は四角い箱のような部屋を、鉛筆でグリグリと塗り潰した。

「途中でおばさんちに行ったけど、ずっと喋ってなかったから、言葉を忘れて最初は喋れなかった」

喜多川は、隣のページにまた家の間取りを描きはじめた。

「これがおばさんち」

描かれた絵には、玄関とトイレ、そして奥に部屋が一つしかなかった。

「おばさんちには、台所と風呂場はなかったの？」

「あったけど、覚えてない。俺はいつも奥の部屋にいた。ここには半年もいなかった。いつだったかな、おばさんが飯を持ってきてくれなくなって、腹減って部屋を出たら、家の中はがらんどうで俺一人になってた。それから施設へ行った」

喜多川は聞いているほうが悲しくなるような過去を淡々と語った。

「中学を出てから、働いた。製麺工場とか印刷所とか。建築現場での仕事は面白かったな」

ノートにまた絵を描く。

「西本《にしもと》組ってとこでやってて、俺は刑務所に入るまでそこの寮にいたんだ」

寮は横に広い形をしていた。

「みんな適当に荷物を置いてて、適当に寝るんだ。臭くて、汚かったな。気をつけてないと、手癖の悪い奴がいるから、よく金を盗まれるんだ。俺はいつも腹巻きして、そこに隠してた」

ふと、喜多川は顔を上げた。

「こんな話、聞いててあんた面白いの？」

「面白いとか、そういう問題じゃなくて……」

「あんたが仕事をしてた建物の絵を描いてよ」

「描いてもきっとつまらないよ。僕の職場は市役所だったから」

喜多川は「ふうん」と鼻を鳴らした。首を横に傾げ、堂野を上目遣いに見上げる。

「あのさ、市役所って何するトコなの？」

雑居房の夜は長い。二十一時には就寝になるので、眠れなければ色々と考えてしまう。だから一つのことを考えはじめると、まるでそのことに取りつかれてしまったように執拗になる。

警察の酷い捜査のことや、自分を痴漢だと言った女のこと、自分を騙した三橋のことや引っ越しせざるをえなかった両親のこと。それらは全て、恨みと後悔に包まれていて、気持ちが暗くなった。

眠れない寒い夜、堂野はふと自分のことから離れて、刑務所の体制のことを考えた。統制のとれた団体行動。厳しい規制。ここにいる間は従うしかないと半ば諦めてしまっているが、それに何の意味があるのだろう。

規則ずくめでただ働かされるだけ。「ここに来るのが嫌だから、捕まらないようにしよう」と思う人間はたくさんいても、「悪いことをして反省」する人間がどれだけいるだろう。反省している前向きな人間がいないとは言わない。言わないけれど。

休憩時間や運動の時間は、それぞれの犯歴の話になることがある。捕まったことを悪いと思うよりも「運が悪かった」と思っている輩のほうがはるかに多い。おまけに出所後に一緒に仕事をしようと窃盗犯同士が話をしているのだから、元も子もない。もっとこう、心の部分をケアしてくれればいいのにと思う。中には心が幼くて、犯罪が犯罪だと自覚してない者もいるのだから。

足が寒くて、堂野はクチンとくしゃみをした。刑務所に来て、冬は凍るように冷たいものなのだと改めて自覚した。

「寒い？」

隣で、声をかけてくる。喜多川がこっちを見ているのがわかる。

「足がちょっとね」

喜多川は自分の犯歴を話さない。殺人をおかしたということは人伝に聞いたが、その経緯は知らない。聞いていいものなのかどうかもわからない。

「俺の布団に足、入れてみな」

「え？」

「足、足」

言われるがまま、堂野は隣の布団に右足をそっと入れた。布団の中で足首を摑まれ、温かいものに押し当てられる。

喜多川が自分の冷たい足を腹で温めてくれようとしていることに、堂野は恐縮した。「いいよ」と言っても、喜多川はやめない。冷たいだろうに、自分のために我慢してくれているのかと思うと、胸が痛くなった。

見返りを願っての行為だと知っていても、それだけで片づけられない。考え方が変わっていても、彼は優しいと思う。優しいのに、どうして人を殺したんだろう。きっと深い考えはなくて、衝動的に殺してしまったんじゃないだろうか。計画的とは思えなかった。

「今度、左の足」

右足をひっこめた堂野は「いいよ」と左の足を出さなかった。そしたら、布団の中に手が入ってきて、左の足首を強引に摑むと喜多川の布団に持っていかれた。

じわじわと温かくなる足。その不思議な幸せに、堂野は少しだけ笑ってしまった。

何かしたいと思うのは、当然というか当たり前の気持ちの流れだった。いつも喜多川にしてもらうばかりで、それは必ずしも自分にとって必要ではないことも含まれていたけれど……それでも、自分のために彼が何かをしてくれているというのは事実だった。

刑務所での生活が九年になるという喜多川に、たかだか四ヵ月の自分がアドバイスできることはない。でも喜多川もあと一年と少しで出所と聞いて、堂野は刑務所がしてくれない、喜多川への情操教育が自分にできたらと考えた。

喜多川が悪いことをしてしまったのは、子供の頃からの不幸な生い立ちが関係しているような気がした。人とあまり接していないから、世間と接してないから、物事がよくわかってないだけだ。知らないことを教えて、正しいことと間違っていることがわかるようになったら、喜多川は出所後もきちんと生活していける。それが彼にとってのベストだ。こんな犯罪予備校で、ただ漫然と日々を過ごすだけじゃ駄目だ。

刑務所側にしてみれば、悪いことをしたと反省する個人的な感情にまで立ちいらなくてはいけないのか、と言うかもしれない。けれど自主性のある人間というのは、意志の強い人間だ。犯罪に走るのは、弱い人間だ。何をどうすればいいのか、わからない人間だ。

堂野は意識して喜多川と本を読むようにした。家の見取り図に興味を示していたので、建物の本を主に選んだ。とはいえ、官本は種類が限られているので、あるのも「寺院百選」とか「世界美術館」といったものだったが、それでも喜多川はテレビよりは興味ありげに堂野の手許を覗き込んだ。

自分に影響されたのか、それとも興味のツボにはまったのか、本を読んでいるのを見たことがない男だったのに、自主的に官本を借りてくるようになった。そしてそこにある建物の絵を、ノートに写すようになった。

夕方、食事が終わるのを待ち構えたように喜多川はノートを開く。そして絵を描く。出来上がった絵を堂野に見せる。最初は子供の落書きで、「いい絵だね」とお世辞で言っていたが、最近では驚くほど上手くなって目を見張るほどだった。

「上手に描けたね」

そう言うと、喜多川はちょっとだけ口許をほころばせる。そしてまた絵を描く。房の仲間に話しかけられても気づかないほど夢中になっていた。背中を丸めて熱心に描く様は、まるで背中に絵を描く鬼人がついたかのようだった。

一月の終わり、喜多川はノートの見開きを縦に使って、サグラダ・ファミリア聖堂を描いた。これは本当に見事なもので、これまで喜多川が絵を描くことにさほど興味を示さなかった房の仲間まで、ノートを覗き込んでいた。

「凄いね。君にこんなに絵の才能があるなんて、思わなかったよ」

堂野が褒めると、喜多川は自慢気に目を細めた。

「描くの、面倒だけどな」

喜多川は堂野の顔を下から覗き込んだ。

「もっと俺のこと褒めろよ。凄いとか、上手いとか。描き上げるのに三日もかかったんだぜ。その三日分ぐらい褒めてよ」

確かに絵は上手いけど、喜多川がやたらと「褒める」言葉を欲しがることが気になった。

「でも、僕に見せるために描いてるんじゃないだろう。君の絵は確かに凄いけど」

「あんたに見せるためだよ」

何をいまさら、そんな調子で喜多川は呟いた。

「あんたに『凄い』とか『上手い』って言われたら、いい気分になるんだ。でなきゃこんな面倒臭いもの描くわけないじゃないか」

「それは違うよ。絵は自分のために描くんだ。僕のためなんかじゃない。君が、君のために描くものだよ」

喜多川は首を傾げた。

「あんた、何言ってんの？」

「だから、君は君のために描くべきだって……」

「言ってることがわかんねえな。セケンってのは、取り引きだろ。何か欲しかったら、代わりのモンが必要じゃないか。俺は褒められたいから絵を描く。それのどこが違うんだよ」

「僕はその、君の自主性を……」

「自主性って何だよ」

言葉に詰まる。喜多川は苛々したようにノートを閉じた。そしてこれまで取りつかれていたように描いていた絵を、その日はもう描かなかった。翌日、昼休みに喜多川は席を立って柿崎と話をはじめた。これまで、昼休みには自分の隣にいて、一緒に本を読んでいたのにと思うと、少し寂しかった。

夕方になって仮就寝までの間も、声をかけてこなかった。もちろん絵も描かない。喜多川は怒っている。だけどどうして怒っているのかは堂野にはわからなかった。話をしなくなって四日目、午前中に堂野は工場担当に呼ばれた。面会だった。来ていたのは父親だった。

「お前、痩せたな」

自分よりも痩せたように見える父親にそう言われて、堂野は言葉が出なかった。髪に白いものが多くなり、ひと回り小さくなった父親は息子に何を話していいのかわからないといった表情で俯き加減だった。

「母さんや朋子に聞いていると思うが、家を売ったよ。引っ越してそろそろ一ヵ月になるが、住んでみると田舎もいいもんだよ。人ものんびりしてるしね」

父親が田舎のよさを強調すればするだけ、無理をしているんじゃないかと居たたまれなくなってくる。

「例の警視庁の男だが、まだ犯人は見つからないよ」

「すみません。僕が……」

父親は首を横に振った。

「お前が悪いわけじゃない。父さんと母さんが不注意だっただけだ。気にするな」

会話は途切れがちだったが、父親は面会の十五分、ずっと向かいに腰掛けて、そして帰っていった。堂野は工場のミシンの前に戻った途端、泣きそうになった。両親も妹も悪くない。自分の巻き添えを食ったとわかっているから、辛かった。

仕事もろくにはかどらないまま昼になる。隣に座った喜多川はあっという間に食事をすませ、終わる合図と同時に席を立った。それまで、特に何かを考えていたわけでもないのに、ただ無性に寂しくて、寂しいという言葉しかあてはまらなくて、堂野は喜多川の工場衣の上着の裾を摑んだ。

酷薄そうで無機質な目が、チラリと堂野を見下ろした。

「その、隣にいてもらえないだろうか」

喜多川は柿崎に視線をやりつつも、結局は椅子に腰を下ろした。堂野はその隣で色々なことを考えた。それはこれまでに考えていたことと大差はなかったけれど、一人ではないと思うと少しだけ楽になった。隣には自分を助けてくれる人がいる。何かあったら、きっと……。そう思えるだけで、気持ちに逃げ道ができる。

昼休みが終わる少し前、堂野は喜多川に「ありがとう」と言った。

「俺は何もしてない」

隣の男は、憮然と言い放った。

「隣にいてくれたから」

「何もしてないって言ってるだろ」

「何もしていなくても、僕は君が傍にいてくれて楽になった。だからありがとうって言ったんだよ」

喜多川は眉間に皺を寄せた。

「ワケわかんねえな」

「わからないって言うなら、それでもいいよ」

喜多川は椅子に座ったまま、ガタガタと貧乏ゆすりをした。苛立ってるような仕草だった。そして渋い顔をしたまま堂野に聞いた。

「なあ、どうして？」

堂野は、どうやったら自分の気持ちを喜多川に伝えられるだろうと考えた。

「君が傍にいてくれて、よかった」

喜多川は「俺が……」と言いかけて、口を閉ざした。

「これは取り引きじゃないんだ。見返りがあるなしの問題じゃなくて、気持ちの問題だから」

堂野の言葉に隣の男は黙り込んだ。

「俺は何もしてない」

「何もしてなくていいんだよ」

喜多川は席を立つと、柿崎の傍に行ってしまった。嘘と偽りなしに自分の気持ちを伝えたつもりだったのに、わかってもらえなかったのが寂しかった。

翌日は運動があった。軽く体操をしたあと、堂野は塀の傍に腰掛けた。ぼんやりとソフトボールの試合を眺める。最初はみんな熱心にゲームをするなと思っていたが、あとになってそれが賭の対象だと知った時には呆れ半分、納得した。

　風は冷たいけれど、日差しは暖かい。膝を抱えて座っていると、頭の上でチチッと鳥の鳴く声がした。ふと、子供の頃に遠足に行った時のことを思い出した。森林と刑務所の運動場のギャップが皮肉で、苦笑いした。

　足許に影ができて、顔を上げると喜多川が目の前に立っていた。眉間に皺を寄せた難しい顔をしている。

「なに？」

　喜多川は視線を逸らした。露骨に目を合わそうとしないくせに、離れていく気配もない。しばらく堂野の前をうろうろしたあとで、正面から見据えてきた。

「あんたは、気持ち悪い」

　面と向かって言われ、胸がズキリと痛んだ。どこを気持ち悪いと思ったのか知らないが、嫌なら嫌で無視して、何も言わないでいてくれたらよかったのに、と思った。

「それで？」

　意地悪な気持ちで問い返した。途端、喜多川は落ち着きなくその場で足踏みをはじめた。

「それでって、だから……」

「僕が気持ち悪いと思うなら、近づかなきゃいいじゃないか」

喜多川が唇を噛むのが見える。ボソボソと呟いているけれど、何を言っているのか聞こえない。

「……気持ち悪いったら、気持ち悪いんだよ」

ようやくそこだけ聞き取れた。

「俺が考えてもわからないようなこと言うから、ずっと気になって気持ち悪いんだよっ」

堂野は瞬きした。

「あんたは何なんだよ。この気持ち悪いのは何だよ」

「君が何を言っているのか僕にはわからない」

喜多川は両手を握り締めた。

「だから、嫌なんだよっ」

「嫌なのはわかったから、何が？」

向こうに行ってしまうかと思ったら、予想に反して二十センチほど距離をおいて隣に腰掛けてきた。チラチラと、まるでこちらの様子を窺うように見る。

「気持ちが小さくなって、萎んだみたいになるんだ。どうしてだと思う」

言われても、堂野は妙に抽象的な言葉の意味を理解できなかった。

「それは、寂しいの？」

「わからない」

俯いて、喜多川は足許の草をブチリと引き抜いた。

「頭、撫でて」

こちらを見ずに、ぽつりと呟く。何を考えているのかわからなかったけれど、言われた通りに頭を撫でてやった。自分から撫でてと言ったくせに、触れている間、ずっと喜多川は膝を抱えて硬くなっていた。

「そんなことしたって、俺はお前に何もしてやらないからな」

睨むような目が、堂野を見上げた。

「美味い夕飯も分けてやんないし、熱が出たって薬もやらない」

「何か期待してやってるわけじゃないから」

「だから、何にもやらないって言ってるじゃないか。俺の言うことなんて、聞かなきゃいいだろっ」

堂野は震える頭から、そっと手を離した。

「見返りとか取り引きなしには、人と付き合えないの？」

潤んだ目が、堂野を見上げた。

「俺、そんなの知らない」

「利害関係がなくても、気持ちがあれば人は仲良くすることができるよ」

「そんなの変だ」

「それが普通だと思うよ」

喜多川は顔をうつ伏せたまま、じっとしていた。そしてもう一回「頭を撫でて」と呟いた。撫でてやると、余計に小さくなって膝を抱えた。

「俺は、あんたに何したらいいの？」

「何もしなくていいよ」

喜多川がこちらを見た。

「本当に、何もしなくていいんだよ」

俯いたまま「ふうん」と喜多川は呟いた。誰かが、ソフトボールを大きく打ち上げた。放物線を描くボールが、逆光で見えなくなる。喜多川も顔を上げ、ボールを目で追っていた。

いい大人のはずなのに、子供みたいな幼さがある。目が合うと、喜多川はまた俯いてしまった。堂野にはそれがなぜか照れ隠しのように思えて仕方なかった。

相手から好意を感じるのは、表情だとか、言葉遣いだとか、態度だとか、自分だけが優遇されることだとか、色々とある。けれどそれがいっぺんに向けられたら……。

堂野はまさにそんな気分を味わっていた。

それはもう周囲が眉をひそめるほど、喜多川は堂野にベッタリとついて回るようになった。昼休みや、夕食が終わってから就寝まで、片時も傍を離れない。もとから隣の席で距離は近かったのに、今はもう「寄り添う」といったほうがいいほど、くっついてきた。

本を読んでいたら「それ、何？」と隣から覗き込んでくる。最初は一緒に読んでいても、退屈になってきたら「将棋をしよう」とか「囲碁をしよう」と邪魔してくる。堂野は将棋も囲碁も得意ではないけれど、喜多川がしたいならと一、二回は付き合う。それでやめようとすると「まだしたい」とごねる。断ると拗ねて唇を尖らせるが、それでも自分の隣を離れていこうとはしなかった。

ある夜、就寝になってすぐ喜多川は堂野に「手ぇつなごう」と言ってきた。

「手をつなぐ？」

「仲良しってさ、手ぇつなぐモンだろ」

子供じゃないんだから……と思いつつ、断る強い理由もないので手をつないだ。喜多川は何度も、堂野の手を握りなおして、それが気になっているうちに、いつの間にか眠ってしまっていた。朝、目が覚めた時も手は握られたままで、おまけに少し布団からはみ出していて、よく刑務官に見つかって注意を受けなかったなと、ひやりとした。

手を動かすと、喜多川は目を覚ました。眠そうに瞬きしたあと、堂野を見てニッと笑う。フッフッと笑って布団の中に顔を隠して、また顔を出す。

「何してるんだ？」

返事をせず、喜多川はまた布団をかぶった。廊下を刑務官が通っていったが、布団をかぶって寝ていた喜多川を注意しなかった。大目に見てくれる優しい刑務官のようだった。

その日、喜多川は一日中機嫌がよかった。無愛想な表情が影をひそめて、よく笑ったしよく喋った。食事のあと、喜多川はまるで犬のようにクンクンと堂野の服を嗅いだ。入浴後なのに、どこか臭うだろうかと気になって、堂野は聞いた。

「臭い？」

喜多川は首を横に振った。

「いい匂いがする」

「石鹼の匂いかな？」

「それとは違う」

喜多川は堂野の首筋に鼻を押しつけるようにして匂いを嗅いだあと、ベロリと首筋を舐めた。

ビクリと背中を竦めると、今度はなぜか頭をガリガリと甘噛みしはじめた。

「なっ、何するんだよ」

逃げようとしても、背中から覆い被さられて逃げられない。それを見ていた公文が「ガハハッ」と笑った。

「何だ、喜多川。お前、食人族にでもなるつもりか」

すると喜多川は真面目に「食べるわけないだろう」と答えた。

「食べたら、堂野がなくなる」

「真理だな」

芝が物々しげに呟き、柿崎は「ハハハッ」と笑ったあとで「シンリって何スかあ？」と公文に聞いた。公文は口の両端をクッと引き上げた底意地の悪い顔で「男と女がまんこして、ガキができるってことだよ」と言い、ヒャッと笑った。

頭を齧るのはやめたものの、喜多川は堂野を背後から抱きしめたまま、ユサユサと大きく揺さぶった。

「ふ、ふざけてたら、担当に注意されるって」

言っても喜多川は聞かない。そうしているうちに不意に「勃《た》った」と背後から言われ、堂野はギョッとした。

「卑猥な腰づかいなんかしてるから、ムスコがその気になっちまったんだろ。とっとと抜いてこい」

　公文に言われ、喜多川は自分の棚からちり紙を取るとトイレへ入った。ああいうのは生理現象だし、堂野もこっそり布団の中でしたことがある。けれどよりにもよって自分の背後で勃起しなくてもいいじゃないかと思った。

　喜多川がトイレに行っている間に、柿崎が隣にやってきた。夕食後、仮就寝までの間も座る位置は決められているのだが、そんなこと無視している。

「堂野さんはぁ、喜多川兄ィとできてんすか？」

　ひそっと聞いてくる。

「できてるって？」

「ケツの貸し借りとか」

「はっ？」

　芝が見かねたように柿崎の頭をポンと叩いた。

「雑居房でやれるわけないだろ。喜多川が堂野にじゃれてるだけだよ」

「そうなんスけど、もしそうだったら俺も仲間に入れてもらいたいなあって」

　公文がケッと吐き捨てた。

「そんなにケツが寂しけりゃ、箸でも突っ込んどけ」

　柿崎はムッとしたように鼻の頭に皺を寄せた。

「俺はタチ専門なんスよ。公文さんは男のケツを知らないから、ホモを馬鹿にすんですよ。ケツってのは締まりよくて、サイコーなんすよ」

芝が読んでいた本を閉じた。

「いくら締まりがよくても、俺は玉と竿つきは御免だな」

「でっ、でもっ」

「ケツツうるさいんだよっ」

公文が眉をひそめた。

「そんなにケツがいいならな、一人で思う存分センズリできるように独居房へ行け。何なら俺から担当に言ってやろうか」

柿崎は首を横に振った。

「独居は嫌ですよう。寂しいじゃないスか」

話をしているうちに、喜多川がトイレから出てきた。そして不機嫌な顔で柿崎の背後に立った。

「そこは俺の場所だ」

ドスが利いた喜多川の声に、柿崎はいそいそと自分の場所に戻る。もとどおりの席におさまった喜多川は、堂野と目が合うとニッと笑った。

昼間、工場の仲間が刑務官に引っ張られていった。一週間ほど前から、工場担当が中年のベテラン刑務官から、二十代後半の若い男に替わった。工場担当が替わるのはよくあることだが、今度の若い刑務官はやたらと威圧的で、些細なことですぐに動静小票を出すので、懲役の評判は悪かった。

その日、懲役同士が作業中に口論になった。内容は仕事に関してだったが、刑務官はろくすっぽ理由も聞かずに警報を押し、二人の懲役は工場の外へ連れ出されていった。

刑務官はやれやれという顔をして、「お前らも懲罰を食らいたくなかったら、静かに仕事をしろ」と言い放ったあと、みっともなくのび出した鼻毛をブチリと引き抜いた。

正直、何様だと思った。刑務官というだけで、お前は「偉い」わけじゃない。堂野は激しい怒りを覚え、抗議をしようかと思ったが「懲罰」の二文字が胸を過ぎり、立ち上がることができなかった。そんな自分がたまらなく卑怯に思えて切なかった。

その日は運動もあった。真冬の曇り空、日差しの弱い外での運動は体を動かしていなければ指先まで凍える。堂野は運動場の外周をゆっくりと歩き、喜多川はその隣にぴったりついてきた。堂野が止まると止まり、座ると座る。喜多川が自分にくっついて離れないのは、食事の時や運動の時も同じで、工場の他の懲役から「デキている」と思われているらしいのは、堂野の耳にも入ってきていた。

周囲から同性愛者だと思われるのはいい気分じゃないし、からかわれると腹が立つ。だけど喜多川を遠ざけようとは思わなかった。子供みたいに、犬みたいに懐いてくる男を邪険にするのは躊躇われた。そこに、喜多川の不幸な生い立ちに対する同情があるのも否めなかった。

「あの刑務官には腹が立つよ。あれぐらいのことで注意するなんて。一回の懲罰が、懲役にどれだけの影響を与えるかわかってないんだ」

傍に誰もいないのをいいことに、堂野は喜多川に愚痴った。愚痴を言う相手も、ここでは選ばないといけない。もしも悪口を言っているのを点数稼ぎをしたいと思っている懲役に聞かれたら、刑務官に告げ口され、集中的に虐められる原因になる。以前、些細なことで何度も動静小票を切られ、挙げ句の果てに懲罰房へ入れられ、執拗な虐めで、うつ病になった男の話を聞いたことがある。仮出所で外へ出た途端、自分の担当刑務官を殺して舞い戻ってきた懲役の気持ちも、今の堂野には理解できる。

「あのさ、膝に寝ていい？」

怒りで頭の中が熱くなっていた堂野は、何を言われたのか一瞬わからなかった。

「膝？」

「膝の枕」

確かに雑居房では座る位置が決められていて、自由時間も勝手に寝転がったりできない。だけど何もみんなから見える場所で、そんなことをしなくてもいいじゃないか、と胸を過ぎった。

それに今、自分は話をしていた。こっちが勝手に喋ってる愚痴だから返事はいらないが、それでも聞いている姿勢ぐらいは欲しかった。

「けどね……」

「膝、貸してよ」

膝、膝としつこいので、最後に根負けして膝を貸した。また周囲の噂の種になるなと思いつつ。喜多川は堂野の膝の上に、腹に顔を向けるような形で寝転がった。刑務官に注意されるのではないかと気になったが、刑務官はソフトボールの試合を見ていて、こちらに顔は向いていなかった。

膝の上でじっとしていた頭が、ゴソリと動いた。股間に鼻先を押しつけてきて、何か嗅いでるような仕草をするから、落ち着かなくなった。

「や、やめろよ」

「あんたの匂いがする」

「嫌だって」

両手で頭を押さえて股間から遠ざける。喜多川はチッと舌打ちして股間に顔をつけるのは諦めたけれど、膝の上からはどこうとはしなかった。

終いには意地になって自分の膝にしがみついている男がおかしくなって、堂野は笑った。

「君って、下の名前は何だったっけ？」

何気なく聞いた。少し間をおいて、喜多川は「ケイ」と答えた。

「どんな漢字？」

「土が二つ重なっているやつ。……あんたの下の名前は？」

「崇文」

「どんな字？」

「山の下に宗、それに文って字で崇文」

「ふうん」

「圭《けい》って可愛い名前だね」

喜多川は下からチラッと堂野を見上げた。

「知らない人の名前みたいだ」

「どうして？」

「それで呼ばれたことないから」

自分の名前も呼ばれない環境にずっといたのかと思うと、男が不憫な気がした。

「もったいないね」

ニッと喜多川は笑った。

「あんたが俺につけた名前みたい」

「今度から、君のことを圭って呼ぼうか」

喜多川は嬉しそうに頭を揺すった。

「俺はあんたのこと、崇文って呼んでもいい？」

「いいよ」

喜多川は「崇文、崇文」と意味もなく繰り返した。それが妙に可愛くて、堂野は丸坊主の頭をそっと撫でた。猫のように目を細める。こんなに気持ちの幼い男が、どうして人を殺したんだろうと、また胸を過ぎった。共同生活が長くなるうちに、だんだんとわかってくる。喜多川はクールで、決して激情家ではない。計画的に、もしくは感情的に人を殺す男とは思えなかった。

聞いてはいけないだろうか。だけど、聞いてみたいという欲求が膨らみ、好奇心に負けて堂野は遠回しに聞いた。

「君はどうして刑務所に入ったの？」

喜多川は首を傾げた。

「知らないの？」

「噂には聞いたけど……」

知ってるんじゃないか、これで話は終わったとばかりに、喜多川は目を閉じた。

「聞いたよ。聞いたけど僕は君が、その……人を殺したようには思えないから」

喜多川が薄目を開けた。じっと自分を見ている。もしかして、そこは踏み込んではいけない領域だったのかと、慌てて付け足した。

「言いたくないならいいんだ。無理に聞き出すことじゃなかったよね。ごめん」

フッと堂野は息をついた。話はそれきり、終わってしまったものだとばかり思っていた。

「雨の日に、母さんが来た」

ポツリと喜多川が呟いた。

「建設現場の寮に来た。顔を見るのは、十年ぶりだった。だから『お前の母さんよ』って言われるまで、俺は目の前に立っている中年の女が誰なのかわからなかった。久しぶりだから、一緒にご飯を食べようって言われて、外へ行った。ファミレスで、ハンバーグ定食を奢《おご》ってくれた。そのあとで『今、生活が苦しいから金を貸してくれ』って言われて、金を貸した」

喜多川はフワッとあくびをした。

「それから何回も金を借りにきた。冬の、雨の降っている日に来て『もう金がない』って言ったら『一緒に来て』って俺の手を引っ張った。ついていったら、暗い倉庫の奥で、男が転がってた。ハンカチに包んだナイフを渡されて『殺さないと殺される。だからこの男を殺して』って言われたんだ。だから言われる通りに刺した」

なあ、と喜多川は堂野を見上げた。

「人ってさ、死ぬ時に何にも言わないんだ。叫びもしない。どれだけ刺したら死ぬのか、どうやったら死んでるってことになるのか、わかんなくてさ」

堂野は右手で額を押さえた。

「君はそのことを警察に話したんだよね」

「話したよ。俺が殺したって」

「違う、母親に頼まれて殺したってことだ」

「言わないよ。母さんが『俺が殺したことにしてくれ』って言うから」

そんな馬鹿な……という思いが、胸を過ぎった。

「どうして本当のことを話さなかったんだ。君は自分が『殺した』って言うけど、最初っからその男は死んでいて、君は殺人者の身代わりにされただけなんじゃないのかっ」

さあ？　という喜多川の返事に、堂野は怒りを覚えた。

「どうして自分の無実を証明しようと思わなかったんだ。先に死んでたのなら、罪に問われても死体を傷つけたぐらいで、刑務所に何年もいなくてよかったのに」

「そいつが生きてたか死んでたかなんて、俺はどうでもいいんだ。顔も見たことのない奴だったしな。それにここでは『殺し』だとハクがついて一目おかれる」

堂野は愕然とした。喜多川の心が理解できなかった。いくら母親に頼まれたからといって、人を殺すだろうか。それでもいいと、思えるだろうか。この男の良心は、どこにあるんだろう。

「どうして、そんな顔するんだよ」

喜多川が、眉をひそめた。

「崇文が聞きたがったんじゃないか。どうして殺したんだって、聞いたんじゃないか」

「そうだけど……」

「崇文だから、俺は話したんだ。警察にも、弁護士にも、他の懲役にも言わなかったのに。母さんにも言うなって言われてたからさあ」

何と返事をしていいのか、わからなかった。

「今まで誰にも話さなかったのに、どうして僕に話したの？」

崇文が聞きたがったから、と同じ言葉を二度繰り返したあと、喜多川は唇を尖らせた。

「母さんより、あんたのほうがいいと思うからだよ。いいって思うほうをひいきにしたっていいだろ」

「ひいきって、何だ」

喜多川は困ったように口を閉ざした。

「ひいきはひいきだろ」

堂野は膝の上にあった喜多川の頭を強引にどかせようとした。すると嫌がってしがみついてくる。どうやっても離れない。派手に騒ぐと刑務官が飛んできそうな気がして、堂野は膝の上の男を引き剝がすことを諦めた。

「俺は母さんより崇文がいい。一緒にいても、触れても温かくなる」

息子に罪を押しつけるようなことをする母親を、今まで信奉していたのかと思うと、その人間関係の乏しさに堂野のほうが切なくなった。

「君がここを出て、真面目に働いて、誰かを大切に思うことができたら、僕よりもっといい人に出会えるよ」

「そんなことしてたら、俺はジジイになる」

堂野は首を傾げた。

「俺は来年で、三十になる。その間に崇文みたいなのは初めてだった。その計算だと、次がくるのはまた二十九年後か？　六十近いジジイじゃないか。それなら今の崇文を捕まえとくほうがいい」

駄目だと言ったのに、喜多川がまた股間に顔を押しつけてボソリと呟いた。

「セックスしてえ」

ギクリとした。

「今まで男のケツ見ても、やりてえなんて思わなかったのにな。崇文とはしたい。俺、ホモになったのかな。こんな急にホモになるもんなのかな」

「な、何か勘違いしてるんじゃないかな」

「勘違いじゃねえよ。今だってズボンのボタン外して、チンポ引きずり出して舐めてみてえと思ってる。崇文はザーメンもいい匂いがしそうだもんな」

「やめろっ、喜多川っ」

「ケイって呼ぶんじゃねえの？　ケイって呼べよ。あんたがつけた名前だ」

堂野はブルブルと震えた。怒りとも、羞恥ともつかないものが全身を巡る。

「怒るなよ」

「誰だって、誰だって怒るだろっ」

「どうして怒るんだよ。俺は本当のことを言っただけだ」

喜多川はようやく膝から頭を上げた。喜多川がいなくなると、膝の上がひやりと冷たくなった。

「俺はさ、考えたんだよ。考えたけど、やっぱり俺はあんたとセックスしてえんだよ。どうしてセックスなのか考えてさ、気づいたんだ」

堂野は顔を上げた。

「俺は崇文のこと、愛してるんだよ。だからセックスしたいと思うんだ」

「そんなの、自分の性欲に適当な理由をつけただけだろっ」

「夫婦は、愛し合ってるからセックスするんだろ。それと同じだよ。俺も崇文を愛してるから、セックスしたいんだ」

「違うっ」と吐き捨て、堂野は俯いた。

「どうしてあんたが違うって言うんだ。愛してるって言ってるのにさ」

耳許で囁かれた言葉に、堂野は何と返事をしていいのかわからなかった。


もしこれが塀の外の世界だったら、と堂野は考えた。同性の友人に告白されたとする。自分にその気がないなら、はっきりと口に出して断る。それから物理的な距離と時間をとる。そういったものが相手の気持ちを落ち着かせると思うからだ。

堂野ははっきりと「君のことは友達として好意を持っているけれど、恋愛感情は一切ない。だから、セックスもしたくない」と告げた。すると喜多川は「セックスしたくなるぐらい、好きにさせる」と答えた。それなら距離をおこうと思っても、同じ雑居房で席は隣、食事も隣。距離のおきようがなかった。

喜多川のスキンシップはエスカレートするばかりで、堂野はある夜、唇に違和感を覚えて目を覚ました。自分はキスをされていて、相手が喜多川だとわかった時、堂野は声こそあげなかったものの、自分の上にある体を蹴飛ばしていた。ドシンと大きな音がして、夜勤担当の刑務官が飛んでくる。慌てて寝たふりをして、みんなで「音など聞こえなかった」と嘘をついた。刑務官はここの部屋から音が聞こえたと言ってきかなかった。芝が「私には音は聞こえませんでした。だけど担当さんに聞こえたということは、もっと手前の房か上の階じゃないですか」と言うと、だんだんと自信がなくなってきたらしく、引き下がった。刑務官が行ってしまったあと、公文が「静かにやれ、静かに」と吐き捨て、それの意図するところを考えるとたまらなく恥ずかしかった。

翌朝、昼の休憩時間を待って堂野は喜多川を責めた。相手の承諾ナシにそういう行為をするのはルール違反だと言うと、喜多川は「どうして？」と問い返してきた。

「寝ている間に、卑怯じゃないかっ」

本棚の隅、堂野は小さな声で吐き捨てた。

「寝てる間のほうがいいだろ。起きてたら、崇文が怒りそうだったから」

「当たり前だっ」

「寝てたら、俺がしたことに気づかない。気づいてないんだから、崇文の中では何もないと一緒だろう」

「無茶苦茶だ」

「もう五回はキスしたけど、崇文が目を覚ましたのは今日だけだ」

初めてではないということに衝撃を受けた。喜多川はまるで挑むような目で「これまでの五回分も怒るか」と聞いてきた。

「君には付き合ってられないっ」

「いくら怒っても、あんたの隣の席は俺だ」

話をするのも嫌になり、離れようとすると右腕を摑まれた。「離せよっ」と振りほどこうとすると耳許で「愛してるのに」と言われ、ドキリとした。

「愛しているのに。寝ててもキスしたいって思うぐらい、愛しているのに」

喜多川の目がすっと細められる。こちらの動揺を見透かしたように「愛してる」とわざわざ耳許で囁く。子供っぽいくせに、そうやって足許を崩そうとする計算高さが、鼻についた。

「言葉をおもちゃにするのはやめろ。反吐《へど》が出る」

「俺は本当に崇文のことを愛してるよ」
堂野は俯いた。塀の外でも、冗談でも、これほど「愛してる」と連呼されたことは生まれてこの方、一度もなかった。

夜中にキスされるのはどうしようもないと諦めた。やめろと言ってもきかないし、抵抗して下手に騒いだら同じ房の懲役に迷惑がかかる。喜多川にキスされる感触があっても、堂野は目を開けないようにした。寝たふりをするのだ。そして気配が去っていくのをただひたすらに待った。

刑務所での暮らしが長いせいか、喜多川は夜勤担当の足音に敏感だった。キスの最中、不自然に離れたなと思ったら、数十秒後に巡回がやってくる。刑務官は巡回の時、廊下に敷かれた絨毯の部分を歩くので、足音は微かにしか聞こえないのに、恐ろしいほど耳がよかった。

喜多川は隠し物の名人でもあった。堂野が風邪をひいた時にくれた風邪薬は、夏頃から医務の日に決まって「風邪をひいた」と嘘をついて集めていたもののようだった。もらった薬を飲まずにためておくなど懲罰ものだが、喜多川は雑居房や工場で抜き打ちで行われる所持品検査でも、薬を見つけられたことはなかった。とにかく隠すのが上手かった。

　ベタベタとまとわりついてくる喜多川をどうにもできずに過ごすうち、堂野は次第にその近すぎる距離に慣れていった。不自然にまとわりつかれることも、夜のキスもそういうものだと思えば、我慢できないこともなかった。

　注意をしてもきかない。わけのわからない屁理屈をこねる。それなら最初から何も言わない方が腹も立たないかと思い黙っていると、喜多川はそれを「わかってくれた」からだと勘違いしたらしく、当然みたいに触れ、キスしてきた。

　喜多川の堂野への執着を、公文など最初は面白半分に茶化していたが、そのうち何も言わなくなった。芝も我関せずだった。

　凍るような二月の終わり、日曜日に二級者の集会があった。懲役には四級から一級まであり、三級以上になると免業日に菓子やジュースを飲みながら映画鑑賞をする集会に参加することができた。

　堂野は入所して数ヵ月しか経ってないので四級のまま、集会はなかったが、喜多川は二級だった。その日は二級者の集会で、喜多川は午前中に映画を見にいった。一日中喜多川にまとわりつかれていた堂野は、たとえ一時でもその存在から解放されてホッと肩の荷が下りるようだった。

　久しぶりに一人でゆっくりと本を読んでいると、向かいから柿崎が「堂野さん」と声をかけてきた。

「堂野さんて、色白いっすね」

その言い方にどこか含みのようなものを感じつつ、世間話として「あまり外に出てないからかな」と流した。

「外に出ないからじゃなくて、もとから白いんでしょ。風呂の時とかも、目え引くし」

人が風呂に入っている間にどこを見ているんだ、と不快感を覚える。

「俺、思うんスけどね。正直、喜多川の兄ィって堂野さんのタイプなんスか」

ズバリと聞かれて、返答に迷った。

「僕と彼は、そういう関係じゃないから」

「どう見たってホモじゃないスか」

言いきられて、堂野は次の言葉も出なかった。自分では線引きしているつもりでも、夜中にキスして、用もないのにベタベタとしていたら、やっぱり同性愛者に見られてしまうのだ。

柿崎は机の上に身を乗り出して「ここだけの話ですけどね」と声を潜めた。

「喜多川の兄ィ、男とも女ともヤッたことないらしいっスよ」

小さな声だったのに聞こえてしまったらしく、公文が飛びついてきた。

「てぇことは童貞か。嘘だろ」

柿崎は鼻の頭にムッと皺を寄せた。

「本当ですよ。ちゃんと本人に聞いたんですから。あの人って殺しでしょ。十九まで経験なくて、それから刑務所に入ってって考えたら、女は知らなくて当然っスよね。男ともいっぺんもやってないって言ってたから、童貞っすよ」

公文は腕組みをして楽しそうに「クックッ」と笑った。

「二十八で童貞かぁ。あいつ持ってるモンはでけぇのに、有効活用してなかったってことなんだな。もったいねえ」

「男はチンポのでかさじゃなくてテクっすよ」

だんだんと苦手分野の話になってきて、堂野は本に集中するふりをした。堂野はこれまで三人の女性と付き合い、そのうちの二人とセックスした。数は少ないほうかもしれないが、それなりの経験はあった。

「堂野さーん、経験ない兄ィのデカいモノ突っ込まれたら、間違いなくケツが裂けますよ。それよりも、そこそこサイズでテクのある俺とやって……」

公文が柿崎の頭をバシンと叩いた。

「お前、冗談でも喜多川の前で堂野を誘うなよ。そんなことしたら半殺しにされっぞ」

「わかってますよ。だからいない時に言ってんじゃないスか」

柿崎が頭を抱える。それまで聞く専門だった芝が、本をパタリと閉じフーッと息をついた。

「俺は喜多川が一方的に懐いてるだけのような気がするけどな。少なくとも堂野にその気はないだろ」

「ええ、まあ」と曖昧に返事をした。納得できないのか、柿崎は釈然としない顔をしたまま、チラッと堂野を見た。気づかなかったふりで本に視線を落とし、やっぱり誤解を招くキスという行為はやめさせたほうがいいんだろうかと悶々と考えた。

昼前、喜多川は集会から戻ってきた。そして戻ってくるなり、ビニールで個別パッケージされた五センチ四方のクッキーを三つどこからともなく取り出した。四人の視線がクッキーに集中する。刑務所内では、甘いものは貴重品だった。極端に甘いものは嫌いだという者でない限り、ほぼ全員が常時、甘いものに餓えるようになる。

最初、堂野は甘いものを欲しがる懲役の感覚が理解できなかったが、今はわかる。どうにも、感覚で甘いものが欲しいと思い始めるのだ。

「これ、どうした」

ゴクリと喉を鳴らし、公文が聞いた。

「集会の残りを取ってきた。これは芝さんと公文さんと柿崎の分」

自分の名前が呼ばれなかったことに堂野はショックを受けた。三人はチラと堂野を見て、悪いな……という顔をするものの、三人だけでそのクッキーを食べてしまった。

三人と喜多川を見ないようにしながら、どうして自分だけクッキーをもらえなかったんだろうと堂野は考えた。今まで自分は喜多川に優遇されてきたはずなのに、どうして今回ばかりは駄目だったのか。

意地悪をされているんだろうか。好きだ、好きだと言ってくるのに、いつも邪険にしていたから、こんな風な仕返しをされているんだろうか。

みんなにクッキーを分けたあと、喜多川はいつも通り堂野の隣に腰掛け、ベタベタとじゃれついてきた。けれど堂野の胸には今ひとつ釈然としないものが残った。

夜になり、布団に入ってからも堂野は昼間のクッキーのことを考えていた。たかがクッキー一つで、自分がもらえなかったぐらいで浅ましいが、やっぱり気になる。けれど「どうして自分にだけくれなかったんだ」と聞くようなことはできなかった。

夜勤担当の刑務官が、巡視に回る足音が遠くなる。隣の男が動く気配がして、堂野は男の反対側に横向きになった。

髪を撫でて、頬に鼻先を寄せてくる。いつもは無視して離れるのを待っているけれど、今日ばかりは嫌だと思った。刑務官に見つかったら注意を受ける覚悟で、布団を頭からかぶった。

それも強引に引き下ろされる。眉間に皺を寄せて目を閉じると、耳許に「いいもの、やろうか」と言われて目を開けた。

喜多川が手にしていたのは、クッキーだった。昼間、みんなに分けて自分にだけくれなかったあのクッキー。鼻先に近づけられると、甘い菓子の匂いがした。ありがとうと言う前に、堂野は口を開けていた。「次に担当回ってくるまでに食べろよ」そう言うと、喜多川はクッキーの端をくわえたまま、堂野の顔の前に突き出してきた。早くしろと顎をしゃくる男に急かされて、堂野はクッキーに嚙みついた。一口、二口と齧り、唇が触れる前にやめようと思っていたのに、意地汚い食い意地が相手の唇を掠めた。途端、喜多川は堂野に覆い被さるようにキスしてきて、口を割った。クッキーで甘くなった口腔を舌で掻き回す。

奇妙な感覚だった。やっぱりクッキーをくれた。自分は特別に思われているんだと思うと、嬉しかったし、ホッとした。そういう部分で頑なな気持ちが崩れた時、初めて堂野は男とキスをしているということを強く意識した。

息遣いと、においと、熱のある生身の存在。股間がじわりとむず痒くなり、そんな自分の反応が恥ずかしくて全身がカッと熱《ほて》った。相手を引き剝がそうとするのに、腕が細かく震える。

けれど喜多川はそんな堂野の反応に気づいてないようで、散々掻き回しただけで自分の布団に戻っていった。

堂野は硬くなったモノをどう処理していいのかわからなかった。ちり紙を取りに立つのも露骨だし、このまま放っておいたら、夢精しかねない。じっとして、別のことを考えて、何とか衝動をやり過ごした。……その夜、堂野は夢を見た。喜多川に弄られて射精するリアルな夢だった。

堂野は喜多川を、性的な意味で意識しはじめたことを自覚しても、それを口にすることはなかった。男に言い寄られて、その男の手でイくのを想像するようになるなんて、普通じゃなかった。

夜中にキスされて、それがしつこくて深いキスで、感じて股間が硬くなっても、喜多川はキスだけであっさりと隣の布団に戻る。自分の体は反応しているけれど、喜多川はどうなんだろうと堂野は思うようになった。

生理現象のような下半身の反応はおこらないんだろうか。おこらないとしたら、自分だけが妙にいやらしいような気がして、憂鬱になった。

喜多川は房の中で生活することに慣れていて、トイレの中、ものの数秒で射精することができる。だからそれほど溜まらないんだろうと、言い聞かせて自分を納得させた。

気持ちは微妙に変化しても、生活は何ら変わりないまま、坦々と日々が過ぎる。そして冬が過ぎ、春の気配を感じさせる三月、堂野は出所まで三ヵ月を切り、刑務官に蓄髪箋を出した。出所まで三ヵ月を切ると、出所への準備として髪を伸ばしたいという希望が出せるようになる。それが蓄髪箋だ。坊主頭の、いかにも「懲役でした」という頭で出所しなくていいことは、心底ありがたかった。

堂野が髪を伸ばしはじめてから、喜多川は不機嫌になった。苛立たしいからといって、暴力を振るったり、協調性を欠いたりするわけではないが、前から無口な男だったのが、余計に口数が少なくなった。

誰かが「堂野もあと八十日だな」と言うたびに、ギロリと相手を睨む。そんなことを繰り返すうちに、誰も喜多川の前で堂野に出所の話をしなくなった。

ある夜、堂野は喜多川のキスで目を覚ました。目を覚ましてもそれまで見ていた夢と現実の判断がつかず、ヌルリとした舌に自分の舌を押し当てていた。普段は相手に応えるなんてことをしない。それをしたら、図にのるのがわかっていたからだ。けれど同じことが繰り返される日々、出所へのカウントダウンがはじまったことで、堂野の気持ちのネジは少し緩んでいた。

舌を絡めるキスは気持ちよかった。夢だと思っていたから、もっと貪りたくて相手の頭を引き寄せた。長いキスをしたあと、ぎゅっと息が止まるかと思うほど抱きしめられて、その息苦しさにはっきりと目が覚めた。

相手が本物だったと悟った時、少し慌てた。いつもは巡視を警戒して、すぐに布団に戻れるよう上半身ぐらいしか堂野のエリアに侵入してこない男が、何を考えたのか布団にもぐりこんできていたからだ。

膝で股間をグイグイ押されて、羞恥で真っ赤になった。貪る心地よいキスに連動するように、自分の股間は硬くなっている。

「やっ……やめっ」

抗うと、キスされた。キスされたまま、膝で股間を押される。太腿で勃起したものを擦られて、刺激にご無沙汰していた部分はどんどん硬く、熱くなっていった。

「パ、パジャマが汚れるから、やめてくれ」

小声で訴えると、太腿は動かなくなった。そのかわり、温かい手のひらがパジャマのウエストから忍び込んできて、堂野のペニスの先を包むようにして握り締め、指先がくびれの部分をキュッと締め上げた。

我慢できるものではなく、堂野は喜多川の手の中に放っていた。余韻も引かないまま再びキスされ、舌を絡められて、背中がビクビクと震え出す。

そうしているうちに、唐突に喜多川は自分の布団に戻った。ほどなく巡視の刑務官がやってくる。巡視がいなくなってから、喜多川は立ち上がって手を洗った。その水音を聞きたくなくて、堂野は耳を塞いだ。

手を洗ったあと、喜多川は自分の布団に戻った。そして耳を塞いでいた堂野の右手首を摑んだ。水で洗った手はひんやりとしていた。だけどそれもすぐに温かくなった。

朝まで手をつないでいた。堂野は途中で何度も離そうとしたが、そのたびに喜多川は強く握り返してきた。

その日は運動があった。喜多川と二人きりにはならないほうがいいような気がして、堂野は芝と話をしようとしたけれど、その前に喜多川につかまってしまった。手をつないで塀の傍まで連れていかれ、不自然なほどぴったりと寄り添われて腰を下ろした。

「キスして気持ちがいいのは、俺だけかと思っていた」

ぽつりと喜多川が呟いた。それが夜の、キスで勃起したことだと察して、堂野は俯いた。

「崇文はもうちょっとしたら、ここを出ていく。俺は崇文と離れたくない」

「仕方ないよ」

「離れたくない」

右手をギュッと握られた。

「離れたくない」

すがりつくように言われ、胸が震えた。母親に虐待され、殺人者の身代わりにされて、人の情を知らずに生きてきた男が自分に頼ってきていると思うと、何とかしてやりたいという気になってくる。

「君もあと一年で出所だろう。そしたら塀の外で会えるよ」

「出所したら、崇文は俺と一緒にいてくれる？」

顔を覗き込むようにして聞かれた。一緒にいて、の意味を考える。

「一緒に生活をするという意味では無理だけど、たまに会って話を……」

「俺はあんたと住みたい」

「男同士で同居なんておかしいよ」

「ホモのカップルは一緒に住んでる奴もいるって、柿崎は言っていた」

ホモと言われて、堂野はショックを受けた。自分にそんなつもりはなかったし、キスを許したのだって、騒ぎをおこしたくないがために妥協したからだ。

「僕は……その、ホモじゃないから」

「男とキスして勃起するんだから、あんたはホモだろ」

耳までカーッと赤くなった。

「あっ、あれは、勘違いしただけだから」

「勘違い？」

嘘はつるりと口から出た。

「外で恋人が待ってくれているんだ。も、もちろん女の人で、結婚を前提に付き合っている」

喜多川の顔が、一瞬にしてザッと青ざめた。これほどはっきりと人の表情が変わる様を見たのは初めてだった。

「だから君とは暮らせないけど、と、友達として仲良くしていこうよ」

口を半開きのまま、喜多川は俯いた。両手で頭を抱え、小さくなる。そんな姿を視界から排除し、堂野はソフトボールの試合を熱心に見ているふりをした。

恋人がいると言ったのが衝撃だったのか、喜多川はしばらくおとなしくしていた。ベタベタするほど傍に近づいてきたり、夜中にキスしてくることもなくなった。

いつも考え込んでいるような難しい顔をして、そして暇さえあれば自分のことをじっと見つめていた。堂野は男の視線に居心地の悪さを感じながら、カレンダーにつけた日付を消していった。そして出所まで二ヵ月を切ったある日の夕方、食事の後だった。房の他の三人は右隣の房の懲罰房に入れられた男の話をしていた。堂野は本を読み、喜多川は隣でじっと堂野の手許を見ていた。

「俺は来年の八月十五日で満期になる」

不意に喜多川が話しかけてきた。

「八月……」

「八月の真ん中だ。出所したら、崇文に会いにいく」

思いつめたような声だった。

「いいよ。また会って、話をしよう」

「あんたはアパートに住む？」

どうしてそんなことを聞かれるんだろうと思いつつ、返事をした。

「ああ、多分アパートになると思う。両親は田舎に引っ込んだけど、僕がそこに転がり込むとまた迷惑になるから。それに都心部のほうが就職口も多いだろうし」

「恋人と住むのか」

聞かれるまで、自分が恋人がいると嘘をついていたことなどすっかり忘れていた。

「それは、わからないけど」

「もし崇文が一人だったら、一緒に住みたい」

「それは無理だよ。だって……」

「相手の女と同棲するか、結婚するまでの間でいい。部屋が狭いのなら、俺は押し入れの中でいい。働けたら、崇文に金を渡す」

「そういう問題じゃなくて……」

「あんたが結婚したら、俺は隣の部屋に移る。邪魔したりしない。一日一回でいいから、俺に顔を見せてくれたらそれでいい」

堂野は黙り込んだ。返事ができなかった。

「いろいろ考えた。だけど俺はやっぱりあんたの傍にいたい」

テーブルの上で、堂野は親指の先を擦り合わせた。

「その、慕ってくれる気持ちは嬉しいけど……」

「一緒に住んでいて、もし崇文が恋人を部屋につれてきて、ヤリたいって言うなら、俺は終わるまで外に出てる」

気まずさにいたたまれず、堂野は「ちょっと」と断って、トイレに入った。出てきても、その場の重苦しい雰囲気は変わらなかった。

互いに黙り込んでいるうちに、仮就寝の時間になった。部屋を片づけ、着替えて布団を敷く。

「あのさ」

横になって目を閉じていると、喜多川が声をかけてきた。

「みんな変だって言うけど、俺は一生、ここにいてもいいと思ってた。暑いとか寒いとかはあっても、食べるには困らない。外へ出ても、したいこともなかった。けど、出たら崇文と一緒に住めて、誰にも注意されずに一日中でもくっついていられるんだと思ったら、外へ出たくなった」

話を聞いてはいけないような気がした。けれど無視することもできなかった。相手が真剣だとわかっていたからだ。

「崇文に恋人がいるって言われてからも、ずっと考えてた。だけどどれだけ考えても、俺は傍にいたいって思うんだよ」

喜多川は堂野をじっと見つめた。

「俺は、ずっと崇文のことを考えている。朝起きてから夜寝るまで、考えている。崇文の恋人も、俺と同じぐらい崇文のことを考えているのか？」

もう寝るよ。そう言って、目を閉じた。寝ると言ったら、喜多川は話しかけてくるのをやめた。目を閉じたまま、隣の男のことを考える。嘘をついた罪悪感に苛まれながらも、その嘘を撤回しようとは思わなかった。

免業日、喜多川と公文は二級者の集会で映画を見にいった。公文は初めての二級者集会だったので、嬉しそうだった。

部屋に残った芝と堂野は本を読み、柿崎は車雑誌を見ていたが、それにも飽きたようで本棚に戻したあとで話しかけてきた。

「堂野さんの彼女って、どんな感じっスか？」

堂野は本から顔を上げた。

「兄ィから聞きましたよー。ムショを出たら、結婚するんですって？　前科持ちになっても待っててくれるなんていい女っスよね」

「あ、そうかな……」

喜多川が苦し紛れの嘘を他人に喋っているとは思わず、堂野は言葉を濁した。

「あー、でも俺は驚いたんスよ。堂野さんは兄ィとできてるってずっと思ってたんで。夜中もいいことしてたでしょ」

「それは……その……」

「俺、羨ましくて仕方なかったんスよ。けどこの前から急に兄ィが堂野さんにベタベタしなくなって、おかしいなって思って聞いたらそう言ってたんでー」

柿崎は肩を竦めた。

「でも、兄ィもデカいことしてるわりには、何か細かいこと気にすんですよねー。ムショの内と外って割り切りゃいいのに」

そこから急に柿崎は声を潜めた。

「兄ィとしなくなって、溜まってんじゃないスか。俺、フェラ得意っスよ」

「僕はそういう趣味はないから」

「でも、兄ィとはしてたでしょ？」

言い返す言葉もなかった。

「俺、堂野さんは素質、あると思うんスよ。兄ィとキスしてるの何度か見たけど、気持ちよさそうだったし」

「いい加減にしろ」

芝が見かねたように柿崎を制した。

「堂野にはその気がないっていうんだし、喜多川も諦めるならそれでいいじゃないか」

「あー、でも兄ィは絶対に未練タラタラですよ。夜中にションベンで目ぇ覚ましたら、兄ィがじーっと堂野さん見てんスよ。やっちまうのかなって思ったけどそうじゃなくて、手ぇ出さないで、ただ見てるだけなんスよね」

遠くから点検の声が聞こえてきて、喜多川と公文が集会から帰ってきた。公文は興奮したように食った菓子の話をしていたが、喜多川は黙って俯いたままだった。

夜、そっと肩を揺さぶられて堂野は目を覚ました。それと同時に口許に何か押しつけられて、それがチョコのついたクッキーだと気づくやいなや、堂野は口腔に引き込んでいた。音がしないように、そっと食べる。喜多川は堂野が食べる様をじっと見て
「美味しい?」と聞いてきた。頷くと、少し笑って目を伏せた。

「ありがとう。だけど、もういいよ」

小さな声で呟く。喜多川が顔を上げた。

「僕のために、お菓子を取ってこなくても。見つかったら、大変なことになるし」

食べてしまったあとでそういうことを言う自分が、白々しかった。

「懲罰を受けたっていい」

淡々と喜多川は喋った。

「崇文が喜ぶようなこと、他に思いつかないから」

堂野は目を伏せた。

「俺は崇文が好きだけど……」

顔を上げた。

「好きでいるのは、辛いな。俺は崇文が好きな間、ずっとこんな気持ちでいないとい

けないのか」

真摯な告白に、逃げ出したいと思う反面、酷く胸を掻き立てられた。自分までどこか切なくなってきて、少しぐらい応えてやりたい気持ちにさせられる。

「ここにいる間だけでいいからさ」

喜多川はぽつりと呟いた。

「恋人より、俺のことを考えてよ。あと一ヵ月もここにいないだろ。その間だけ」

区切られた期間。堂野は考えた。考えるといっても、心の中のことだけ。言葉一つで満足するのなら……と思った。

「わかった」

勢いよく喜多川が顔を上げた。

「ここにいる間だけでいいんだったら」

身を乗り出してきた喜多川にがばりと上からのしかかられて、堂野は驚いた。そのまま深いキスをされて、息が止まりそうになる。考える、というのは気持ちだけのことで、まさか肉体的な意味も含んでいたとは思わなかった。荒い息をつきながら、喜多川はキスを繰り返す。上に重なる重みに、揺れる腰。口腔の性感帯を弄られて、堂野は股間が硬くなった。そして、布団の中に潜り込んできた喜多川にとうとう見つかってしまった。

「俺とでも感じるんだな」

布越しに股間に手を押し当てられ、堂野は正面の男から顔を背けた。

「勘違いしたから……」

「誰と」

堂野は視線を逸らして「彼女と」と呟いた。

「嘘つけ」

「う、嘘じゃない」

「やってる間、目ぇ開けてた。崇文は俺だってわかってる」

責められて、堂野は唇を噛んだ。そんな口を舌でこじあけられ、声も出せず、抵抗もできないままパジャマの中に指を突っ込まれた。中心を痛いほど握られ、扱き上げられる。

激しい快感が全身を巡り、ワケがわからなくなる。あともうちょっとで射精しそうになり、背中がブルブルと震え出した時、不意に喜多川は自分の布団に戻った。

「えっ」

パジャマの下はパンツごとずり下ろされたまま、上を向いたペニスの先が、毛布に擦れる。巡視の夜勤担当の刑務官の足音がする。近づいてきて、行き過ぎるまで待てない。堂野は自分で握り締め、先を押した。手の中にねばつく液体を吐き出す。出したはいいものの、手を拭うためにちり紙を取ることもできない。刑務官が行き過ぎるまで待っていると、自分が立ち上がるよりも先に、喜多川が布団の中に入ってきた。

さっきとは明らかに形状の違う堂野のペニスに気づいて、喜多川は「自分でやったのか」と呟いた。

黙ったままでいると、喜多川は自分の着ているパジャマの下を半分ほどずり下げると、勃起したものを堂野の股間に擦りつけた。

数分、激しく腰を揺さぶったあと、堂野の股間に生温かいものが流れる気配がした。喜多川はムクリと起き上がると、棚からちり紙を数枚取ってきて、堂野の股間を拭った。もう一度深いキスをしたあと、喜多川は布団に戻る。そして堂野の右手を握ったまま、眠ろうとした。

右手は自分のものを握りこんだまま汚れている。抵抗していると、強引に指先を開かされた。

ネトリとした感触に、ようやく喜多川も堂野が右手を頑なに握り締めていた理由に気づいたようだった。

「これ、崇文の？」

返事をしなかった。すると手のひらをベロリと舐められた。

「やっ、やめっ」

指の股まで舐められて、ゾクリとした。手の中の汚れを全て舐め取ったあと、喜多川は堂野の右手をしっかりと握り締めて、目を閉じた。

心だけ、気持ちだけ。自分はそのつもりでも、喜多川は違っていた。恋人がいると言う前、それ以上に自分へのスキンシップが酷くなった。それも刑務官以外の視線を気にせずあからさまなので、堂野は房内でも肩身が狭くなった。

傍にいると、喜多川は常に堂野のどこかに触っていないと気がすまないようだった。手をつないだり、肩に手を置いたり。話をするふりで、耳たぶを甘噛みされたこともあった。

キスも頻繁だった。夜中でもなく、夕食後にいきなりされた時は驚いた。房の仲間も目を丸くしていた。人前ではやめてくれと言っても「別にみんな、気にしてない」と一蹴された。

喜多川が自分に夢中なのは、嫌というほどよくわかった。いつでも、どこでも自分しか見てない。本当に自分しか見てなかった。それで「好きだ」とか「愛している」と連呼されたら、たとえその気のない人間でも流されてしまいそうだった。

実際、堂野は流されていた。最初は抵抗のあった人前でのキスも、繰り返すうちに気にならなくなった。毎晩のように布団の中にもぐりこまれて、自分だけほぼ全裸にされることも慣れてしまった。

喜多川はまた絵を描き出した。それは一軒家の間取り図で、小さな平屋だった。

「ここが玄関、廊下を歩いて右にあるのが台所で、その向かいが居間、その奥にあるのが寝る部屋。風呂はここで、トイレはその隣」

それらを喜多川はいちいち、堂野に説明した。

「周りをぐるっと塀で囲うんだ。それで庭には木を植える。花の咲く木がいい。桜とか」

喜多川は楽しそうに色々と書き加えた。

「犬も飼いたい。大きな犬がいいな。それで夕方にはあんたと一緒にそいつをつれて散歩に行くんだ」

想像とも夢ともつかないものを語る喜多川に、堂野は不安を覚えた。こういう関係は、あとほんの数十日の約束なのに、まるでずっと先まで続くような話し方をするからだ。

「こういう家ってさ、いくらぐらいすんのかな？　三百万ぐらい？　俺さ、来年出る時に作業賞与金が三十万ぐらいになっていると思うんだけど、やっぱり無理かなあ」

「家は三百万円じゃ無理だと思うよ……」

「俺はあんたがいたら橋の下でもいいんだけど、それじゃあんたが寒いだろうしな。すぐに風邪ひくし」

チラリと背後を確かめてから、喜多川は堂野の首筋を甘嚙みし、痛みを感じるほど強く吸い上げた。ゾクリとしたものが、背中に走る。

「約束を、覚えている？」

喜多川が首を傾げた。

「その、ここにいる間だけっていう……」

「俺は」

喜多川は目を伏せた。

「ここを出たら、あんたの恋人と話をしようと思う。あんたの恋人はあんたじゃなくてもいいかもしれないが、俺はあんたじゃないと駄目だ。絶対に駄目だ」

「僕の気持ちはどうなるんだ」

上目遣いに、喜多川は堂野を見上げた。

「あんたも俺のこと、好きじゃないか」

言われて、目を見開いた。

「でなきゃ、こんなに優しいはずない」

頰をペロリと舐められた。犬が示す親愛の情みたいに、鼻先を頰に押しつけてくる……。

不意にサイレンが鳴り響いた。みんなが驚いて、ザワザワと騒ぎ出す。トイレに立つふりをして公文が廊下側を覗くと、この階では人が出入りしていなかったと言っていた。どこか別の階か棟で、大きな揉めごとがあったようだ。

サイレンを鳴らすなど、穏やかじゃないなと思っていると、喜多川が堂野の右手を摑んだ。

「なに？」

返事もせずに、壁際の畳んだ布団と布団の間の狭い隙間に堂野を押し込んだ。そして間髪入れずキスしてきたかと思うと、舎房衣の下をパンツごと思いきり引きずり下ろされた。

「やっ、やめっ」

抵抗はキスに飲み込まれる。上着の裾から入ってきた両手が、両方の乳首を痛いほど摘んだ。

「騒ぎがおきたら、しばらく看守は回ってこない」

低く耳許に囁き、喜多川は壁に押しつけた堂野を膝の上に乗せた。そして自分の勃起したものと、堂野のソレを合わせて、激しく上下に動かした。みんなに見られている……それが嫌でどれだけ抵抗しても喜多川はやめず、とうとう堂野は蛍光灯の明るい下で射精させられてしまった。

呆然としていると、喜多川は堂野にキスしながら、互いのもので汚れた指を、陰嚢の奥に滑り込ませた。今まで散々性器を弄られても、そこの部分に触れられたことはなかった。

指先で肛門の入り口を弄られ、少し中に入る。堂野は両足を蹴って嫌がった。

「嫌っ、嫌だっ」

「指は痛くないだろ」

「きっ、気持ち悪……」

都合の悪い訴えは全てキスで消し去って、喜多川は堂野の体を好きにした。二本の指で肛門を弄りまわす。気持ち悪いと思うのに、その指の一つに痺れるような場所を押されて、堂野は再び勃起した。みんな見ている。恥ずかしくて、目を閉じた。

弄る指が抜けて、終わったと思ったその瞬間、下半身にズッと鈍痛が走った。ソコに入れられているとわかった途端、堂野は体が震えた。

「いっ、嫌だっ」

喜多川の体を突き放しても、引き寄せる力のほうが強い。

「痛い、痛いっ」

泣き喚くと、キスされた。キスしながら、腰をズッ、ズッと動かされる。酷い、と思った。共同生活で、風呂も一緒。互いの裸は見慣れているといっても、セックスは違う。こんなの公開レイプだ。

堂野を抱きしめたままブルブルと喜多川が震えて、しばらくするとようやくソレが抜けた。喜多川は堂野に長いキスをすると、血混じりの精液が漏れる腰をちり紙で丁寧に拭った。

柿崎がトイレに駆け込んでいるのが見えた。服を整えられたあと、まるで何事もなかったかのようにテーブルの席に連れていかれた時も、堂野は何と言っていいのかわからなかった。

ほんの数メートルも離れてない場所、みんなの見ている前で犯され、そのあとに逃げることも隠れることも許されない。恥ずかしくて、情けなくて、みっともなくて、堂野はテーブルに両手をついてうつ伏せになった。腰がズキリと痛んだ。

「痛かった？」

背中に覆い被さってくる男に、返事をする気にもなれなかった。

「でも慣れたら、痛くなくなるってさ」

両目から涙が溢れた。悔しいのか、恥ずかしいのかよくわからなくて、肩先が震えた。

「崇文？」

「喜多川」

それまで黙っていた芝が、口を開いた。

「何も今、やることなかっただろ。堂野がかわいそうじゃないか」

「えっ」

「夜中とか、まだ誰も見てないならともかく、みんなの見てる前で股ひろげてる姿さらすのは、情けないもんだぞ」

喜多川は黙り込み、そしてうつ伏せたままの堂野の耳許に「愛してる」と呟いた。


仮就寝になってすぐ、堂野は布団にこもった。だけど、二回、トイレに起きた。変な下痢みたいになって、しゃがみこむたびに、肛門がピリピリ痛んだ。歩く時も、痛いから前屈みになる。そんな姿をみんなに見られるのもたまらなかった。

喜多川は言い訳のように「愛してる」と繰り返したけれど、うつ伏せになり、寝ているふりをした。就寝の時間になり、暗くなるとすぐ喜多川は堂野の布団に入ってきて、追い出そうと暴れると、抱きしめてキスしてきた。

好き、好きと何度も耳許に囁かれても、キスに応えてやらない。堂野が不機嫌だと悟った喜多川は、渋々と自分の布団に戻った。手をつなぎたがっていたが、堂野はそれもさせなかった。

真夜中、堂野は股間に違和感を覚えて目を覚ました。ペニスを弄られている気がする。手をやると、股間にザリッと髪の感触があった。あんなに嫌がったのに、喜多川がまた自分の体に悪戯をしているんだと思うと腹が立った。頭を邪険に払っても、どく気配がない。

「圭っ、圭っ、やめろっ」

小声でたしなめてもきかない。

「堂野サン」

下のほうから聞こえてきた声は、喜多川のものではなかった。そのことに、堂野はギョッとした。

「フェラだけっすから。ケツまで貸せとは言わないんで、ちょっとだけ」

「い、嫌だっ。嫌っ」

喜多川でないとわかった途端、全身に鳥肌が立った。「どけっ」「ちょっとだけっすから」と小さな攻防を繰り返すうち、布団がバッと取り払われた。堂野のパジャマのズボンを引きずり下ろし股間にしゃぶりついていた柿崎も、慌てて顔を上げる。

喜多川が仁王立ちしたまま、ギラギラした目で柿崎を睨みつけていた。容赦なく堂野の上の男を蹴る。「ギャッ」と叫んで丸くなる柿崎のパジャマの胸倉を摑んで引き起こすと、その顔をガッと殴りつけた。柿崎は向かいの公文の布団まで吹っ飛び、それで公文が目を覚ました。

「なっ、何だっ」

柿崎は「ひいいっ」と喚いて、公文の後ろに隠れた。それでも引きずり出して、喜多川はガツッガツッと二発、殴った。

「あっ、兄ィ、すんませんっ。すんませんっ」

言い訳など聞かず殴り、頭を摑んで壁に叩きつける。柿崎が床にへたり込み、それでもまだ摑みかかろうとする喜多川を、芝が背後からはがいじめにした。

「落ち着けっ、喜多川っ」

芝が喜多川を押さえつけている間に、柿崎はトイレの中に逃げ込んだ。

「こらーっ、お前ら何を騒いでるっ」

外から夜勤担当が声を荒らげる。それすらも聞こえていないのか、喜多川は芝を振り払い、トイレに駆け寄った。ドアを一蹴りして壊すと、中に飛び込んだ。

「ぎゃあああっ、ぎゃああっ」

柿崎の悲鳴が響く。サイレンが鳴り響き、騒がしい足音が近づいてくる。扉が開き、駆け込んできた四人の刑務官は、トイレの中から二人を引きずり出した。

柿崎は顔が血みどろで、泡を吹いていた。喜多川は大暴れして、四人の刑務官に手足を摑まえられても、まるで海老のように大きく跳ねた。そんな喜多川の横っ腹を、刑務官の一人が蹴った。ドガッと音がして、喜多川の動きが一瞬だけ止まる。

「ら、乱暴はやめてくださいっ」

堂野が駆け寄ると「壁の傍から動くなっ」と一喝され、頰を張られた。それを見ていた喜多川が猛然と暴れ出して、刑務官は数人がかりで喜多川一人に殴る蹴るの暴行を加えた。

ぐったりとした喜多川は、まるで荷物のように引きずられて房の外に連れていかれた。名前を呼ばれた気がして、夜勤担当の制止を振りきって房の外へ出ると「崇文、崇文」と、悲鳴のような声が遠くなっていった。堂野は夜勤担当に房の中に突き飛ばされた。

柿崎は医務室へ、喜多川は取調室へ連れていかれ、房の中は三人になった。三人は担当に言われるがまま、部屋の中を片づけ、それから再び就寝するよう言いつけられた。

布団の中に入っても、堂野は眠れなかった。柿崎の怪我の具合も心配だが、それ以上に喜多川が酷い目にあっているのではないかと思うと、気が気じゃなかった。自分と同じように、保護房に入れるのだけはやめてやってほしいと切に願った。

騒ぎがあった日から三日経っても四日経っても喜多川はおろか柿崎も戻ってこなかった。四日目に、柿崎の荷物だけがそっくり部屋の中からなくなり、死んだのかと思って動揺していると、芝に「部屋が替わっただけだよ」と言われて、ホッとした。そうこうしているうちに、房の中に新しい懲役が来た。覚醒剤所持で捕まった四十歳の男でやや肥満気味、鼻の頭がいつもゴキブリの羽のようにギラギラしていた。

喜多川が帰ってこないまま、三週間が過ぎ、堂野は出所まで一週間を切った。自分のいるうちに喜多川が戻ってくるのではと思っていたけれど、どうも間に合いそうにない。他の房の懲役に聞くと、以前、同室の男とケンカをして懲罰を受けた懲役がいて、その時は一ヵ月独居房で軽へい禁を受けたらしかった。

堂野は喜多川が独居房を出て戻ってきた時、芝に田舎に住む両親の住所を伝えてもらえるよう頼もうと考えた。部屋に残っている喜多川の持ち物のどこかに書いておいてもいいが、所持品検査で見つかったら喜多川がまずい立場に立たされる。それなら芝に口頭で伝えてもらうのが安全で確実だ。けれどそういう頼みごとをする相手は慎重に選ばないといけない。以前の三橋のように、住所を悪用されないとも限らないからだ。

運動の時間、堂野はソフトボールを観戦していた芝を運動場の隅に連れ出して、喜多川が出てきたら出所後の住所を伝えてほしいと切り出した。

芝はしばらく考え込むような素振りを見せた。

「俺はいいけど、堂野さんはそれでいいのか？」

「それでいい、というのは？」

「出所後も、喜多川とそういう意味で付き合っていく気があるかってことだ」

ストレートに言われ、堂野は思わず俯いてしまった。

「ムショの中のことだけって、割り切ってたほうがいいんじゃないかと俺は思うけどね。喜多川が悪い男だとは言わないが、ここと外じゃ人の見え方も違ってくる。外へ出て、沢山の選択肢の中でも、あんたはあの男を選べるかい？」

今まで「伝える」ことしか考えていなかった堂野は「伝えない」という方法があることに正直、戸惑った。

「一生添い遂げるぐらいの気負いがないんだったら、やめときな。友達として云々てのもな。喜多川はそういうことを、分けて考えられる男じゃない」

芝が行ってしまい、一人になったあとで堂野は考えた。自分が喜多川のことを好きなのかどうかと。最初は冷たい男だと思った。次に優しいと、そしてかわいそうな男だと思った。優しくしてやりたいとは思ったけれど、そこに恋愛感情はあったんだろうか。不幸な過去に同情して、特異な状況の中で「流された」だけなんじゃないだろうか。

顔を見たいとか、このまま会えなくなるのは嫌だと思う気持ちはどこからくるのだろう。どれだけ考えても、自分の中にこれといって明確な形のものは出てこなかった。

出所前日、堂野は房を移った。前々日、夕食のあとに芝が「出所まで、本当にもうすぐだな」と声をかけてきた。それから少し、他愛のない世間話をした。

もし自分が喜多川に住所を伝えるつもりなら、そう思って芝は声をかけてくれたのかもしれない。堂野は住所を言付けしなかった。けれど言わなかったからといって、喜多川との関係を終わりにすると決心したわけでもなかった。

六月五日に堂野は出所した。長く静かな廊下を歩いている時に、ふと喜多川の声が聞こえた気がして振り返った。……そこには誰の、何の姿もなかった。

塀の外には、両親と妹が迎えにきてくれていた。三人の姿を見て、堂野は不覚にも泣いてしまった。田舎の家に行き、久々に母親の手料理を食べて、ゆっくりと眠った。夜中に一度だけ目を覚ました。布団を顔まで被って寝ていて、慌てて顎の下まで引き下ろす。……ここは刑務所じゃないんだと気づいて苦笑いした。

出所して一ヵ月も経たないうちに、堂野は食品会社の会計係として働くことになった。出所後、すぐに痴漢冤罪のサポート団体に登録し、そこの関係者の紹介で就職することができた。

就職に伴い、田舎に住む両親の家を出てアパートに移った。働きながら、サポートメンバーの一人として積極的に活動を続けた。

就職して三ヵ月目に、同じ職場の七歳年下の女の子に「好きだ」と言われた。喜多川のことが頭を過ぎったが、小さく華奢なその子のことを可愛いと思ってしまったのも事実だった。

断りきれないまま、付き合うような形になった。刑務所での記憶は、なくなることはないけれど日を追うごとに少しずつ薄れていった。それでも、やっぱり満員電車には怖くて未だに乗れない。トラウマになった。

堂野が出所して一年が過ぎ、喜多川の出所まで一ヵ月を切った頃、付き合っている彼女から「子供ができた」と言われた。妊娠二ヵ月だった。冤罪とはいえ服役の経験があり、反対されるのではないかと不安だったが、彼女の両親は許してくれた。式の日取りもバタバタと決まり、慌ただしく日々が過ぎる中で、八月十五日、喜多川の出所当日になった。

約束したわけではないが、誰も迎えにいく人間などいないんだろうなと思うとかわいそうで、刑務所の外に一人でぽつんと立っている姿を想像すると、たまらなくなった。自分だけでも出迎えてやりたくて、堂野は出かける準備をした。だけどベッドの上に腰掛けたまま、なかなか立ち上がれない。早ければ、朝の十時前には出所する。新幹線で二時間半はかかるので、午前七時発に乗らないと間に合わない。それなのに両足が動かなかった。

座っているだけで、時間が過ぎていく。会いたい、顔を見たいと思うのに、実際顔を合わせるのが怖かった。

自分はもう、喜多川の望むような未来にはいない。二人だけで暮らすこともできない。それでも、喜多川は自分が迎えにきたことを喜ぶのだろうか。

どうして友達ではいけなかったのだろう。友達だったらずっと付き合っていけたような気がするのに。恋愛よりももっと、長続きしたに違いないのに。

結局、日が暮れても堂野はベッドから立ち上がらなかった。不意に胸が熱くなって涙がこみ上げてきたが、自分がどうして泣いているのかその理由を上手く説明できるような言葉は見つけられなかった。

脆弱な詐欺師

朝から雨が降り続き、外へ出るのが億劫になる……そんな鬱陶しい日だった。九月も終盤にさしかかってから、雨の日が多くなった。濡れた傘が乾く間もない。

西山《にしやま》探偵事務所の呼び鈴が鳴ったのは、午後三時過ぎ。大江《おおえ》道利《みちとし》はパソコンの前で調査報告書を作成していた。テンプレートがあるから作業は楽だが、文章を書くのが苦手だ。二十年近くやっていても、こればかりは好きになれない。文章に詰まるたび、ため息が出る。

来客には事務の延岡《のべおか》が対応するだろうと思い、大江は作業を続けた。こういう嫌な作業は、一旦中止してしまうと嫌さ加減に拍車がかかる。

二度、三度とたて続けに呼び鈴は鳴らされる。

「おーい、延岡ちゃん。誰か来てるよ」

返事がない。おかしいなと首を傾げているうちに思い出した。十五分ほど前、延岡が「コーヒーとか色々切れちゃってるんで、買ってきますね」と言っていたことを。

「ああ、はいはい」と聞き流していたので、すっかり忘れていた。

所長も留守だし、後輩の香取《かとり》も調査中で不在。大江はフーッとため息をつくと、重たい腰を上げた。

休む間もなく呼び鈴が鳴る。せっかちだなと思いつつ、ドアを内側に大きく引いた。

「はい、西山探偵事務所です」

目の前にあったのは、白いシャツの胸許。頭を上げると、顔が見えた。随分と背が高い。歳は二十代の後半だろうか、若い男だった。

「人を捜してもらいたい」

ぶっきらぼうな口調だった。

「調査の依頼ですね。どうぞお入りください」

事務所の中へと促した。大江の視界に、男が手にしている薄汚れた傘が目に入った。

「あ、傘はそこの傘立てにお願いします」

透明のビニール傘を男は乱暴な仕草で傘立てに突っ込んだ。ソファをすすめると、真ん中にドンと座る。背も高いが足も長いようで、ローテーブルとソファの間で折り曲げられた膝が窮屈そうだ。大江は向かい側に腰掛けた。

いつもの癖で、「客」の服装、装飾品をさりげなくチェックする。時計は某高級ブランドのロゴが一文字だけ違っているという典型的な偽物。靴は布製のバスケットシューズ。白い半袖シャツはシミもなくきちんとプレスされていて、黒いズボンも変に光ったところがなく、手入れが行き届いている。上下ともシンプルなデザインなので、夏物の学生服のようにも見えた。

男の髪は短かった。似合ってはいるが、けっして今時ではない。地味な服装と髪型のせいで、男には六十年代、日活や大映が全盛期の青春映画に出てくる俳優のような、クラシックな雰囲気があった。狙ってやっているのかと思ったが、それにしては時計がお粗末だし靴も合ってない。

「はじめまして。私は西山探偵事務所の調査員をしております、大江道利と申します。先にお名前を教えていただいてもよろしいですか」

男は「喜多川圭《きたがわけい》」と名乗り、歳を聞くと「三十四歳」と答えた。実年齢よりずっと若く見える。頭も小さいし、目鼻立ちも整っている。間違いなくハンサムの部類に入るが、いかんせん男の顔は表情に乏しい。何を考えているのかわからない。

探偵社に来る客は、みな大なり少なり「困ること」があるからやってくる。だから不安な顔や、怒った顔、気の弱い客だったら探偵社という場所に気後れしてオドオドとしているのが常だが、男はどのパターンにも属していない。

度胸があるのか、単に無神経なだけか。それはこれから話していけばわかるはずだった。大江はクリップボードを手に、メモを取る準備を整えた。

「人を捜してほしいとのことでしたね。当方といたしましても、できる限りお力になればと思っています。さっそくですが、捜したい人がどういった方なのか、お名前や年齢、喜多川さんとの関係を詳しく聞かせてもらってもいいですか？」

就職した会社を二年で退社し、探偵事務所に入ってはや二十四年。大江は今年四十八歳になる。所長である西山との付き合いも長くなり、仕事に関してもある程度の判断を任されていた。

どんな依頼にせよ、話を聞いてみるまで依頼を受けるかどうか決めてはいけない。時折、常識では考えられないようなことを頼んでくる依頼主がいるからだ。以前、息子を捜してくれという母親が来たことがあった。よくよく聞けば、息子は山で遭難したものの死体が出ず、遺体なしで五年前に葬式もすませていた。けれどやっぱり体のほうも捜してほしいという依頼だった。生きているならともかく、死体捜しは探偵の範疇を超えてしまうので、謹んで辞退した。

「捜してほしいのは知り合いだ。名前は堂野《どうの》崇文《たかふみ》。今年で三十六歳になる」

低い声で、男はとつとつと喋る。大江は要点を書きつけながら、これまでの経験から予測した。男が男の知り合いを捜す理由、その大半は貸した金がらみだ。

「堂野さんとはいつ頃、どういうきっかけでお知り合いになったんですか？」

「最初に会ったのは六年前だ。刑務所の、俺がいた房に堂野が後から入ってきた」

刑務所と聞いて、大江の手が自然に止まった。顔を上げる。視線が合っても喜多川の表情は変わらず、大江は動揺を気取られぬようゆっくりと俯いた。過去にも何度か犯歴のある依頼人を担当したことがある。けれど喜多川にはそういう人間にありがちな、世をすねた、やさぐれた雰囲気はなかった。

型どおりの質問に、少しだけ緊張感が増す。この男がどういった犯罪をおかしたのか知らないが、意外とキレやすかったりするのかもしれない。要注意だった。

「刑務所で一緒だったという堂野さんなんですけど、彼を捜す理由を教えてもらってもいいですか？」

「会いたいからだ」

大江は手にしていたボールペンをゆっくりと左右に振った。

「会いたいにも色々と理由があると思うんです。たとえば刑務所の中で、金銭が絡んだトラブルがあったとか」

「堂野が好きだから、会いたいんだ」

大江は眉間に皺を寄せた。常識で考えて「ただ仲がよかった」程度では、多額の調査費を投入してまで見つけようとはしないだろう。

学生の時に好きだった、お世話になった先生に会いたいから捜してほしい。そういう依頼ならわかる。けれど依頼主も調査対象者も互いに囚人。同じ囚人を相手に、どういった尊敬の念を抱くというのだろう。あぁ、囚人でも自分のしたことを反省して改心し、その志の高さ故に慕われるような存在だったとしたら、その方面からなら理解できないこともない。

「最初に会ったのが六年前ということですが、最後に会ったのはいつですか」

「翌年の春、堂野が出所する一ヵ月ぐらい前だ」

交流があったのは一年未満で、五年間のブランクがある。大江は眉をひそめた。人捜し、行方調査の場合、時間が経てば経つほど捜すのが難しくなる。

「堂野さんが出所する前に、互いの住所を交換しあったりはしませんでしたか？」

喜多川は少しだけ目を細めた。

「刑務所の中じゃ、懲役同士が住所を教え合ったら懲罰を受ける。先に出所した奴がまだ服役している仲間の家族をカモにしたり、盗みの奴らだと組になってシゴトをやるからな」

自分が知らない刑務所の実態に、大江は「そうですか」と相槌を打つしかなかった。

「禁止されてるが、要は見つかったりチクられたりしなきゃいいってことだ。書くと検査の時に必ずバレるから、みんな頭ん中に覚えてたな。俺も堂野に住所を聞こうと思ってたんだが、あいつの出所前に保護房にブチ込まれて、話ができなかった」

寒々しい気持ちになる。大江は保護房がどんなものか知らないが、話の雰囲気から
して模範囚が入れられる場所ではないことだけは想像できた。
「では堂野さんのことについて、何でもいいので知っていることを教えてください。
正確な住所はわからなくても都道府県名、もしくは関西とか関東とか」
「わからない。堂野は何も言わなかった」
おいおい、と大江は心の中でツッコミを入れた。探偵はパーフェクトじゃない。情
報をもらえないと、どこをどうやって捜せばいいのか見当もつけられない。
「堂野さんとは個人的な話はしなかったんですか？」
喜多川が僅かに目を伏せたように見えた。
「俺は自分のことを話した。けど堂野は喋らなかったな」
大江は他にもいくつか質問した。当時、妹と両親が健在で、結婚を考えている恋人
がいたということはわかったが、それ以上は出てこない。
「では服役する前、堂野さんがどんな仕事をしていたか聞いてませんか？」
「市役所」
わからないづくしの中で、珍しく即答だった。技術や資格がいる職種なら同じ方面
に再就職という可能性もあるが、市役所の場合は退職すればそれで終わり。仕事の方
面から捜す道はあっさりと潰《つい》えた。

大江はクリップボードを見つめたまま、顎先を押さえた。

「名前と年齢、以前の職業しかわからない。刑務所の中だけの付き合いだとすると、写真もありませんよね。……正直に言わせてもらいますと、堂野さんを見つけ出すのは難しいです」

喜多川の眉間に深い皺が刻まれる。捜す前から「無理」だと宣告したのだ。男が不機嫌になるのも無理はなかった。

「金は払う。捜してもらいたい」

大江は肩を軽く竦め、両手をひろげた。

「お金が云々の問題ではないんです。喜多川さんからお聞きした情報だけでは手がかりが少なすぎて、捜そうにも的を絞れないんです。過去の経験から言わせてもらうと、こういった場合は見つかる可能性が非常に低い。調査費はけっして安いものではありません。勝ち目のない調査をされるよりも、お金を大事にされたほうが賢明ですよ」

「探偵は人を捜すのが仕事じゃないのか」

「そうですが、探偵も万能ではないんです。情報がなければ、いくら私達でも見つけることはできません」

男がムッと口を閉じるのがわかった。大きな上半身がゆらりと前屈みになるのがわかり、大江は反射的にソファの上で後ずさった。殴られそうな気がしたからだ。

「お願いします。どうぞ捜してください」

両手と額をテーブルにつけ、男は懇願する。大江は慌てて腰を浮かし、男に近寄った。

「そんな、顔を上げてください。喜多川さん」

男はゆっくりと頭を上げた。瞬きもしない、必死な瞳に見つめられ、大江は戸惑った。

「先週、先々週行った探偵事務所でも、見つけるのは無理だと言って断られた。いくらかかってもいいから、お願いだから捜してくれ」

男から発せられる、ただならぬ緊迫感。大江は助けを求めるように左右を見渡したが、職員はみな出払っている。ここにいるのは自分だけだ。

「ですから他の探偵事務所の方も言われるように、見つけるのは難しいんです」

理由を説明しても、男は「捜してくれ」の一点張り。このまま話をしていても埒《らち》が明かない。何とか今日のところは帰ってもらえないだろうかと、大江は言い訳を考えた。

「実はですね、依頼を受けたくても私の一存では決められないんですよ。全ての権限は所長にあるので、彼がＯＫを出さないと私らも動けないんです。今は所長が不在なので、帰ってきたらすぐに相談して、依頼を受けることができるかどうか、折り返しこちらから連絡させてもらうということにさせてもらえないでしょうか」

即席の言い訳で納得したのか、男は浅く頷いた。内心、ホッとする。大江はメモしていたクリップボードにボールペンを添えて喜多川に差し出した。

「空いているところに住所と名前、携帯番号を書いてもらっていいですか」

下手ではないが、男はやたらと角ばった字を書いた。住所は『北島《きたじま》製鉄工場内　かえで寮』となっている。前科を知った上で雇ってくれる工場、寮住まい。間違っても高給取りではないな……と大江は確信した。

返されたクリップボードを見て、大江は男に聞いた。肝心なものが抜けている。

「携帯番号を教えてもらっていいですか？　抜けているようなので」

「持ってない」

若い男なのに珍しかった。

「では寮の中に共同電話のようなものはありませんか？」

「あるけど、先月誰かが壊してからそのままだ。携帯を持っている奴が多くてあまり使ってなかったから、直す気がないのかもな」

「それだと困るんじゃないですか？　家族の方が急に連絡を取りたい時とか」

「俺に家族はいない」

一瞬、言葉に詰まった。

「母親はいるが、警察に捕まる前に一度会ったのが最後だ。父親もいるんだろうが、話を聞いたこともないな」

母親というものは服役していても一度ぐらいは面会に来るものではないだろうか。それほど息子の罪状に呆れたか、もしくは関わり合いになりたくないと逃げたか。

「では会社の電話で取りついでもらえる電話番号はありませんか？」

「会社の電話は業務用だから、勤務中に電話があったら社長に嫌がられる。けど仕事が終わったあとだったら……あぁ、それだと事務所が閉まっちまうか」

男は腕組みをして、考え込むように眉間に皺を寄せた。

「明日、俺がここへ来る。夜の八時過ぎに仕事が終わるから、八時半には来られる」

大江はここ一週間、夕方から浮気調査の尾行があった。午後七時までに調査対象者の男が仕事を終え、寄り道をせずに家へ帰ってくれれば会社から電車で二十分、歩いて十五分の距離なので、調査を終えてからでも八時半までに事務所に戻ってこられる。だが男が浮気相手と接触してしまったら、いつ帰ってこられるのかわからない。

たとえそうなってしまっても、事情を話して所長にこの男の応対をしてもらえばいい。

「わかりました。では明日、八時半にこの事務所で」

男は話が終わると、足早に帰っていった。来た時同様、帰り方までせっかちだった。大江は窓辺に近づき、下の歩道を見下ろした。遠目からでもわかる、薄汚れた傘が雨の中を遠くなっていく。押しが強そうだし、明日もごねられたら面倒だ。自然と重苦しいため息が漏れた。

あの男、喜多川はどういった罪状で服役していたのだろう。出所したのは四年前だと言っていたので、三十歳。その歳で出所できたのなら、さほど大きな罪ではないだろう。窃盗、詐欺、傷害、薬物……いや、薬物はなさそうだな。クラシックな印象だけで、そう決めつける。

悪い男ではなさそうだったが片親で、母親も情が薄そうだ。真面目そうに見えても、悪に走る下地はあったのかと、人事《ひとごと》のようにそう思った。

大江が2LDKのアパートに帰りついたのは、午後八時過ぎだった。昼過ぎから尾行調査に出ている香取も順調なのか応援を求める電話はない。帰ろうと思えばもっと早く帰れたのだが、所長と話し込んでいる間にこんな時間になってしまった。

昼間に来た前科のある男の件は、調査しても結果は出ないだろうと感想を述べると、所長も「断ったほうがいいだろうな」と同意してくれた。男が電話を持っておらず、明日の夜に事務所へ話を聞きにくることになっていると話すと「お前が調査中でいなかったら、俺から断っておいてやるよ」と言ってくれた。

昼間に降り出した雨は、夜になっても強くなったり、弱くなったりしながら降り続いている。明日もこうだったら、尾行が面倒だ。傘を差すからターゲットを追跡しやすいのだが、こちらも傘を持っているので見つかりやすい。尾行の距離が難しくなる。

狭い廊下を歩きながら、ネクタイの結び目を緩める。仕事中はスーツと決められているわけではないが、探偵は「信用第一」の職業。スーツのほうが受けがいいし、客も安心する。加えて、探偵には尾行、張り込みといった仕事の特殊性上、目立ってはいけないという大原則がある。テーマパークなどの場所を除き、自分のような年代の男が着ていて自然で、日常の風景に溶け込むのがスーツだ。そして何より「スーツ着用」は所長の美学でもあった。しかし後輩の香取は必要時以外にスーツを着ないので美学も人それぞれのようだった。

台所に行き、冷蔵庫を開ける。すぐに食べられそうなものが見当たらなかったので、戸棚の中からカップラーメンを取り出し、湯を沸かす。仕事の終わる時間が不規則なので、夕食を作っても無駄になるとわかってから、妻は自分のために食事を作り置かなくなった。

三分を待ちきれず、台所と向かい合わせになったリビングの食卓テーブルで硬い麵をすすっていると、パタパタと廊下を歩く足音が聞こえた。入り口の向こうから、妻がこちらを覗いている。

「早かったわね」

大江の向かい側に腰掛けてくる。虫の居所が悪ければ、夫が帰ってきても無視していることもあるが、今日は機嫌がよさそうだ。二つ年下の妻は、結婚した当初はそれなりに美しかったが、今では見る影もない。たるんだ頰に消えない皺、くびれのない体形。もう服を脱がしたいとも思わない。どんどん「女」という生き物から離脱している。けれど妻にとってみれば、自分も既に「男」ではないのかもしれない。似たような理由で。

妻はテーブルに頰杖をついてじっと大江の顔を見ていたが、視線を逸らすと長い長いため息をついた。

「美晴《みはる》と話をしたんだけど、あの子やっぱり国立は無理だって言うのよ」

娘の美晴は高校三年生で来年、大学受験をする。近所の国立大学、文学部に進みたいと言っていた。

「あの子って理系が苦手でしょう。センターが駄目だって」

大江は眉をひそめた。国立に行かせるのもギリギリだと思っているのに、私大となると余計に負担がかかる。

「今のお給料じゃ私大は無理よね。私がパートに出たとしてもたかが知れているし」

妻も重々わかっているようだった。

「この前の話、真剣に考えてくれないかしら」

上目遣いに見上げられ、大江は「何だったかな」としらばくれた。妻は両手を握り締め、ドンッとテーブルを叩いた。

「私の父の建設会社を一緒に手伝うっていう、アレよ」

「それは断っただろう。俺には俺のやりたい仕事がある」

妻は唇を尖らせた。

「探偵の仕事が悪いってわけじゃないの。けどここ五年、お給料は上がってないでしょう。ボーナスは年によってあったりなかったりだし。正直、家族三人で生活をしていくのに、今のお給料じゃ苦しいわ。普通の会社に勤めててあなたぐらいの歳だったら、月に三十、四十……もっともらっていてもおかしくないのよ」

声が針のようにとげとげしい。返事をしないでいると、ねえっ、と腕を摑んでゆさぶられた。

「国立でないと無理だと美晴を説得しろ」

途端、妻の顔色が変わった。

「お金がないから進学を諦めろなんて、あの子がかわいそうよ」

興奮して甲高い声は耳に障る。

「諦めろとは言ってない。国立なら行かせられるんだ」

「美晴にも頑張らせるけど、あなたにも譲歩するっていう気持ちはないのっ！」

大江はまくし立てる妻から視線を逸らした。

「飢えない程度には食って、寒くない程度に服を着られてるんだ。贅沢を言うな」

ハッと癇に障る笑い声が聞こえた。

「何言ってるのよ。それだけじゃ駄目だから、みんな働いてるんじゃないの。食べて着るだけでいいならホームレスと一緒よ。ふざけたこと言ってないで、真面目に考えてよ。うちの会社に来る気があるなら、今のお給料よりも上げてやるって父は言ってくれたわ」

給料が少ないと妻が義父に言いつけていたのかと思うと、恥ずかしいと同時に猛烈に腹が立った。確かに探偵の仕事は高給取りとはいいがたい。それでも真面目にやってきた。稼ぎの全額を妻に渡し、自分は月一万の小遣いだけで我慢しているのだ。

「下を見て暮らせば楽でしょうけど、実際そうはいかないんだから。ちゃんと私の言ったこと、考えておいてちょうだいよっ」

吐き捨て、妻はリビングを出ていった。食事中に耳許で喧々《けんけん》まくしたてられたおかげで、カップラーメンの残りを食べる気も失せた。

どんなに出来が悪かろうと、自分だって娘は可愛いし、望む大学に行かせてやりたいと思う。だが実際問題として金はない。それに加え、大江は美晴がどうしても大学に行きたがっているようには思えなかった。本気ならば、夏休みの間も息抜きと称して旅行など行ったりせず、熱心に勉強をしていたのではないかと思うからだ。

妻には「やりたい仕事がある」と言ったが、大江はそれほど探偵に固執しているわけではない。事務所に持ち込まれる仕事の大半は浮気調査で、そればかりやっていると人間不信に陥ってくる。憎しみや妬みほど醜い感情はない。怒鳴り声、泣き声、修羅場の数々を目にするたび虚しくなる。けれどそれも慣れだ。初めて行った場所で、最初に見たドブ川は汚いと衝撃を受けても、その風景が日常になってしまうと視界を上滑りしていくように。

転職することへのためらいは、固執ではなく不安だ。今まで自由にやってきた。そんな自分に会社勤めができるだろうか。建設業界のことなど何も知らないし、事務職の経験もない。一日の大半を外で過ごしている自分が、今更机にはりついてやっていけるだろうか。この歳で、自分には向いてないと知る、もしくは無能だと烙印を押されるのがどういうことか、妻には想像することもできないだろう。

あの女に見えているのは給料明細の数字だけだ。では、話せばわかってくれるのだろうか。「それなら仕方がないわね」と引いてくれるだろうか。大江は笑った。「やってみるしかないじゃない」、そう言って妻は考えることをやめる。そんな気がした。

翌日、大江が尾行していた調査対象者の男は六時五十分に仕事を終えると、寄り道をせずにまっすぐ帰っていった。自宅に入った時点で調査解除、時刻は七時三十分になっていた。男の家から事務所までは電車で約二十分。急がなくても約束の八時三十分には余裕で帰れそうだった。

正直、押しの強い男と顔を合わせるのは気が進まなかったが、だからといって所長に押しつけるのも申し訳ない。大江は観念して足早に住宅街の細い道路を歩いた。急いでいるつもりはないのに、額にうっすらと汗が滲んできた。夕方近くまで降り続いていた雨のせいで地面は乾かず、空気は湿気を含んで皮膚にまとわりつく。まるで梅雨時のようだ。電車に乗ると、冷房の涼しさに湿っぽさから一瞬、解放された。

乗車口の付近に、娘と同じ高校の制服を着た女子高生が三人いた。一瞬ドキリとしたが、三人の中に美晴はいなかった。

大学進学という言葉が脳裏を過ぎる。それほど学びたいという気持ちがないのなら、いっそ就職でもしてくれれば楽なんだが、と内心思う。目的がないなら進学は無意味だ。大学は就職するまでの執行猶予期間ではない。学生の名に甘んじて遊び回るより、就職して世間を知ったほうが、よほど有益というものだ。

娘の就職を妻に話そうものなら「かわいそう」と激怒するような気がした。妻にとっては、勉強ができない娘よりも、稼ぎの悪い夫のほうが「悪」なのだ。大江も大学進学をさせたくないわけではない。金がかかるから問題なのだ。金さえあれば、たとえ遊ぶとわかっていても大学ぐらい行かせてやってもいいと思っていた。

金さえあれば……大江は電車の白い天井を眺めた。自分は探偵を辞めて再就職など考えなくてもいいし、妻は貧乏だと不機嫌になることもないし、娘は望み通り女子大生になれる。

「所詮は金、金か」

……ぽつりと呟いた。

三人の女子高生と共に事務所の最寄り駅で降車すると、涼しかったのも束の間、再びあのねっとりした空気に取り囲まれた。駅から事務所までは、川沿いを歩いて公園を突っ切ってしまえば近道だ。大江は川沿いの、ぽつぽつとしか街灯のない薄暗い道を歩いた。砂場と木製のベンチ、小さなブランコが二つしかない小さな公園の中に入ると、犯罪防止のために川沿いよりも街灯が多くなる。そのためか幾分、明るい。

ベンチに人影が見える。影になって顔は見えないが若そうな男が一人、うなだれたような姿で腰掛けている。大江は足早に男の前を行き過ぎた。今時の人間は、どこに怒りのツボを隠しているかわからない。「目が合った」だけで刺される世の中だ。

「大江」

通り過ぎた瞬間、名前を呼ばれた。足を止め、振り返る。暗い中、ゆっくりと立ち上がった男の口許に街灯の光があたる。中途半端に開いた唇が動いた。

「大江さん」

男が近づいてきた。背後にできる影が長い。

「もう少ししたら、あんたの事務所に行こうと思ってた」

半袖シャツに黒いズボン。この前と同じ格好の喜多川が、目の前に立った。心の準備をする間もなく、現れた。

「……どうしてここに？」

大江は周囲を見渡した。夜の公園には何もない。あるのは薄暗い明かりと、物悲しさだけだ。

「時間を潰していた。早く行ってもあんたが迷惑かもしれないと思ったからな」

せっかちだと思っていたが、割合と律儀な面もあるようだった。事務所に連れてゆくまでもない、ここで断ればいいのだが、食い下がられたらと思うと、途端に憂鬱になった。かといって、嫌なことを先延ばしにしていても仕方がない。

た。

「いい機会ですので、ここでお話ししましょうか」

立ったままする話ではなかったが、座ってしまうと長居してしまいそうな気がした。

「昨日の件ですが、所長とも話し合った結果、お引き受けすることはできないということになりました。今ある情報だけでは、捜すのが難しいという判断でした」

男は一歩前に踏み出してくると、大江の右腕をガッと掴んだ。

「どれだけ時間と金がかかってもいい。捜してくれ」

顔が間近に迫ってくる。相手のほうが若いし、背も高く、腕力も強そうだ。職業柄、大江も護身術等、一通りの武道は習ったものの実践で使ったことは一度もない。額に冷や汗が浮かんだ。

「しっ、しかしですね、この前も話した通り調査費用というのは決して安いものではありません」

「金は払うと言っている！」

口調が荒々しくなる。大江は尻尾を巻いて逃げ出したい気分だった。

「見つからなくても、調査にかけた費用は戻ってこないんですよ」

「それでもいい」

右腕を掴む指の力が強くなり、痛みを感じる。「ちょっと、腕が……」と訴えると、意外にもあっさり指は離れた。

「あぁ、すまなかった」

どうなることかと思ったが、理性が吹き飛ぶタイプではなさそうで、ひとまず安心した。男は直立不動のまま、叱られた子供のように俯いた。

「これまで何度も探偵に頼んで捜したが、堂野は見つからなかった。そのたびに持っている情報が少ないと言われた。簡単に見つからないのはわかってる」

男が顔を上げる。頼りない視線に、大江はすがりつかれているような錯覚を覚えた。

「けど捜してないと、見つかるモンも見つからないだろう」

訴えるような口調。うなだれ、立ち尽くしている男を見ているうちに、大江はだんだんと気の毒になってきた。

「とりあえず、少し座りませんか」

大江は喜多川を促し、ベンチに座らせた。自分も隣に腰掛ける。意気消沈した男は、前屈みになり、頭を抱えた。

「そんなに会いたい人ですか」

男は「会いたい」とくぐもった声で答えた。これまでもいくつか探偵社に依頼して駄目だったということは、やはり絶対的な情報量が少なかったのだ。自分のいる西山探偵事務所も規模の大きなほうではない。やれることも、結果も知れている。断るのは相手のためであり、こちらの良心でもあった。

「喜多川さんのお気持ちもわからないでもないですが、実際問題として捜すのはかなり難しい。砂浜の中から、米粒を一つ見つけようとするようなものです。無駄なことにお金を費やすのはやめて、欲しいものを買ったり、旅行をしたり、ご自身が楽しまれてはいかがですか」

男が沈黙した。ザリッと短い髪を掻きむしる音が聞こえる。

「俺は、刑務所の暮らしが嫌じゃなかった」

何の脈絡もなく、男はそんな話をはじめた。

「メシは三度出てくるし、風呂にも入れる。自分の分の布団も決まっている。あそこには俺のための場所がちゃんとあった」

「いくら生活できても、刑務所には『自由』がないでしょう」

短い髪の頭がコクリと頷いた。

「堂野が出所したあと、俺が外に出られるまで一年以上かかった。一日が、一時間が、一分が長いと思うことに腹が立った。自由がないってことは、こういうことなんだとようやくわかった」

男が顔を上げた。

「あそこを出てから四年経った。俺は自由になって、どこへでも行ける体があるのに堂野に会えない。ずっと捜しているのに、まだ見つけられない」

出所してからずっと捜し続けているのだとしたら、かなりの執念だった。

「喜多川さんは、堂野さんという方に刑務所の中で随分とお世話になったんですね」

男は口の端をクッと上げ、せせら笑うような表情を見せた。

「世話をしてやってたのは俺だ。あいつは頭がよさそうだったけど、弱くて、何にも知らなくて、要領が悪かった。だから俺が風邪薬やちり紙を分けてやってた」

尊敬してたから会いたいんじゃないのか？　と疑問に思いつつ、大江は会話を続けた。

「じゃあ会ってもお礼を言わないといけないのは堂野さんのほうなんですね」

「礼？　あぁ、そんなことどうでもいいんだ。俺は堂野に会いたい。会って話をして、それから……」

一緒に住めねぇかな、と男に聞かれ、大江は自分の耳を疑った。

「それは、その、無理じゃないでしょうかね」

男が「どうして無理なんだ？」と首を傾げる。

「出所して六年も経っているなら、彼にも彼の生活があるでしょう。恋人がいたのなら、結婚しているかもしれない。たとえ堂野さんが独身だったとしても、経済的な事情がない限り、男性が二人で暮らすのは不自然ですよ」

「それは俺がおかしいってことか？」

ストレートな物言いに、大江は言葉を飲み込んだ。聞くまでもなく喜多川の思考は常識的ではないが、そう口にするのは躊躇《ためら》われた。

「不自然というだけで、中にはそういう人もいるかもしれませんが」

曖昧にぼかす。喜多川は眉間に皺を寄せ、僅かに首を傾げた。

「ホモって、ムショん中だけじゃなくて世間にはいっぱいいるんだろ。そういう奴らは二人で暮らしてるんじゃないのか。それとも片方が片方の家に毎日行ってるのか？」

大江は目を見開いた。激しく動揺している自覚はあるが、それを相手に気取られぬよう平静を装う。知り合いと言われただけで、男の恋人だなんて聞いてない。あぁ、けど「好きだから会いたい」と言っていた。おかしいとは思ったが、師弟関係のような感情だろうと自分を納得させた。まさか恋愛感情だなんて思わなかった。

男を見る。硬派な佇まいは、女っぽさなど微塵もない。ということは相手の男が女の役なのだろうか。けれど相手の男には婚約者がいると言ってなかったか？　女の婚約者がいて、この男とも恋愛関係で……大江はだんだんとわけがわからなくなってきた。

婚約者のいる男が罪を犯して刑務所に入り、同じ部屋にいた喜多川と恋愛関係になった。男は刑期を終えて先に出所した。そして後から出所した喜多川は恋人だった男を捜している、という基本形だけは把握した。

わからないのは堂野という相手の男だ。女の婚約者もいて、刑務所内で男とも関係を持つ。随分と不誠実な男だ。仮に……堂野が喜多川と本気で恋愛をしていたとしよう。本気だったら、出所した喜多川を迎えにくるのではないだろうか。

「喜多川さんの出所日を、相手の堂野さんは知らなかったんですか？」

男は口を不機嫌そうな形に引き結んだ。

「俺は話した。けど、忘れてるのかもしれない」

「恋人が出てくる日を忘れますかね？」

核心を突いた質問。出所日に迎えにこない恋人。そこから導かれる答えを、喜多川は知りたくないのではないだろうか。

「堂野は、俺に会いたくないのかもしれない」

何だ、わかってるんじゃないか。そう思う大江をよそに、喜多川は表情のない目で公園の向こうにあるブランコをじっと見つめた。

「けど、俺は堂野に会いたい」

馬鹿馬鹿しい。男同士ということに加え、気持ちすら通じ合っていないのでは話にもならない。こんな状態で、金を使ってまで捜して何になる？　たとえ相手が見つかり会えたとしても、迷惑がられるだけだ。けれどそういうことも、この男はわかっているのだ。

「堂野さんのどこがそんなによかったんですか？」

長い沈黙の末、喜多川は「わからない」と言った。

「わからないんですか？」

「堂野は俺に色々な話をした。俺は言ってることの半分もわからなかったけれど、聞いていて嬉しかった」

「嬉しかった？」

「そういうのが愛なんじゃないのか」

喜多川が何を言いたいのか大江には理解できなかった。話をして、気が合ったから愛しているというのだろうか。いや、嬉しいというからには何か、喜多川が嬉しがるようなことを堂野が言ったのかもしれない。

「人が喜ぶ言葉を口にするのは、実はそれほど難しくないんですよ。要は相手を褒めればいいんです。褒められて悪い気のする人間はいませんからね」

「堂野は俺を褒めてなかった」

「直接褒めなくても、じわじわおだてるという手もありますからね」

喜多川は眉間に皺を寄せた。

「そうだったかもしれないし、そうじゃないかもしれない。もう覚えてない」

頑固かと思えば、安易に揺れる。割と簡単に騙されるタイプなのかもしれない。だから堂野にも弄ばれたのではないだろうか。

けれど自覚がないわけではないのだ。もう相手には求められていないと、わかっていないわけではない。それでも過去の感情にしがみつく。タチの悪い恋愛のパターンだ。

人捜しなどやめてしまえばいい。そんな実るあてのない感情に投資するよりも、もっと別のことに使うべきだ。第一金がもったいない。世の中には、金が欲しくて右往左往する人間が山のようにいるのに。

大江はフッとため息をついた。自分も右往左往している人間の一人だ。給料が少ないからと、妻に転職を強要されている不幸な男だ。金が全てだとは思わないが、金があれば解決する事柄は確かに存在している。

「うちでは喜多川さんの依頼を引き受けることができませんが、これからどうされますか？」

「他の探偵に頼む」

「他の探偵社に依頼しても、おそらくですが見つからないと思いますよ」

「それでもいい。捜してもらっているほうが気が紛れる」

言葉の通り、喜多川は他の探偵に仕事を依頼するだろう。見つかるあてのない依頼を引き受けるのは、調査費用を請求するためだけの悪徳探偵社だけだ。そういう悪い輩《やから》が、この業界にも確かに存在している。依頼を断る探偵社が良心的で、捜すと自信ありげに口にする探偵社がいい加減なんだとも気づかず、この男は喜んで悪徳探偵社に金を落としていくのだろう。闇に、ただ消えていく金。

行方調査の基本料金は、内容にもよるが一週間で四万前後。出張すればその分の費用は別途、請求できる。一ヵ月で十六万〜二十万。それを三ヵ月も続ければ、ちょっとしたボーナス程度の金額になる。

自分の頭の中に、唐突に浮かんできたある計画を、大江は「無謀だろう」と苦笑いした。人を騙すなんてそう簡単なものじゃない。詐欺師は綿密に計画を練る。いくら相手が騙されやすそうな男でも、いきあたりばったりで上手くいくはずがない。

喜多川は製鉄工場で働いているようだが、深い専門知識を必要とはしない気がするので、教育程度は高卒、よくても専門学校卒だろう。法律にも詳しくはないだろうし、前科があるとなると、警察に厄介になるのは避けたいだろうから、簡単に相談などしないだろう。おまけに男は携帯電話も持ってない。会社の電話も使えないので、直接に会う以外の連絡手段を持たない。……ドキリとした。男の断片を繋ぎ合わせていくたび、それは全て自分にとって有利な方向へ行っているような気がした。

もしかしたら上手くいくかもしれない。いや、上手くいくだろう。けれどいくらこの男が無駄に金を使いたがっているからといって、騙せば犯罪だ。いや、これは犯罪なんだろうか。喜多川は「捜してもらっている」という状況で納得している。内容よりも、捜しているという行為で安心を得ているのだ。捜しているふりをして安心を与え、こちらは金をもらう。需要と供給のバランスはとれている。騙すという形にはなってしまうが、結果的に互いが満足するのだ。

あぁ、でも……大江は葛藤した。みんなが満足するとしても、見つかれば捕まる。けれど報告書さえきちんと作れば、大丈夫なんじゃないだろうか。監視カメラがついているわけでもなし、一日一ページでも電話帳をめくれば、それは調査だと言いきれる。

試してみようか。喜多川が不審がるようなら、すぐに計画を中止すればいい。大江は両手を強く強く握り締めた。

「……どうしても依頼を受けてほしいと、そうおっしゃるんですね」

喋るだけで不自然に喉が渇くような気がする。男が浅く頷いた。

「事務所ではあなたの依頼は受けられないということになりました。しかし、色々と事情がおありのようですし、私が個人的にあなたの依頼をお引き受けすることならできますよ」

「個人的？」

平静を装っても、心臓が早鐘のように鳴る。

「事務所を通さずに、時間のある時に私が独自で調査して、あなたに結果をお渡しするということです」

「捜してくれるのなら、何だっていい」

それはまさに理想的な答えだった。

「ではこうしましょう。私はできる範囲で堂野さんのことを捜してみます。ただ個人的に依頼を受けることは事務所から禁じられているので、今後は私個人と喜多川さんの取り引きということで、事務所には一切連絡を入れないでもらいたいのです。事務所に知られてしまったら、私もしかるべき罰を受けるでしょうし、その時点で調査は打ち切りになります。……よろしいですか」

男が間違っても事務所に連絡をしないよう「調査の打ち切り」を強調する。男は神妙な顔で「わかった」と頷いた。

「私も事務所の仕事がありますので、喜多川さんの件にかかりきりにはなれません。なので、報告は半月に一度とさせてもらいます。調査費用に関しては、事務所からのフォローがないので、万が一タクシーでの尾行になりますと、私自身が負担しきれない可能性もでてきます。なので、ある程度の調査料金を前金でいただいてもよろしいでしょうか。もちろん使わなかった分はお返ししますし、超過するようであれば、別途請求させていただきますが」

躊躇いはあるのに、慣れた説明なので唇は流暢に動いた。

「いくらぐらいかかる？」

「そうですね。一週間の調査費用は四万円、それが半月分としてとりあえず十万、ご用意できますか」

男はズボンのポケットから、裸の札を引っ張り出した。何の変哲もない万札なのに、見ているだけで緊張して指先までドクドクする。くしゃくしゃになった金を数え、喜多川はチッと舌打ちした。

「八万三千しかない」

「それでも結構ですよ。残りは次にお会いした時で」

次でいいと言っているのに、喜多川は眉間に皺を寄せる。下手な芝居がばれたのではないだろうかと焦っているうちに、大江はだんだんと気分が悪くなってきた。

気難しい顔のまま、喜多川はおもむろに立ち上がった。

「寮に帰ったら金はある。取ってくるから、ここで待っててくれ。二十分ぐらいで戻る」

「急がなくてもいいんですよ」

硬い表情のまま、喜多川は首を横に振った。

「こういうのは最初が大事だろう。あんただって、最初から金を払わない客より、全部きっちり払った客のほうが、仕事もやる気が出るだろ」

大江は焦った。こんなに簡単に金は手に入るものなのだろうか。本当に微塵も、この男は自分のことを疑っていないのだろうか。寮に帰るというのは口実で、腕っ節の強い仲間を連れてきて、騙そうとした自分を殴る蹴るの酷い目にあわせるのではないだろうか。

「本当に次でいいですよ。私は喜多川さんを信頼していますし、支払いが後になったからといっていい加減な調査をするつもりもありませんから」

とりあえず手に入りそうな金だけもらって帰りたい、それが大江の心情だった。

「そうだ、これまで探偵社に調査を依頼した際の報告書をお持ちでしたら、次にお会いする時参考までに貸していただいてもいいですか？　今までの探偵社と同じことをしていても二度手間になるので、私は違う観点から捜していきたいと思います」

無愛想な男が笑ったような気がした。

「やっぱり今から取ってくる。待っててくれ」

大江の制止も聞かず、男は駆け出していった。一人きり、公園に取り残される。男の姿が見えなくなったあと、大江は立ったり座ったりを繰り返した。人を騙すという罪悪感に、奇妙な興奮が入り混じって落ち着かない。

探偵という仕事柄、嘘をついたり、自分の身分を偽って調査をするのは日常茶飯事だ。それはどれも調査のためという名目があり、自分のためではなかった。

一瞬、喜多川のいない間に帰ってしまおうかと思った。そうすれば自分は、こんなチンケな詐欺行為に手を染めずにいられる。けれど、もし本当にいなくなっていたら、喜多川はどうするだろう。事務所まで自分を追いかけてくるだろうか。「個人的に仕事を受けてくれるはずだったのに」と腹いせ混じりに喚き散らしながら。それは困る。非常に困る。

では「個人的に依頼を受ける」と口にした時点で、逃げることはできなくなったのだろうか。いや、そんなことはない。このプランはまだ中止にすることも、続けることもできるはずだ。

安っぽい罪悪感は、紙袋を抱えた喜多川の姿を見た瞬間に消えた。大江に資料を渡す喜多川の顔は、まるで宝物を見せびらかす子供のようだった。

「これで全部だ」

予告の二十分よりも三分早く戻ってきた喜多川は、ゼエゼエと息を切らしながら喋る。紙袋を覗き込んだ大江は驚いた。報告書の量が想像していたより多かったからだ。

「あんたは、ちゃんとしているな」

大江は顔を上げた。

「今まで他の探偵の報告書を持ってこいって言った奴は一人もいなかった」

通常、他社の調査の結果を聞くことはあっても、報告書を見せろとは言わない。探偵事務所もピンからキリまで、調査報告書が絶対に正しいという保証はないからだ。けれど今回に限って大江は資料を要求した。捜すつもりはなくても、報告書は書かなくてはいけない。他社の調査資料を纏めるだけで、そこそこ体裁の整ったものが書けそうな気がしたからだ。

「報告書を集めてたら、これが出てきた」

喜多川は大江の前に四つに折りたたんだ紙を差し出した。広げて驚く。紙切れには男の顔が、警察が捜査に使う似顔絵のように鉛筆で緻密に描かれてあったからだ。

「これはどうしたんですか?」

「堂野を思い出しながら描いた」

紙の上の男は、頭が丸刈りというほかは特徴らしい特徴もなく、平々凡々としている。描かれた男の顔が云々よりも、大江はその絵の上手さに驚いた。学生時代、大江は美術部に所属していた。卒業と同時に描かなくなったが、好きな作家の展覧会があれば、今でも美術館に足を運ぶこともある。

「喜多川さんは随分と絵がお上手ですね。どこかで習ったことがあるんですか」

「それがあれば、あんたが捜すのに役に立つか?」

質問の答えにはなっていなかった。

「役には立つと思いますよ。こちらの似顔絵も預かっていきますね。ところで喜多川さん、あなたはどこかで絵を習ったことがあるんですか」

気になっていたことをもう一度聞いた。

「ガッコ行ってた時は図工の時間が嫌いだった。ムショに入ってからだな、色々と描くようになったのは。堂野が上手いって言うからさ」

「本格的には習ったりはしてないんですね」

喜多川は浅く頷いた。

「今からでも遅くないですよ。本格的に絵を描いてみてはどうですか」

喜多川は首を横に振った。

「駄目だ。俺は見たまましか描けない。絵は心で描かないと駄目なんだろう」

まっすぐに見つめられて、大江は返事に詰まった。

「官本の中に、そういうことを書いてある本があった。下手でもいいから、心で描けってあった。俺の絵は似せて描こうとしてるだけだ。えらい人が見たら、そういうのは一発でわかるんだろう」

それは真理かもしれない。けれど建前だ。建前だけど、真理。考えているうちにわけがわからなくなって、大江は何も言えなくなった。

沢山の報告書と、似顔絵と、十万円。それらを受け取ったあと、半月後の同じ時刻にここで会う約束をした。自分が詐欺にあっていると知らない喜多川は嬉しそうに帰っていった。

一人公園に残された大江は「公園で例の依頼者に会ったので、その場で依頼を断りました。今日はまっすぐ帰ります」と携帯電話で事務所に連絡を入れた。


喜多川から受け取った紙袋を大江はアパートに持って帰った。事務所だと所長や香取に見つかってしまった時、言い訳ができないからだ。牛丼のチェーン店、五百円玉でお釣りのくる安価な夕食をすませ、家に帰ってきたのは午後十時過ぎ。明かりがついていたのは玄関だけで、妻と娘はもう休んでいるようだった。

大江はキッチンにいき、冷蔵庫からビールを取り出した。一口飲んでから、喜多川から受け取った調査報告書を食卓テーブルの上に並べる。報告書は二十通ほどあり、喜多川それを年ごとに分けていった。

一番古い日付のものは四年前になっていた。年間で三、四軒の探偵社に、二、三ヵ月の期間で調査を依頼している。良心的なところで、安く見積もって一件四十万とする。それを四年間とすると、約六百万前後。既にそれだけの大金を、男を捜すためだけに費やしているという計算になる。思わずため息が漏れた。……呆れたからだ。

古いものから順に、大江は報告書に目を通していった。情報自体が少ないので、どこも苦労しているのが文面から窺える。

喜多川や堂野と同じ房だった囚人を捜していたところもあった。他の囚人から、堂野の情報を得られるかもしれないと考えたのだろうが、名前だけで見つけるのは非常に難しい。それでも一人だけ柿崎《かきざき》という男を捜し出したようだが「再逮捕され服役中であり、面会は叶わず」と悲しいオチがついていた。

報告書を読むうちに、大江は堂野が痴漢の「強制わいせつ罪」で入所していたことを知った。微罪なので喜多川よりも後に入所してきて、喜多川よりも先に一年未満で出所したのだ。犯歴を参考に、インターネットの「痴漢」愛好者のサイトにアクセスし、情報を収集していたところもあったが収穫はなかった。

パソコンや足を使ってきっちりと調べて報告書を作っている事務所もあれば、電話帳に掲載されている「堂野」に片っ端から電話をかけるという信じられないような非効率的な調査をして、電話代を別途請求している事務所、どういう調査をしたか内容も書かずに「調査対象者を見つけられませんでした」と結果を記した、いかにも悪徳探偵社といった報告書もあった。

一通り目を通すと、午前一時を回っていた。自分ならこう調べるだろうということは全て他の事務所がやっているし、自分が思いも寄らぬ観点から調査をしているところもある。ここまでやって見つからなかったのなら、もう見つからない。どう考えても無理だ。

大江は資料を袋の中に戻し、残っていたビールを飲み干した。頭の中で次回、会った時のシナリオを組み立てる。二年ほど前の報告書に、関東圏の四つの都県にある市役所全てに電話をかけて、堂野という男が過去に在籍していなかったか聞いたという調査があった。これをアレンジして、自分は中部地方まで範囲を広げて電話をしたけれど、見つからなかったと言えばいい。その次は関西だ。以前の探偵社がやった調査の拡大調査だから、やり方に不信感も抱かれないだろう。

大江は尻ポケットから財布を取り出した。中を覗く。きっちり十万円の札がある。自分の、十ヵ月分の小遣いだ。これは明日、妻に内緒で開設している銀行口座に入金する。この調子で二ヵ月続ければ、四十万になる。それでもまだ喜多川がこちらに不信感を抱かないようなら、もう一ヵ月続ける。そうすれば六十万だ。ちょっとしたボーナス程度の金額になる。

大江は椅子の背もたれに背中をくっつけて、大きく反り返った。椅子の足がギッと鈍い音をたてる。脳裏に、白いシャツに黒いズボンの男がフッと過ぎった。無愛想だが、嫌な男ではなかった。犯歴はあったとしても、感情を自分でセーブできるだけの理性がある。

「同性愛か」

ぽつりと呟いた。大江はアブノーマルな世界にそれほど詳しくはないが、オカマとゲイの違いは何となくわかる。喜多川の場合は、ゲイというタイプで、体をつくり変えなくても男が好きだという人種なのだろう。

男相手にセックス。考えるだけで大江は気分が悪くなった。他人がそうである分はまあ、仕方がないと納得するしかないが、正直気持ちのいいものではなかった。

恋愛となると、その感情は男女間のものと変わりないのかもしれないが、不毛としか思えない。結婚もできないし、むろん子供もできない。その上、日本は同性愛に関して閉鎖的だ。

不毛、不毛……と繰り返しているうちに、大江はある結論に至った。喜多川はひょっとして、そういう不幸にロマンチシズムを覚えるタイプなのではないだろうか。不毛な関係、不毛な愛、不毛な調査。そして自分はそういう男のロマンチシズムを満たすための、駒なのだ。

男の望み通り、調査をして金を使う。不毛であることが目的なのだから、調査の内容や金の云々は関係ない。重要なのは『こんなに金を使って捜している』という不幸な状況だ。

ガタガタッ……外の通路に面した台所の窓ガラスが音をたて、大江は驚いて椅子から立ち上がった。そう大きな音ではなかったから、風だったのかもしれない。それなのにしばらく動悸がおさまらなかった。

どれだけもっともらしい理由をつけてみたところで、刑務所帰りの同性愛にトチ狂う男を、相手が不利な立場だと知りつつ騙しているのは事実だ。けれどそういう男につけこんだのは、過去の報告書が立証しているように、自分だけじゃない。

「騙されるほうだって悪い」

……大江はもう一本、ビールが飲みたいと思った。

十月も半ばを過ぎると、落ち葉を揺らす風の音が、寂しそうに聞こえる。日差しがいくらきつくても風は涼しく、シャツの上にもう一枚、上着が欲しくなる。外へ出ることが多いので、季節の移り変わりを肌で感じる。少しずつ、確実に季節は冬へと近づいていく。

午後八時三十分を十分過ぎて、大江は待ち合わせの公園へとやってきた。喜多川は白シャツに黒ズボン、デジャブかと思うほど変わりない姿でベンチに腰掛けている。違っているのは、空気の温度だけだ。

出会った最初の頃、喜多川がわざとクラシックな雰囲気を狙っているのかと思ったが、今回のいでたちでそうではないと確信する。おそらく喜多川は白シャツと黒ズボン以外の服を持っていないのだ。

近づいて、間近に男の姿をとらえた時「顔が違う」と真っ先に思った。体格はよくても太ってはいなかったが、半月見ない間に頬が随分と引き締まり、顔が浅黒くなった。

「こんばんは」と声をかけると、「どうだった？」と聞かれ、大江は苦笑いした。

「喜多川さんの持っていた調査報告書を一通り読ませてもらって、以前、関東近郊だった市役所の調査をもう少し広げて調査中です。堂野さんはもう市役所に勤めていませんが、仲のいい人が職場に残っていれば、連絡先を知っているかもしれないので」

頭の中のシナリオをつらつらと読み上げる。期待に満ち満ちた表情が、みるみるうちに落胆した色になる。

これから先も同じ手でやり過ごそうと思っていたが、嘘でも手がかりが見つかりそうだと言って期待を持たせたほうがいいのかもしれない。そうでないと「駄目だ、駄目だ」ばかりだと喜多川のモチベーションは下がり続ける。不満は猜疑心を生む。疑われるような状況だけは絶対に避けたかった。

「まだ調査は始めたばかりです。千里の道も一歩からと言いますし。市役所の調査を進めていけば、どこかで堂野さんに繋がる糸口が見つかるはずです」

志気を高めるような言葉を口にする。俯き加減だった男は顔を上げ「そうだな」と呟くと、じっと大江を見つめてきた。何かこちらに言いたげな視線に、ゴクリと唾液を飲み込む。

「……センリってのは何だ？」

意表を突いた問いかけに、大江は大きく瞬きした。

「俺は学がないからな。センリってのは何だ、薬か？」

「えっと……その、千里っていうのはですね、昔の長さのことで、今でいえばどれぐらいかな？　とにかく、長い長い距離なんです。だからどんな遠い場所へ行く時も、足許の一歩から始まるっていう、そういう意味合いの諺《ことわざ》ですね」

男は感心したように「へえ」と相槌を打つ。「千里の道も一歩から」なんて小学生でも知っているような大衆的な諺だ。それを知らないとなると、本を読まないか、国語が苦手か、学がないという言葉通りまともに勉強をしてこなかったか。

大江は猛烈に男の学歴が気になったが、ストレートには聞きづらい。学歴は調査に関係ないし、そういうことにコンプレックスを抱いているかもしれない。

「喜多川さん、地元はどこですか？」

小学生の頃までは県外、中学からはこの近くに住んでいたようだった。

「へえ、高校はどこですか」

外側から、じわじわと知りたい答えへと誘導していく。

「俺は高校へ行ってない。施設だったから、大抵の奴が中卒で働きに出てた」

興味本位の罪悪感も手伝って、途端に気まずくなる。

「お母さんはいらっしゃったと、前にお聞きしたような気がするんですが」

喜多川はひょいと肩を竦めた。

「生きてても傍にいなきゃ何の役にも立たねえだろ。いっそいないほうがよかったのかもしれない。いつか迎えにくるんじゃないかって、ずっと思ってたからな。来たら来たで、金を貸してくれしか言わねえし。それにあの時……」

何か言いかけて、喜多川は口をつぐんだ。街灯の明かりが半分あたった喜多川の表情は、どことなく寂しげに見えた。

「何がよくて何が悪《わり》ィかなんて、わかんねえよなあ」

母親がいても捨てられる。働き出してからは、金をせびられる。まるで絵に描いたような不幸の図式。幸いにも自分はそういう親に縁がなかった。

喜多川はシャツの胸ポケットに指を突っ込むと、皺だらけになった一万円札を丸め、輪ゴムでとめたものを大江の前に突き出した。

「次の十万。これでまた半月は捜してもらえるんだろう」

大江は男から万札を受け取ると、枚数を数えてから背広の内ポケットにしまった。喜多川はベンチから立ち上がると、両手を頭上高くで組み合わせ、大きく背伸びをした。

「センリの道も一歩から……か」

そして、大江に振り返った。

「あんた、堂野にちょっとだけ似てるかもな」

強制わいせつ罪で服役し、男も女もお構いなしに誘う男に似ていると言われても嬉しくない。けれど喜多川が好意を持っている人間に似ているというのは、メリットだ。こちらに悪い印象を持ちにくくなる。そうですか、と大江は我ながら白々しくなるような愛想笑いを男に返した。

喜多川から金を受け取った翌日、大江は「病気で余命いくばくもない父親が、失踪した弟に会いたがっている。弟の親友だった堂野崇文という男なら弟の行方を知っているようなので、堂野を捜している。弟の話から、堂野は市役所に勤めていると聞いたけれど、そちらではないだろうか」というネタで、県外のある市役所へ電話をかけた。

父親や弟の話はもちろん嘘だ。身内の病気ネタを使ったほうが、人は親身になって話を聞いてくれる確率が高い。案の上、名簿までめくって捜してくれたようだが「堂野崇文」という男が働いていたという事実はなかった。まぁ、予想通りだ。

一回電話をかけただけで、相手から来る返答の待ち時間の長さにうんざりした。捜してもらっているのだから文句も言えないが、あれやこれやと二十分もそのままの状態で待たされた。電話を切ってかけなおしてもらえばよかったが、すぐにわかりそうな相手の口ぶりに騙された。

とりあえず一件電話調査を行ったことで、大江は満足した。二件目、三件目にかける気はない。一件かけたことで、何もしていない、という追及から逃れられる。

実際、県外への電話は金がかかる。かかった電話代と称して何万か別途請求してみようかと思ったが、やめた。喜多川には月二十万支払わせている。工場の寮に住む、中卒、前科のある男の給料が高いとは思えない。貯金は多少あるかもしれないが、請求額を大きくすると続かなくなる。

大江は調査期間を三ヵ月、六十万を目標にさだめた。今のところ順調なので、疑われなければもう一、二ヵ月続けてもいいかと思いはじめていた。

大江は妻に「所長に交渉した。今年はボーナスを出してもらえそうだ」と話した。するとロうるさかった女が途端、静かになった。娘の受験校のことは未だどちらとも決着はついていないが、こちらが交渉したという事実を妻なりに評価はしているようだった。一度ぐらいボーナスが出たからといって、六十万程度で私大の入学金諸々が賄えるとは思ってはいないが、とりあえず目の前の危機は回避できた。

その日、大江は後輩の香取と居酒屋で飲んだ。香取が依頼人とトラブルをおこし、結局、依頼金が中途半端にしか支払われないまま逃げられてしまい、落ち込んでいたからだ。これは香取の調査が云々よりも、最初から依頼人が踏み倒すつもりだったような気配が窺えた。所長は裁判も考えたようだが、弁護士費用を考えると被害金額よりも高くつく。泣き寝入りするだろうと、相手がそこまで読んでいたのかと思うと、はらわたが煮えくり返る思いだった。

やけ酒なのか香取はよく飲み、盛大に酔いつぶれて動けなくなった。大江は酔っ払いをタクシーでアパートまで送り届けたあと、最寄りの駅まで歩いた。まだ電車は動いていたし、薄給の身で帰りもタクシーと贅沢をするわけにはいかなかった。

大通りに入ると、十一時を過ぎているのに学生服姿が目立つようになった。なぜだろうと思っていると、近くに大手学習塾を見つけた。娘と同じ高校の制服を着た女の子もいる。こういう塾に通わせないと、国立は無理なんだろうかと思ったが、それも今更だった。

あと三十メートルも歩けば駅というところまで来て、工事中の看板に気づいた。歩行者はバリケードでできた細い迂回路を通らなくてはならず、少し遠回りになる。バリケードの向こうでは、ガガガ、ガガガと鈍い音が断続的に響いて、黄色いヘルメットをかぶった外国人労働者が、肌寒くなったこの季節に汗をかきながら働いていた。迂回路の前で立ち止まり、大江は腰をポンポンと叩いた。力の抜けた人間は存外重たくて、かなり腰にきた。

「先生」

近くで声が聞こえたが、自分に対してだとは思わなかったので聞き流した。

「探偵の先生」

驚いて振り返る。黄色のバリケードの向こうに、背の高い男が立っていた。薄汚れたTシャツに、薄水色の作業用ズボン。日本人のようだったが、黄色いヘルメットで頭の半分が隠れ、顔がよく見えない。

「俺だよ。わからないか」

覚えのある声。半月ごとに十万円を届けてくれる、自分のカモだ。

「喜多川さん。ここで働いていたんですか？　工場のほうは？」

男は頭の半分が隠れていたヘルメットを引き上げた。細い顔は土埃のせいなのか黒くすすけて、ギラギラと白目だけが光って見える。

「これはバイトだ。あんたらは金がかかるからな」

昼間の仕事だけでは、半月に十万は無理なのだろう。口の奥が苦くなり忘れていた罪悪感を思い出す。

「堂野は見つかりそうか？」

言葉に詰まる。黙り込むと、喜多川は首を傾げた。

「……すぐには難しいですよ。気長にやりましょう」

喜多川は「まぁ、そうだな」と浅く頷いた。

「千里の道も一歩から……だったか。それにしても、あんたらの仕事も大変だな。こんな時間まで」

自分は飲んでいただけで、大変なのは男のほうだろう。昼間の仕事を終えてから、夜の仕事。もう十一時半を回っている。いったい何時まで働くのだろう。

大江は肌寒さを覚えているというのに、男の額には汗が流れる。それを猫のようにTシャツの肩口に擦りつけた。

「汗が凄いですね」

「あぁ、ライトが熱いんだよ。夜は見えねぇから、上からガンガン照らしやがる」

バリケードの奥にある薄暗い場所から、喜多川を呼ぶ野太い声が聞こえる。

「あまり無理はしないようにしてください。それから喜多川さん、これからは私のことを見かけても、声をかけないでもらえませんか」

男は不思議そうに首を傾げた。

「今は仕事からの帰りですが、夜中でも尾行をしている時があるんですよ。呼び止められたり、探偵と呼ばれると、相手に気づかれ逃げられてしまうこともあるので」

「あぁ、そうか。そうだな。次からは気をつけるよ」

背後から喜多川を呼ぶ声に荒々しさが増す。もう怒鳴り声だ。

「うるさい野郎だ」

チッと舌打ちすると、喜多川は「じゃあな、先生」と右手を上げ、断続的な騒音の中へと消えていった。

大江は足早にその場を離れた。後ろめたさは、電車に乗っている間も、アパートまで歩いている途中もずっと、大江の胸に靄のように覆いかぶさっていた。

精神的にも肉体的にも酔いが冷めきった状態の大江がアパートへ帰り着いたのは、午前一時。シャワーだけ浴びて寝巻きに着替え、歯を磨く。寝室へ行こうと廊下に出ると、マグカップを手にした娘と鉢合わせた。勉強をしていて、喉でも渇いたのかもしれない。「おやすみ」と声をかけると「パパにお願いがあるの」と俯き加減に訴えてきた。どうしても私立へ行きたいとか、そういったお願いだろうかと思うと、ふがいない自分に胸がチクリと痛んだ。

「お母さんには我慢しなさいって言われたんだけど、受験生にも息抜きが必要だと思うの」

息抜き、と大江は反芻《はんすう》した。

「来月、スティルパッケージってインディーズバンドのライブがあるの。けど今月、もうお小遣いがなくなっちゃって、チケットが買えなくて。けど行きたいの。行かないと絶対に後悔すると思うの。もしライブに行けたら、勉強にも集中できると思う。だからお願い、パパ。三千円だけちょうだい」

つまり、娘は数ヵ月後に迫った受験のための勉強よりも、ナントカというバンドのライブのほうが気になって仕方ないということだ。ため息が出る。こんな娘を私立に通わせるために、真剣に転職を考えた自分がとてつもなく虚しい。

「母さんは駄目だと言ってるんだろう」

小遣いなどやりたくない。面と向かって言うと角が立つので、妻に責任転嫁する。

「そうだけど、行きたいんだもの。パパ、お願い」

娘は顔の前で両手を合わせる。脳裏に薄汚れた顔をした男が過ぎる。「あんたらは金がかかるからな」と、昼も夜も働く男。そう、欲しいものがあれば、働くべきだ。人にもらう前に、自分で稼ごうと思うべきだ。

「そんなに行きたいなら、アルバイトをしたらどうだ」

娘が「えっ」と眉間に皺を寄せた。

「一日バイトをすれば、チケットは買えるだろう」

「私、受験生なのよ。こんな時期にバイトをしてる子なんて一人もいないよ」

「じゃあライブも諦めるんだ」

娘はムッと唇を閉じたまま、踵を返した。部屋の前で振り返ると、大江に向かって「ケチッ」と吐き捨て、ドアを乱暴に閉めた。「美晴ッ、静かになさいっ」寝室から、妻の怒鳴り声が追い討ちをかける。

一瞬、全てを捨てて、逃げ出したいと思った。今なら未練もない。ここにあるものを自分が養う、守る必要性を感じない。けれど衝動は所詮衝動で、後からついてくる、諸々の非難を正面から受ける気はなかった。

自分が十数年かけてつくり上げた巣箱はこんなものか。廊下で一人、大江は小さく、肩を震わせるようにして笑った。

騙しているという罪悪感は、浮かんでは消えていくが、そういう感覚の巡ってくる期間は確実に長くなっていった。喜多川に会った翌日がピークで、それから引き潮のように遠ざかっていくと、次の十万を受け取る前日まで忘れている。

その日は六回目の現金受け渡しの日だった。十二月の半ば、紅葉していた街路樹の葉も全て落ちきって丸坊主になり、街を歩いているとあちらこちらでクリスマスソングが聞こえてくる。にぎやかな商店街の明かりを抜け、川沿いへ出ると途端に光も物音も寂しくなる。うすらぼんやりとした街灯、水の上をすべる冷たい風が頬に直接吹きつけてくる。大江は無意識に黒いウールのコートの前をかきあわせた。

寒いと思っていたら、ぽつぽつと雨が降り出した。冷たい雨だ。そう酷くはないが降られると厄介で、大江は急いだ。今回は関西より西、中国地方を中心に捜したけれど、見つからなかったと言う予定だ。それだけ告げて、金をもらったら早々に退散する。傘を持っていないし、急いでいるといえば男は詮索してこないだろう。

喜多川は公園の、いつものベンチに白いシャツに黒いズボン姿で腰掛けていた。川沿いを少し外れるとはいえ、風は強い。薄着の男を見ていると、こちらまで寒くなってくる。若いからああいった薄着でも大丈夫なんだろうかと思いつつ、男に近づいた。

座った状態で寝ているのか、目の前に立っても俯き加減に背中を丸めたまま顔も上げない。心なしか、肩先がブルブルと震えているような気がする。

「喜多川さん?」

声をかけると、ようやく頭を上げる。大江はギョッとした。会うたびに痩せてきているなという印象はあったが、今日の喜多川はまるで病人かと見まごうほどの酷い顔をしていた。頰がごっそりとこけ、目は落ち窪み、唇は紫色。無精髭までちらほら見える。

「堂野は見つかっ、ゴホッゴホッ……ゴホッ」

最後まで言い終わらないうちに喜多川は咳をしはじめ、しばらく止まらなかった。具合が悪いのは確かめるまでもなかった。

「だ、大丈夫ですか?」

「ただの風邪だ」

喋ると、男は再びゴホゴホとまるでむせ込むような咳をした。

「薄着でいるからじゃないですか。何か上に着たほうがいいですよ」

いつも真っ白な喜多川のシャツが薄汚れていることに気づく。質素でも手入れの行き届いた清潔なものを身に着けていた男も、風邪の力には抗えなかったようだった。

「堂野は見つかったか」

震えながら、喜多川はもう一度聞いてきた。

「まだです。中国地方が駄目だったので、次はもっと西に的を絞って捜してみようと思っています」

喜多川は目を閉じ「そうか」と掠れた声で呟くと、大きなクシャミをしてズッと鼻を啜り上げた。ズボンのポケットに手を突っ込んだので、ティッシュでも取り出すのかと思っていたら、くしゃくしゃになった札を鷲掴みにして大江の前に突き出した。

「仕事を休んだから、七万しかない」

大江は躊躇いながらも皺だらけの万札を受け取り、枚数を数えた。七枚あることを確認してから、慌ててコートの内ポケットにしまった。

「残りは次回でもけっこうですから。喜多川さんも無理をしないようにして下さい」

うなだれたまま男は首を横に振った。

「こういうのを待たされると、気分が悪いだろ。サラ金だったら、利子がついていいんだろうが、あんたはそうじゃないから」

やっぱりこの男に月二十万の支払いは酷だったのだ。変に痩せてきていたし、それが昼、夜働いているせいだろうとわかってはいたが、半月に一度の支払いは滞ることがなかったので、やりくりはできているものだと思っていた。いい雰囲気でここまできた。追い詰めては後が続かないだろうし、体を壊されてしまっては元も子もない。

「喜多川さんはしっかりした方なので、遅れてもいつか払っていただけると信用しています。なので今日のところは早く帰って、ゆっくりと休んでください」

目の前にある体が、大きくぐらりと揺れた。倒れるのではないかと反射的に一歩前に踏み出したが、喜多川は深く俯いただけで何とか体勢を持ち直した。

「金が足りねえからサラ金で借りようかと思ったけど、返すアテがない。儲かる仕事がないかって寮の奴に聞いたら、知り合いと一緒にハッパを売らないかって誘われた。けどアレは捕まったらヤバイからな。俺はマエがあるから、ブチ込まれたら何年になるかわかったもんじゃない」

「悪いことはやめてください」

常識のある人間なら、誰でも言うであろう言葉を口にしながら、大江は想像した。喜多川がハッパ（おそらく大麻であろう）の販売に手を染める。金を稼ぐ。そして頃合を見計らって、自分が警察に告発する。喜多川は捕まり、刑務所に入る。たとえ詐欺だとばれても、男は刑務所の中からでは自分に手を出せない。

理想的じゃないか。胸の中の悪魔がそう呟く。いや、もっとよく考えろ。喜多川が刑務所に入っている間はいい。けど出所してきたらどうする？　騙して、密告した自分を恨んで、仕返しにくるのではないだろうか。今のままでも十分に現金は回収できているのだから、下手に小細工などせずもらえる分だけもらっていたほうが賢い。

大江は怖くなった。喜多川には何の恨みもない。定期的に金を運んでくる、コウノトリのようなありがたい存在だ。それなのに、陥れて刑務所に送ってしまえばいいと思った。自分は喜多川に対して罪悪感と優越感がある。所詮、喜多川は教育程度の低い前科者だ。親兄弟もいない。彼が捕まって困る人間はいても、惜しむ人間はいない。

「残りは次の時に払う。……ちゃんと払う」

ゴホゴホと咳き込みながら、喜多川はゆっくりと立ち上がった。ふらつきながら歩いていく。危なっかしいなと思って見ていると、男は公園の入り口にある円柱にぶつかり、そのままへたへたとしゃがみこんだ。

「大丈夫ですか、喜多川さん」

駆け寄って、肩に手を置く。触れた体は驚くほど熱かった。

「凄い熱じゃないですか。本当に歩けるんですか」

「歩けるだろ……」

喜多川は立ち上がろうと両足を踏ん張っているようだが、少しも腰が浮かない。触れた体は熱く、小刻みに震える。大江は自分の着ていたウールのコートを脱いで、喜多川の背中にかけた。そして半身を支えるようにして何とか立ち上がらせた。

喜多川が働いている北島製鉄工場を大江は知っている。そう遠くないし、寮まで送ってやろうとするけれど、一歩踏み出しただけで喜多川の膝はガクガク崩れる。支えて歩くのも無理だ。大江は自分より背の高い大きな男を、苦労して歩道へと連れ出した。タクシーを拾う。すると乗る直前になって喜多川が抵抗した。

「早く乗ってください」

「嫌だ、俺はいい」

ガードレールに摑まったまま、男は動こうとしない。

「一人では歩けないでしょう。私も支えて歩くのは無理なんです」

「タクシーは金がかかる」

こんな状態になってまで金をケチる男に、大江は正直、腹が立った。

「代金は気にしないでください。私も帰るので、ついでです」

強引に喜多川をタクシーに押し込む。乗ると同時に喜多川は後部座席で猫のように背中を丸めて横になった。北島製鉄工場は、一メーターも離れていない場所にあるので、すぐに着く。タクシーから降りようと男に声をかけても、うっすら目を開けて「ああ」「うん」と曖昧な返事しかしない。大江は運転手と共に喜多川をタクシーから引きずり降ろし、熱の塊のような男を背負った。

「北島製鉄工場」と錆びたプレートが打ちつけられた門柱、開きっぱなしになっている門扉を抜けて中に入る。敷地内には大小いくつかの建物の影が見えるが、暗くてどれが何なのかさっぱりわからない。右端にあるプレハブの平屋の建物に明かりがついていたので、あそこで聞いてみようと大江はぐったりした男を背負ったまま光に向かって歩いた。

上半分が磨りガラスのアルミの引き戸。中からは野太い笑い声が聞こえてくる。ダンダンとノックすると、中の騒ぎがピタリと止まった。

「誰だ？」

突き放すような口調だった。

「すみません。ちょっとお聞きしたいことがありまして」

曇りガラス越し、人影が近づいてくるのが見える。ガラガラと大きな音をたてて、引き戸が開いた。ムッとしたような汗臭い雄の臭いが鼻を突き、大江は眉間にクッと皺を寄せた。

「何か用かい？」

歳は五十前後か、体格のいい男だった。赤ら顔で、喋ると酒の臭いがする。男は大江が背負っている病人に気づくと「喜多川じゃねえか」と驚いた顔をした。

「具合が悪くて歩けなくなっていたので、連れてきたんです。この工場のかえで寮というところに住んでると聞いたんですが」

男がボリッと頭を掻くと、パラパラと白いものが飛んだ。

「かえで寮はここだよ」

大江は「ここ？」と呟きながら、プレハブ小屋の中を見渡した。寮と名前はついているものの個室ではなく、大部屋だった。十五畳ほどの広さの部屋は畳敷きで、その中に二十代から七十代と思われる様々な年代の男が、体格のいい男を含めて六人いた。天井には細長い蛍光灯が二つ、その下を蜘蛛の巣のようにロープが張り巡らされ、タオルや作業着のようなものが万国旗のように干されている。

「喜多川の野郎、熱が出てここ二日ぐらいずっと寝込んでたんだよ。八時過ぎだったかな、フッといなくなってさ。えらく長《なげ》えクソだと思ってたんだが、外に出てたんだな。あぁ、奴の陣地はそこの隅だから、転がしてってくれ」

大江は指差された場所を見たが、スポーツバッグと枕のようなものがあるだけ。布団も何もなかった。

「ここでいいんですか？」

「ほら、奴の鞄があんだろ」

同じことを何度も言わせるなとでも言いたげな、投げやりな口調だった。大江は教えられた場所にぐったりとした男を横たえた。室内は石油ストーブがたかれ、外よりもはるかに暖かいのに、喜多川は丸くなって震える。周囲を見渡してみるものの、布団は人数分ない。あってもその所有を誇示するように、上に人が座っている。そして予備の布団をしまっておくような押し入れもこのプレハブ小屋にはなかった。

「布団とかはないもんでしょうかね？」

大江は隣にいた、おとなしそうな初老の男に聞いた。

「喜多川の坊はいつも寝袋で寝とるよ。ほら、頭許にあるだろ」

スポーツバッグの横にある枕のような円筒形のものを指差される。取り出してみると、確かに寝袋だった。大江は寝袋を広げて震える男にかぶせた。するとまるで蓑虫のようにくるくると、自分で寝袋に包まった。

喜多川が歩けないほど弱っているのに、様子を見に近づいてきたり、声をかける仲間はいない。こんな薄情な人間の中に放っておいても大丈夫だろうかと心配になる。医者に連れていってやったほうがいいんじゃないだろうか。けれどタクシーに乗るのでさえ「金がかかる」と拒むような男だ。勝手に医者にかからせたら、激怒しそうな気がした。

これから長い付き合いになるかもしれない男だ。必要経費ということで、一回ぐらいの治療費は自分が出してやってもいい。そういえば喜多川は国民健康保険に加入しているのだろうか。寮とは名ばかりの、劣悪な共同住居。布団も持っていないような男。保険に入っていなくても不思議ではない。医療費の実費負担……途端に大江は慈善事業に怖気づいた。

いくら薄情な輩でも、いざとなったら病院ぐらい連れていくだろう。帰ろうとして立ち上がりかけた矢先、大江は自分のコートを喜多川に貸していたことを思い出した。コートは後日返してもらえればいいが、胸ポケットの七万円だけは回収していきたい。だけど寝袋もコートも巻き込んで蓑虫みたいに丸くなる男を、ひっくり返して奪い取ることはできなかった。

「あんた堂野さんかい？」

老人がいつの間にか至近距離に来ていて驚いた。大江の顔を下から覗き込む。

「いいえ、私は違います」

「富《とみ》ジイ、老眼の目ぇひんむいてよく見てみろ。そいつは年食ってる上に喜多川の似顔絵にちっとも似てねえじゃねえか」

体格のいい男に怒鳴られ、富ジイと呼ばれた男はムッとしたように眉間に皺を寄せた。

「ワシはムショでも散髪係をやっとったから、堂野の顔を見たことあるんじゃ」

ムショ……という言葉を、大江は聞き逃さなかった。

「あぁ、うるせえ。散髪の話はもういいから黙っとけ」

体格のいい男に怒鳴られ、富ジイはすごすごと大江から離れていった。この穏やかな顔をした老人も、どうやら刑務所に服役していたらしい。喜多川も服役経験がある。とすると、ここは前科のある者が多く働いている工場なのかもしれなかった。

大江は体格のいい男に振り返った。

「あなたは喜多川さんが似顔絵を描いていた堂野のことを知ってるんですか？」

男は目を細め、黄色い歯をむき出しにしてニイッと笑った。

「喜多川がいつも話している野郎のことだろ。みんな知ってるよなあ」

周囲からドッと笑い声がおこる。大江はなぜ「堂野」の名前だけで笑いがおこるのかわからなかった。

「出所したんだから普通の女にしときゃいいのに、どうも初めてのアナが忘れられないらしいんだよなあ、喜多川坊ちゃんは」

どうやらここにいる全員が、喜多川と堂野の関係を知っているようだった。喜多川が同性愛をあっさり自分に話した時のことを考えれば、仲間が知っていてもおかしくはなかった。

「ここにいる皆さんは……その、みんな刑期を終えた方々なんですか？」

かなり気を使って喋ったつもりだったが、体格のいい男が「あんた、何だ」と低い声で唸り、睨みつけてきた。

「わっ、私は探偵なんです。実は喜多川さんに堂野という人を捜してほしいと頼まれてましてね。もしこの中に堂野を知ってる、会ったことがあるという方がいたら、ぜひ話を聞かせてもらいたいと思ったんですが」

部屋の中の六人が、互いに顔を見合わせる。どうやらこの寮のリーダーらしい体格のいい男が「喜多川と一緒のムショは富ジイだけだよなぁ。俺と芳樹は山形だし、木村は愛媛だろ。宮川が網走で遠田が鳥取だよな」と教えてくれる。

喜多川と同じ刑務所だったのは「富ジイ」という老人だけ。堂野に会ったことはあるらしいが、大江を堂野と間違えてしまうあたり、記憶力はかなり怪しかった。とりあえず知っているかどうか聞いてはみたものの、案の定「よう覚えとらんでなぁ」と言われてしまった。

「喜多川の坊もぉ、一途じゃからのう」

富ジイがぽつりと呟く。体格のいい男が「チッ」と舌打ちした。

「一途じゃなくてあれはアホなんだよ。住所の言伝もナシで、出所ん時も迎えにきてなかったんだろ。ソイツは逃げたんだよ。喜多川の野郎がそれを認めようとしないだけだ」

大江は丸まって眠る男を見下ろした。ここに連れ帰った時は荒々しかった呼吸が、幾分落ち着いてきている。

「堂野ってヤツさぁ」

二十代前半だろうか、六人の中では一番若い、眼鏡をかけた長髪の男が口を開いた。

「見つかんないほうがいいと思うよ。普段はおとなしいけど、喜多川サンはキレたら怖いからね。下手に結婚でもしてたらそいつ、刺されんじゃねえの？」

刺す……物騒な言葉に、大江は背筋がゾッとした。

「あぁ、そういや喜多川はコロシだったたな」

体格のいい男が、まるで夕飯に食べたメニューを思い出すようなさりげなさで口にする。

「ジャックザリッパーだよ」

長髪の男がひょいと肩をすくめる。

「えぇと、ジャックなんたらっちゅうのは何じゃ？」

富ジイが首を傾げる。体格のいい男がフッと息をついた。

「切り裂き魔だよ」

大江は口の中にたまった唾液を、ゴクリと飲み干した。


家に帰ってから、ズボンの尻ポケットに入れていた財布がなくなっていることに気づいた。コートに入れた覚えはないから、道端に落としたのかもしれないが、そんなことどうでもいい。大した額は入ってないし、カード類は使用停止にすればいいだけだ。喜多川が包まっていたコートも、その中の七万もいらない。はした金などどうでもいいから、あの男との関わりを断ち切りたい。できるなら、今すぐここで。

食卓テーブルの椅子に腰掛け、両肘をついて頭を抱える。とんでもないことになった。とんでもない男をカモにしてしまった。

人を殺したことがあるなんて知らなかった。しかも普通に、弾みで刺したのではなく、切り裂き魔なのだ。マトモな精神状態にある人間がやれることではない。

男の年齢、言動からしてそんなに重い罪を犯しているとは思わなかった。五年前に出所しているのだから、刑務所を出たのは三十歳の時だ。人を一人、残酷な殺し方をしておいて、三十歳で出所できるのだろうか。十五年や二十年は服役するものなんじゃないんだろうか。それとも未成年で殺したのだろうか。十代で「ジャックザリッパー」と呼ばれるほど、人を切り裂いたのだろうか。

大江は椅子から弾かれるようにして立ち上がると、玄関の鍵を確かめ、チェーンをかけた。台所とトイレの施錠を確かめ、リビングに至っては雨戸まで閉めた。あんなに弱った状態で自分を殺しにくるはずがないとわかっていても、やらないと落ち着かなかった。

たかだか五、六十万程度の金で、命を落とす。冗談じゃなかった。ばれてしまう前に堂野捜しを止めないといけない。けれど喜多川は堂野を捜すことに酷く固執している。急に「捜すのを止めましょう」と言っても納得しないだろうし、何より逆上されるのが怖い。もしそうなってしまったら、殺される可能性もゼロではないのだ。

パタパタと足音が聞こえる。近づいてくる。妻なのか娘なのかわからないが、大江は俯いたまま顔を上げなかった。呼ばれても返事をしない。……誰とも話をしたくなかった。

俯く大江の目の前、テーブルに一枚の紙切れがスッと差し出された。数字ばかりのそれが、最初は何なのかわからなかった。

「あなたも見てちょうだい。美晴の成績、思わしくないの」

妻の言葉で目の前のソレが偏差値表だとわかる。こんな大変な時に、どうでもいいことを聞いてくる女に、大江は激しい憎悪を感じた。

「冬休みだけでも短期集中の塾に行かせてやろうと思うの。今からでも申し込みは間に合うんですって。四万円ぐらいかかるけど」

また金の話だ。金、金、金……。

「受験って、やっぱりコツが必要でしょう」

自分はどうでもよかった。金なんてどうでもよかった。けれどこいつが、金、金とうるさいから、だからあんな危険な男を相手に詐欺なんてやらかす羽目になった。

大江は目の前にあった偏差値表を鷲掴みにすると、床に投げ捨てた。

「何するのよっ」

　いつも甲高い妻の声が、地を這うほど低かった。

「勉強しないなら、就職させろ」

「美晴は大学に行きたいと言っているのよ。就職しろなんてかわいそうじゃないの」

「実にならない勉強をするよりも、社会に出たほうが本人のためだ」

　顔を上げると、鬼のような形相の妻がこちらを睨みつけていた。けれど大江は焦りも怖さも感じなかった。切り裂き魔とは違う。この女は所詮、この程度だ。

「貧乏なのはあなたのせいなのよ。お金がないから進学させてやれないなんて、惨めじゃないのっ」

　うるさい、うるさい、うるさい！　大江は耳を塞いだ。こんな言い争いをしている場合じゃない。こっちはもっと大変なんだ。下手をすれば、命に関わってくるのだ。それもこれも全部、お前らのせいだ。

　大江の頑なな態度を受けて、妻は作戦を変えてきた。急に気持ちの悪い猫なで声になる。

「ねえ、塾に行かせてあげてちょうだい。お願いよ」

　頭の芯がズキズキと疼き出す。自分のことだけでも手いっぱいなのに、これ以上くだらないことで煩わされたくなかった。

「お前のへそくりで行かせてやれ」

途端、妻の顔色が変わった。

「寝室の額縁の裏に貯めてるだろ。この前見た時は十四万だった」

「あっ、あなた……」

「話は終わった。ここを出ていけ。俺はまだ、これから仕事があるっ」

怒鳴りつけると妻は悔しそうに唇を嚙み締め、急ぎ足にリビングを出ていった。自分の命の不安に加え、偏差値や塾なんてどうでもいいことで人を煩わせる。今ならあの女が死んでも自分は涙の一滴すら流さないだろうと大江は思った。

どうやって喜多川を回避すればいいのか。どれだけ考えても、結局は堂野捜しを止めるしか結論はなかった。止めるとなると、一度は話をしなくてはいけない。それに報告書も必要になる。大江はリビングからノートパソコンを持ち出すと、食卓テーブルの上で報告書を作り始めた。六回目は回収できなかったが、五十万もせしめておいて簡単な報告書ですませてしまったら何を言われるかわかったもんじゃない。

ああいっそ喜多川が風邪をこじらせて死んでくれないだろうか。そうすれば何もかもすっきり、あとくされなく解決するのに。

いくら死んでくれと念じたところで、人は簡単に死なない。わかっているから、大江はそれらしく見える「報告書」を、夜が明ける頃まで必死になって作り続けた。

テレビでは連日、殺人のニュースが流れている。三百六十五日、老いも若きも殺されていく。殺された数だけ、殺人者がいる。捕まって服役しても、刑期を勤め上げたら出てくる。当たり前のことなのに、想像したことはなかった。そういうことを考えるのは、不愉快だからだ。誰も自分の傍に、猟奇的に人を殺した人間がいるなんて思いたくない。

朝の気温が低かったのか、道端の草の上に霜が降りていた。大江はガタガタと電車に揺られながら、水滴で白くなった窓ガラスをぼんやりと見つめていた。

喜多川を北島製鉄工場の寮へと送り届けてから、五日が過ぎた。あの男が殺人犯だと知った翌日は、事務所かアパートに怒鳴り込んでくるのではないかと片時も落ち着かなかったが、一日、二日と過ぎていくうちに、そういうことはないんだと思えるようになってきた。

自分は喜多川に対して怪しい行動は取っていない。約束通り公園で会って、経過を報告している。逃げも隠れもしていない。支払いが遅れても急かすようなことはしてないし、「無理をしないように」と言って気遣っている。向こうが本気でこちらを疑ってかかり、調べようとしない限りばれることはない。

電車を降りて歩道を歩く。今日は午前中に、浮気調査の報告書を依頼人に手渡す予定だった。調査を依頼したのは夫。妻は五歳年下のホストに随分と熱を上げていた。報告書を受け取った夫がこれからどうするのか知らないが、電話で経過を報告していた時も反応は淡々としていたので、離婚するのかもしれなかった。

大江も正直、今自分の両足を摑んでる妻と娘という存在を切り落としてしまいたかった。自分にこの二つの存在がなかったら、詐欺という犯罪まがいの行為に手を出さなかったと思うからだ。

へそくりを指摘してから、妻は何も言ってこない。娘を塾に行かせることにしたのかやめたのかもわからない。そんなこと、もうどうでもよかった。

曲がり角を過ぎてあと二十メートルほどで事務所というところまで来て「大江さん」と呼び止められた。ギョッとして振り向く。五階建てのビルの植え込み、自動販売機の横に今一番会いたくなかった男が立っていた。

喜多川は古い型の、黒いロングコートを着ていた。

「今、仕事中か？」

激しい動悸に胸が痛くなる。大江は声が出ず、震えるように首を横に振った。

「前に、道で声をかけるなって言ってただろ。どうしようかと思ったんだが、これだけは早く返しておきたかった」

大江の目の前に、落としてなくしたと思っていた財布が差し出された。

「それ……」

「不便しただろ、悪かったな。あんたが俺を寮まで送ってきてくれた時、富ジイがやっちまったらしいんだ。あんたのと同じ財布を持ってるから、まさかと思ってカマかけたら、あっさりゲロった。あんなヨボでも、手先は器用なんだよ。目の前に美味そうな財布があったから、ついつい手が出たなんて言うから、俺からよく叱っておいた。爺さんが使い込んだ分は、俺が足した。だから警察沙汰にはしないでやってくれ」

なくしたと思った財布は、実はスリの爺さんに盗まれていて、それを持ってきたのは喜多川。単純な図式なのに、緊張した大江の頭はこの程度のことも整理できなくなっていた。

「富ジイもいい歳だから、次に実刑食らったら二度と出てこられなくなる。だから……」

「けっ、警察沙汰にはしません。もとから大した金額も入ってないし、きちんと返してくれた」

喜多川はホッとした表情を見せると「本当に申し訳なかった」と深く頭を下げた。どうして謝られるんだろうと思い、そして自分が「優位」に立っているらしいと気づいた。盗まれて、謝られて、そして許したから優位なのだ。

「それからこれも返す。借りてて悪かった」

渡されたクリーニング店の袋には、大江のウールのコートが入っていた。

「これもな」

目の前に、輪ゴムでとめた万札が突き出された。

「五千抜いたから、六万五千になっている。食いモンと薬を買ったんだ。残りの支払いなんだが、分割でいいか？　もちろん稼ぎがあったらその都度返すようにする」

もう調査を終えたいと思っているのに、分割支払いの話をされる。

「風邪もだいぶよくなった。あの時、公園から送ってきてくれたんだろ。世話かけたな。ここんとこ寒いなとは思ってたんだが、上着も売っ払っちまってたから。体壊して働けなくなったら何にもならねえってわかったから、これからは気をつけるよ」

輪ゴムでとめたクシャクシャの金が重たい。大江は随分と前、妻に『……寒くない程度に服を着られてるんだ。贅沢を言うな』と言ったことを思い出した。妻は『それだけじゃ駄目だから』と抗った。そして自分の『それだけじゃ駄目』のために、赤の他人を、上着すら売り払わなければならない状況に追い込んだ。

俯き加減の大江は、喜多川のコートの袖口がほころんでいることに気づいた。

「着るモンとか、探せばけっこう捨てられてるモンだな。これは富ジイがゴミの日に拾ってきてくれたんだ。そういやあんたのコートの洗濯代を出したのは富ジイなんだ。せめてものお詫びにってさ」

貧乏をひけらかすな、大江は内心思った。拾ったものを着るということが恥ずかしいことだと思い知れ。お前は常識のない男だ。プライドのない男だ。

どんなに相手を貶めたところで、大江にもわかっていた。喜多川は真面目に仕事をしている。その賃金を自分が巻き上げているから、貧乏な生活をしているのだ。月に二十万近く稼ぎがあれば、コートや布団ぐらい楽に買えるだろう。少し金を貯めれば、アパートにだって引っ越せるかもしれない。

相手が切り裂き魔だという恐怖がなくなったわけではないが、話をしているとそういう感覚が薄れていく。男の喋りに、邪気を感じないからかもしれない。

今なら切り出せる、今こそ言うべきだと大江は確信した。

「喜多川さん、今日はお仕事は休みですか？」

コートのポケットに手を突っ込んだまま、喜多川は「時間休」と答えた。

「あんたに会いたかったから、午前中だけ休みにしてもらった」

「少し私に付き合ってもらってもいいですか。……お話ししたいこともあるので」

喜多川は僅かに首を傾げたが「わかった」と返事をした。

駅の裏通りにある喫茶店「ロイヤル」に入った。店構えからして寂れた雰囲気が漂っているので、大江も一度も使ったことがなかった。馴染みの店だと所長に、少し洒落たところだと香取や延岡に遭遇するかもしれない。それだけは絶対に避けたかった。

公園に行かなかったのは、外は寒いから病み上がりの喜多川には辛いだろうという配慮と、人気《ひとけ》のない公園で二人きりになりたくないという本音があった。人がいれば、揉めた時に誰か助けてくれるかもしれないと考えたからだ。

喫茶店に入る前、喜多川は少しだけ躊躇した。その姿に、歩けないのにタクシーを使うのを嫌がるほど倹約していたことを思い出す。

「私から誘ったので、ここの代金は私が持たせてもらいます」

先手を打つ。すると男は「俺も文無しってワケじゃない」と苦笑いした。

外にあった看板は色が薄くなり、店名を読み取るのもやっとだったが、店の中もお粗末なものだった。ビニール製で薄緑色のソファは汚れて黒っぽくなっている上に、破れも目立つ。スタンドにはさまったメニューも、手垢や食物のシミで汚れていた。

喜多川は店の中に入っても、コートを脱がなかった。前を合わせているので、上から下まで黒ずくめ。まるで蝙蝠《こうもり》のようだ。

二人ともコーヒーを頼む。六十代だろうか、頭のはげた愛想のない店主がまるで怒ったような表情で注文をとっていった。

「これまで私は市役所を中心に堂野さんを捜してきました。昨日、九州地方の調査が終わりましたが、堂野さんに関する新たな情報は得られませんでした。残るのは沖縄、北海道ということになりますが、堂野さんは言葉に強い癖がなかったということで、北と南の地域は除いてもいいと思います。私の経験上、新しい情報を得られない限り見つけるのは大変難しい」

男は神妙な表情で大江の話を聞いている。

「喜多川さん、あなたは私へ調査費用を支払うために、かなり無理をしているんじゃないですか」

男が大きく瞬きした。

「別に……」

「昼も夜も働いていましたよね。疲労がたまってあんな大風邪をひいてしまったんじゃないですか」

「俺の風邪は、あんたには関係ないだろう」

不思議そうに聞かれる。意図が「通じない」ことに、大江は軽い苛立ちを覚えた。

「そうですね。でははっきりと言わせてもらいます。このままの状態で調査を続けていても堂野さんは見つかりません。喜多川さんの負担が増えるだけになります。一度、調査を中止してみてはいかがですか。体調を整えて、そしてもっとお金に余裕ができた頃に、ご自身に負担がかからない程度に捜してもらえばいい」

喜多川は首を傾げ、後頭部をガリッと掻き上げた。

「あんたらに金がかかるのは知っている。知ってて俺は頼んでるんだ」

「ですが……」

「捜すのをやめれば、昼夜ナシに働かなくていいのもわかる。けど俺は捜してほしい。捜したいっていうのは俺のわがままだ。わがままだから、眠いとか、腹減ったとか、寒いとかそういうのは仕方ないんだ」

この男はわかっている。唐突に理解した。懇切丁寧にこちらが説明などしなくても、何をどうすればいいのか、知っているのだ。

「喜多川さんの熱意はわかります。しかし私も本業と並行して堂野さんの調査をするのは、身体的にきつくなってきました。九州地方の聞き込みも終わり、いい区切りだと思います。……調査を終了させてください」

喜多川は無言のまま。「わかった」とは言ってくれない。

「お借りしていた他社の報告書と、今回の報告書は後日、寮のほうに郵送させてもらいます」

畳みかけるような話し方をしても返事はない。沈黙の間にコーヒーが運ばれてくる。インスタントは覚悟の上だったが、それでもかなり不味《まず》かった。喜多川はコーヒーに手をつけようともしない。このまま二人、押し黙っていても仕方なかった。

「堂野さんは、きっとどこかでご自分の人生を歩まれてますよ。喜多川さんもそろそろ自分自身のために生きていかれてもいいんじゃないですか」

長い長い沈黙のあと、ようやく喜多川が口を開いた。

「諦めろっていうのか」

拗ねたような、ぶっきらぼうな口調だった。

「そのほうが堂野さんも喜多川さんもお互いに楽だと思いますよ」

男は再び沈黙する。店の中は静かだった。他に客もいないし、入ってもこない。店の主人は、カウンターの奥で新聞を読んでいる。チラリと腕時計に視線をやった。あと三十分のうちに事務所に戻らないと、報告書を受け取りに依頼人がやってくる。

「あんた、結婚してるか？」

それは長い沈黙のあとの、唐突な質問だった。

「私ですか？　私には妻も娘もいますよ」

「離婚して別の女と再婚しろと言われたらどう思う？」

大江は首を傾げた。

「言われた通り、離婚するのか？」

「仰《おつしや》ってることの意味がわかりません。どうして私が妻と離婚して、他の女性と再婚しないといけないんですか？」

「あんたが俺に同じことを言ったからだ」

喜多川は自分と堂野の関係を、大江の夫婦関係にたとえているようだった。

「私と喜多川さんでは状況が違いますよ」

「同じだ」

「私達は法的にも立派に夫婦ですしね。恋愛とは違う」

「決まりのことを言ってるんじゃない。心の話をしているんだ」

心の話と言われて、大江は戸惑った。喜多川が何を言いたいのかよくわからないが、それでも察することはできた。

「俺が働いているのは、堂野に会いたいからだ。働いて金を稼がないと堂野を捜してもらえないからだ。みんな諦めろって言う。けど俺は他にしたいことも、欲しいものもないんだ」

喉が渇く。コーヒーは沈黙の間に飲み干してしまった。大江は僅かに臭いのある不味い水を一口飲んだ。

「ずっと考えてるんだ。どうやったら堂野を見つけられるんだろうってな。考えても

考えても何をどうすればいいのか、俺には見当もつかない。けどあんたらはプロだから、捜せるんだろう。俺も勉強して探偵になれば、自分で堂野を捜せるようになるのか？」

大江は返事ができなかった。

「探偵っていうのは、何か資格が必要か？　大学を出てないと駄目なのか？」

この男の中には「諦める」という選択肢がないことに気づく。そして、諦められない男を不幸だと、かわいそうな人間だと大江は思った。

「以前もお話ししたかと思いますが、探偵は完全でもないし、完璧でもない。それから世の中には、できることとできないことがあります。その証拠に、私は堂野さんを見つけることができませんでした」

喜多川が唇を噛むのが見えた。

「堂野さんを諦めなさい。したいことも、欲しいものもないと喜多川さんは仰いますが、生きていれば気持ちも変わります。きっと他に何か、かわりになるものを見つけられますよ」

俯いたまま無言の男に、諦めるという選択肢のない男に、大江はとつとつと語りかけた。不毛な感情にピリオドを打つこと、それがこの男のためだと心からそう思った。

喜多川と喫茶店で話をした翌日、大江は借りていた報告書と、二十ページにも及ぶ今回の報告書を北島製鉄工場のかえで寮へと郵送した。同封した用紙に「何か疑問に思うことがあれば、質問してほしい」と携帯電話のメールアドレスを書き添えた。喜多川が携帯電話を持っていないことは知っていたが、電話番号は教えたくなかった。

報告書を送ってから一週間過ぎても、喜多川から連絡はなかった。どうしても連絡が取りたければ、ネットカフェや知り合いに携帯電話を借りるという手もある。音沙汰がないということは、あの報告書で納得したものだと判断した。

恐ろしかった「ジャックザリッパー」との短い付き合いも終わった。詐欺だとばれることもなく、大江は五十六万五千円の金を丸々手にした。後ろめたさがないと言えば嘘になる。けれど最後、自分はあの男に貴重な人生のアドバイスをした。

喜多川は懲りずに延々と捜し続けそうな気がした。捜している間、あの男は幸せなのかもしれない。記憶の中で美化された堂野に会える日を待ちわびる自分であることが、きっとあの男の幸福なのだ。そのためにどれだけの金を使おうと、働いて体を壊してしまおうと、もう自分には関係ない。詐欺というステージの外に出てしまったからだ。

年末まであと三日と年の瀬の迫ってきた頃だった。午後、大江が聞き込みに出かけようとコートの袖に腕を通していると、事務所の呼び鈴が鳴った。すぐさま延岡が対応する。事務所の中に入ってきたのは、六十歳前後の中肉中背の男だ。眼鏡をかけ、黒い革のセカンドバッグを持ち、身なりもこざっぱりとしていて、品がいい。町の工場の社長さんといった雰囲気だった。

「ここに、大江さんという探偵がいると聞いて来たんですが」

名指しされたことに驚く。眼鏡の男は大江の顔は知らないようで、本人が近くにいるにもかかわらず延岡に向かってすらすらと喋った。

「私の知り合いが以前、大江さんのお世話になったんですよ。随分と親切にしてもらったらしくて、私も是非大江さんにお願いしたいと思ってるんですが」

口コミの客は珍しくない。延岡がこちらにチラチラと視線を送ってくる。聞き込みといっても、調査対象者の家の近所にランダムに聞いて回るだけで、特に時間を決めているわけではない。延岡に向かって指で丸をつくってサインを送ると、大江は眼鏡の男にゆっくりと近づいた。

「こんにちは、初めまして。私が大江です」

男は驚いたように口をあけた。そしてすぐさま「初めまして。芝《しば》と申します」と大江に握手を求めてきた。大江は男を来客用のソファへと案内し、自分は向かい側に腰掛けた。

「参考までに聞かせてください。私のことをどなたにお聞きになられました？」

芝は手にしていたセカンドバッグをテーブルの上に置きながら、笑顔で「斉藤正一さんです」と教えてくれた。二十年以上の探偵生活の中で、斉藤という名前の依頼人は何十人もいた。アクの強い依頼人でない限り、下の名前までは覚えていない。名前を聞いたものの思い出せないとも言えず、大江は「そうですか」と適当に流した。

にこにこと笑顔だった男は、不意に前屈みになると声を潜めた。

「実は知り合いの男がですね、何と言いますか……私が思うに、詐欺にあっているような気がするんですよ。けれど確たる証拠がなくてですね、是非それを大江さんに調べてもらいたいと思っているんです」

厄介な仕事だなと思った。詐欺を企てるような輩は、総じて抜かりない。証拠を残さないように注意するからだ。

「色々とご相談する前になんですが、その……費用はいくらぐらいなんですかね。やっぱり一ヵ月に二十万とかするんですか？」

男が心配そうな表情を見せる。探偵社の調査費用は高い。価格に対して不安になる気持ちはわかる。大江は「そうですね……」と指先で顎を摑んだ。

「調査の内容で大きく差があります。それによって使う人員の数も違ってくるので。

例えば、インターネットや電話を使った調査のみであれば、月十五、六万＋必要経費ですね。足を使った調査、尾行調査が必要になると、人員も必要ですからもっと高くなります」

芝は「十五、六万ですか。高いですねえ」とフッと息をつき、肩を竦めた。

「ひょっとして、弁護士の先生みたいに、話をするにも『三十分の相談でいくら』なんて決まりがあるんですか？」

大江は笑った。

「相談は無料ですよ。費用がかかるのは依頼主様と契約をして、調査を開始してからです」

なら安心だ、と芝はホッとした表情を見せた。

「詐欺となりますと、内容によってはこちらで調査するよりも警察のほうに任せてもらったほうがいい場合もあるので、具体的にどういった状況なのか教えてもらえますか？」

大江が切り出すと、芝はなぜかニッと笑った。

「調べてもらいたい相手っていうのは、実は探偵なんですよ。私の知り合いがある探偵に、個人的にある男の行方調査をお願いしたんです。調査期間が二ヵ月半で、かかった費用は五十六万五千円。結果として相手は見つからなかったわけですが、私もその探偵の報告書を見せてもらったんですよ」

大江は膝の上に置いた両手を強く握り締めた。暑くもないのに、背中にドッと汗が噴き出す。この男は何だ、この男は誰だ？

芝はフーッとため息をつくと、右手で顎を押さえた。

「その探偵のやった調査っていうのが、全国の市役所に電話して、捜している男の知り合いがいないか調べるってモンだったんですよ。報告書には市役所名と電話番号が書かれたリストがありましてね、その横に調べても駄目だったって印の×がついてるわけです。最初は探偵っていうのは懇切丁寧に調べていくもんだなと思って見てたんですが、一つ、町を市と間違えてるところがありましてね。偶然、妻の実家近くだったもんで私も気づいたんですが、そこの間違えた欄にも×がついているんですよ。ちゃんと調べたんなら、電話をかけた時点で、そこが『市役所』じゃなくて『役場』だって気づくはずですよね。おかしいなと思ってリストにあった市役所にいくつか適当にかけてみたんですが、どこも『堂野』っていう人物への問い合わせの電話はなかったって言うんです。一つ、二つならまあ、忘れてるってのもあるかもしれないですが、聞いたとこ全部ってのはやっぱりおかしいでしょ」

飲み下す唾液が、喉許でゴクリと大きな音をたてる。大江は目の前の男が怖かった。何を考えているのかわからない。大江の詐欺の実態を知りながらも、怒るでもなく、責めるでもなく、他人事のように淡々と語るからだ。

「本当は何もしてないのに、調査しましたっていう報告書を書くのは、明らかに詐欺だと思うんですよ。この探偵が本当に調査をしたなら、家の電話か携帯、勤めている事務所の電話にかけた番号の履歴が残っているはずですよね。それを調べたら、この探偵が詐欺をしているっていう証拠になりませんかね」

両手が、膝が細かく震えだす。どうしよう、どうしよう、どうしよう……それだけで頭の中ははちきれそうになる。電話履歴の調査などされたら、一巻の終わりだ。公衆電話からかけたと言い張れば大丈夫だろうか。電話の件はそれで押しきっても、リストにある市役所全てに事実確認をされてしまったら、逃れられない。

大江は後悔していた。喜多川が視覚的にも満足するよう、報告書には厚みを持たせたかった。なのでページを稼ぐためだけに市役所のリストを作ったのだが、役所の名前と電話番号の羅列などまともに見ないだろうと高をくくって、作ったあとに確認をしなかった。まさかそれが仇になるとは思わなかった。

芝の座るソファが、ギギッと小さく軋んだ。

「私が腹立たしく思うのは、この探偵から悪質なニオイがするからなんですよ。個人の契約だからと、契約書も作ってない。現金の受け渡しの際に領収書も切ってない。こりゃ最初から騙すつもりだったんじゃないかと思いましてね」

会話が途切れる。それを見計らったように延岡がお茶を出してくる。芝は「こりゃどうもすみません」と頭を下げると、茶をズッと啜った。

「けどまあ、確かに証拠は何もないわけです。探偵との仕事は全て口約束ですからね。報告書にしても手書きじゃないし、名前も入ってないから『お前なんか知らない。そっちが勝手に捏造したんじゃないか』と言われればそれまでだ。だけどその探偵、カモにした男の仕事仲間に自分は『探偵』で『男』を捜していると話してるんですよ。脛に傷持つ連中ばかりですが、数打ちゃナンボのもんで、五、六人証言に立たせたら何とか立証できるんじゃないかと思うんです」

詐欺罪で逮捕される自分が脳裏を過ぎった。信頼してくれていた所長の落胆の瞳。香取と延岡の侮蔑の瞳。仕事はクビになり、収入は途絶える。妻からは離婚を言い渡され、娘は塾どころか、進学もできなくなる。たかだか六十万程度のはした金で、ほんの出来心で、四十八年も積み上げてきた人生が否定されるのだ。

顔を上げても、芝と目を合わせられない。大江はもう、蛇に睨まれた蛙の状態だった。警察に訴えられて、逃げきる自信はない。今なら、今ならまだ間に合うかもしれない。大事になる前に、警察沙汰になる前に、穏便に事をすませられるかもしれない。

「……か……金は、返す」

ブルブルと震えながら、小鳥のように小さな声で大江は呟いた。

「もし探偵をとっちめてやれたら、巻き上げた金は返すのは当然ですよね。けど返して終わりっていうのは、知り合いが許しても、私は納得がいかんのですよ。自分のしたことを身をもって知ってもらいたいんです」

芝は大江に向かってニコリと笑いかけた。

「悪いことをしたら、誰でも平等に法の下で裁かれるべきだ。それが人間のルールってもんでしょう。そう思いませんか、大江さん」

口許をわななかせる大江をよそに、芝は立ち上がった。

「わかりました。やっぱりこれは探偵社より、警察のほうに行ったほうがいいということですね。結局、お話を聞いてもらうだけになりましたが、随分と参考になりました。ありがとうございます」

何も言ってない、何も言ってない。それなのに芝はもっともらしく頭を下げると、踵を返し出入り口へと向かっていく。大江は慌てて立ち上がり、男を追いかけたものの足許がふらついて、何もない机と机の間に頭から転んだ。

「だっ、大丈夫ですか。大江さん」

駆け寄ってくる延岡を乱暴に払いのけ、転がるようにして階段を下りた。事務所のあるビルを飛び出し、左右を見渡す。通りの向こう、芝は角を曲がる直前だった。

「まっ、待って、待ってくれ」

よろける足で懸命に走り、角を曲がったばかりの芝の腕に取りすがった。

「けっ、警察だけは、後生だから勘弁してくれ。金は返す。迷惑料も払う。私には妻子がいるんだ。娘は今年受験で……」

見下したような表情、男の濃い眉がヒクリと動いた。

「娘の受験に、進学に金がかかるから、金、金が必要だったんだ。だから……」

芝の口角が、まるで笑うようにクッと引き上げられる。取りすがった腕を乱暴に振り払われて、大江はコンクリートの歩道に腰から崩れ落ちた。

「金に困っている奴が、全員あんたみたいに人を騙して金を巻き上げようとするかい？」

空は鉛色。吹きつける風は氷のように冷たかった。

「……あんたのはただの甘えだ」

胸にザックリと切り込まれる。指先まで痛くなる。けれどこの男を逃すわけにはいかない。大江は自分の運命を握る男の足にすがりついた。

「おっ、お願いだ、許してくれ。何でもする、何でもするから警察だけは勘弁してくれ。娘が、娘……ギャッ」

蹴り飛ばされ、大江は歩道のガードレールに背中から突っ込んだ。衝撃で一瞬、息が止まる。

「あんたが謝るのは、俺じゃなくて喜多川だろう」

痛みと情けなさで涙が出てきた。どうしてこんなことに、どうしてこんな目に……

顔も隠さず泣く中年の男を、行き過ぎる興味本位の視線がチラリチラリと刺していく。

「なぁ、大江さん」

しゃがみこんだ大江の視線の高さに、芝の視線が並ぶ。

「喜多川の一ヵ月の給料、あんた知っているか？」

震えながら首を横に振った。

「製鉄工場で週六日、朝の八時から夜の八時まで働いて十一万。けどそれだけじゃ月二十万には全然足りない。だから夜の九時から明け方の五時まで、あいつは現場で働いてた。これが週に三日で月七万。それでも足りないって、あいつは日曜も一日中働いてた」

夜の工事現場、泥だらけだった喜多川の顔が脳裏を過ぎった。

「それだけ働いてもギリだってんで、あいつはろくにメシも食ってなかった。俺が見た時は、カビの生えたパンの耳を美味そうに齧ってたよ。クソッタレ」

怒鳴りつけた芝の唾が、大江の顔に飛び散った。

「なぁ、パンの耳を齧んなきゃなんないのは、あんたのほうだったんじゃないのか」

寒さではなく、嚙み締めた歯がガチガチと震えた。会うたびに、目に見えて痩せていった。知っていた。知っていたけれど、見なかったふりをしていた。

「も、申し訳なかった」

芝は大江の目の前でセカンドバッグの口を開いた。中からマイクのついた小型のレコーダーを取り出す。

「事務所での会話も録音できているはずだ。あんたは『金を返す』と言った。これも立派な証拠になる。言い逃れもできない。あんたはもう終わりだ」

もう終わり、もう終わり……言葉が頭の中でぐるぐる回る。大江は両手で頭を抱えた。濡れた両目から、新たな涙が溢れだす。半開きの唇から「うっ……あっ……あっ……」と呻きともつかない声がこぼれた。

汚いものを見るような芝の目が、スッと細められた。

「……警察に、言わないでいてほしいか」

大江は鼻水を垂らしながら、震えるようにガクガクと頷いた。

「あんたが喜多川を騙してたっていうのは、俺しか知らない。話を聞いて、あんたの報告書を読んで、気になったから俺が勝手に調べた。喜多川はあんたのことを微塵も疑ってない」

絶望と悲劇の中にある心が、ツキリと痛んだ。

「警察にも喜多川にも黙っててやる。そのかわり今日から三ヵ月の間に『堂野』を見つけるんだ」

「むっ、無理だっ」

大江は頭をガクガクと横に振った。

「名前と歳と、捕まる前の仕事しかわかってないんだ。これだけの情報で見つかるわけがない。大手の探偵事務所も調査して、それでも駄目だったのに」

「俺の知ったことか」

芝はひょいと肩をすくめた。

「これはあんたへの執行猶予だ。死ぬ気で捜すんだな。三ヵ月経っても見つけられなきゃ、サツにタレこんでやる。ムショに行って臭いメシ食ってこい」

大江に選択の余地などなかった。家庭を、今の生活を守りたいなら、たとえ砂浜の中の米粒だったとしても、堂野を見つけ出すしかないのだ。

芝は「よいしょ」と呟きながら立ち上がると、しゃがみこむ大江を見下ろした。

「さて、あんたの事務所に戻るとするか。俺だって無料で仕事をしろって言ってるんじゃない。依頼主になってやるよ。そうしないとあんたも大っぴらに捜せないだろ。言っとくがこれは『脅迫』じゃない、ちゃんとした『仕事』だからな」

芝は正式な手続きを踏まえて「依頼人」になった。大江にはもう、迷ったり躊躇ったりするだけの余裕はなかった。三ヵ月しかないのだ。三ヵ月の間に見つけられなければ、警察に訴えられ、生活の全てを失ってしまう。これだけ情報が少ない中での調査、時間はどれだけあっても足りないし、無駄にはできなかった。

正式な依頼を受けたのは十二月二十九日、年末で日本中が正月休みに入る直前だった。大江は仕事を受けてすぐ、関東近辺の市役所へと猛烈に電話をかけた。五時間ほどかけ続けて確かめられたのは四件だけ。翌日からは日本中の市役所が休みに入り、休み明けまで市役所の調査は一時中止になった。

年が明けて仕事始めの四日、大江は再び市役所への電話攻撃をはじめた。メールで聞くという手も考えたが、直接耳にする言葉よりも文字はインパクトが弱い。体よくあしらわれる可能性が高かった。朝の九時から市役所の閉まる午後五時まで電話をして、全国の市役所を完全に網羅するまで一ヵ月かかった。これだけの労力を費やしたにもかかわらず「堂野」という男が働いていたという情報は得られなかった。

大江は芝に頭を下げて、自分からだとは言わずに喜多川から堂野の調査報告書を借りてきてもらった。大江が返した時のまま片づけていなかったのか、中には堂野の似顔絵を描いた紙切れもそのまま入っていた。リビング中に報告書を撒き散らし、気になる情報は箇条書きにして抜き出し、考えた。そんな自分を、妻も娘も怪訝な顔で遠巻きに見ていた。

以前の報告書にあった探偵がやっていたように、痴漢愛好者の集まるインターネット上のＨＰ《ホームページ》に頻繁にアクセスし、投稿者を装って「痴漢で実刑を受けた人、いませんか」と軽い調子で書き込んでみた。返答は多数寄せられ、捕まったという体験を持つ人間も数名いたが、起訴され罰金を支払っただけで実刑は受けていなかった。それどころか実刑を受けるような人間は「間抜け」とまで評されていた。

痴漢愛好者の意見を参考にするなら、痴漢をやって服役するのはデメリットのほうが大きい。失業して社会的地位もなくすし、結婚をしていたら離婚に追い込まれるかもしれない。たった数万の罰金程度で事がすむなら、それにこしたことはなかった。

それではなぜ、堂野は痴漢で実刑を受けたのか……相当悪質だったとしか思えなかった。けれど資料には初犯としかなく、常習性を確認できなかった。

市役所に勤めていた真面目な男が、性質《たち》の悪い痴漢に変貌する。堂野は二面性のある男なのかもしれない。いや、痴漢のほうが素なのだろう。

それだけ性質の悪い男なら、こういった愛好サイトに頻繁に出入りしていそうなものだが、大江がどれだけ食いつきそうな話題を落としても、堂野らしき男は網にかかってこなかった。

自分の将来が、未来が、生活がかかっている。大江は必死になって堂野を捜しながら、それと同時に男に対する嫌悪感が増すのを自覚していた。見た目も悪そうならまだいい。けれど喜多川の似顔絵からすると、虫も殺さぬような、平々凡々とした顔だ。それでいて飄々と悪質なことをやってのける。喜多川は堂野を慕っているが、女の恋人もいながら男をたぶらかすところに、堂野の性悪の片鱗は既に見え隠れしている。

こんな男、見つけてどうなる！　堂野捜しに詰まるたびに、大江は自分が取り散らかした資料の中で毒づいた。あんなに惚れさせておきながら、出所日に迎えにこなかったような男だ。たとえ見つかり会えたとしても、喜多川は体よくあしらわれるんだろう。そうなると、あれだけ必死になって捜している男が……自分も騙しておきながら大きなことは言えないが……かわいそうな気がした。

見つからないほうがいい。会わないほうがいい。そう思っていても、依頼には期限があり、未来がかかっている。性悪の男、堂野を大江は自分のために、全身全霊をかけて捜すしかなかった。

娘が国立大と私立の両方を受験したことを、大江は知らなかった。私立のほうが先に結果が出て、合格したようだった。大江はそれを、妻の母親がかけてきた祝いの電話で知った。妻は自分には何も言ってくれなかった。妻の母親によると、国立の結果はまだ出ていないようだった。

あれほど私立は無理だと思っていたのに、今はもうどうでもいい。いざとなれば娘にもアルバイトをさせて、自分も建設会社に就職すればいいのだ。きっと何とかなる……。

逆に何ともならないのは堂野捜しのほうだった。どこをどう掘り返しても、手がかりの一片も見つけられない。何もしてないわけではないのに、飛ぶように時間が過ぎていき、残り一ヵ月を切った頃、大江のストレスはピークに達した。

三月になったというのに、その日は朝からずっと雪が降っていた。大江は昼休みを利用して、仕事中の芝を工場の近くの喫茶店に呼び出した。

芝も喜多川と同じ、北島製鉄工場で働いている。先に喜多川がそこで働いていて、去年の十二月に芝が同じ工場に就職してきた。二人は刑務所の同じ房で知り合い、出所後は疎遠になっていたようだった。それが工場で再会し、芝は喜多川のあまりの痩せ様に驚いて、色々と理由を問いただしたらしい。そして行き着いたのが、大江の詐欺行為だった。

「もう手詰まりです」

昼時で込み合った喫茶店。表には「カフェ」と看板が出ており、客も若い人間が多い。そんな中で、沈痛な面持ちをした四十代の探偵と、向かいに腰掛ける『北島製鉄』と刺繍が入ったつなぎを着た六十代の男は、どう見ても場違いだった。

けれど大江には店を選ぶような余裕もなかったし、自分達が浮こうが浮くまいが関係なかった。

「手詰まりって言われてもねぇ。あんたは捜すのが仕事なんだろ」

芝は煙草の煙をフッと吐き出した。暢気な口調が、ただでさえピリピリしている癇に障った。

「何度も言いましたが、情報が少なすぎるんです。これだと調査の範囲も狭められない。もっと堂野の情報を教えてください。たとえば言葉に少しでも訛りがあったとか、どんな些細なことでもいいんです」

「堂野か。あいつはきれいな標準語で、訛りもなかった」

「本当に、おかしなアクセントはなかったんですか」

芝は「あんたもしつこいねえ」と苦笑いした。考えに考え抜いた結果、大江はもう一度市役所を調べ直すことにした。六年以上前とはいえ、確かに堂野は働いていた。絶対どこかにその痕跡はあるはずだ。働いていた市役所が特定できれば、知り合いが見つかる。知り合いと連絡を取り合っていれば、住所がわかる。

大江は頭の中で地方を切り捨てた。地方でも標準語の人間はいる。けれど今はより可能性の高い都市部に絞る必要があった。

「堂野は痴漢の強制わいせつ罪で服役していたんですよね。公園なのか電車なのか、電車だったら何線だとか言ってませんでしたか」

芝は眉をひそめ、腕組みをしたまま「うーん」と小さく唸った。

「そういうことをベラベラ喋る男じゃなかったからな」

「どんな小さなことでもいいんです。思い出してください」

考え込むような素振りを見せていた男が「あぁ、そういえば……」と切り出した。

「堂野は自分を冤罪だって言ってたな」

「……冤罪？」

大江は問い返した。

「ムショの中は自称冤罪って言ってる奴がゴロゴロしてたが、堂野は本当にそうだったのかもしれない。まぁ、刑は確定してたわけだし、これぱっかりは確かめようがないんだが」

「なぜ堂野に限って冤罪だと思ったんですか？」

芝はこめかみを爪でガリガリと掻いた。

「なぜって言われてもね。まぁ、しいて言えば普通だったからかな。真面目で、情があった。ムショには『いい人』そうな奴はいくらでもいるが、ふりだとどっかで必ずボロが出る。けど堂野にはそういう裏表がなかったから、自分を偽る必要のない生き方をしてきたのかなって思ったんだよ」

昼休みは四十分しかないから、と芝は先に喫茶店を出ていった。大江はテーブルに突っ伏すようにして、メモに書きつけた文字を凝視した。

『標準語、関東、市役所、真面目、情がある、裏表のない性格、冤罪』

大江は自分を「堂野」に置き換えて考えた。本当は罪を犯しているかもしれないが、とりあえず無実だったとして、シミュレーションをする。

市役所に勤める、真面目な普通の男。痴漢をしたと疑いをかけられて、無実の罪を証明できないまま服役する。服役したことで、仕事は辞職しなくてはならず、社会的地位も地に落ちた。前科もつく。よくよく考えれば、酷い話だ。自分は何もしてないのに。悔しくて悔しくて、きっと夜も眠れなかったに違いない。

刑期を終え晴れて自由の身になっても、きっと嬉しくはない。なぜなら服役した期間も、前科も、冤罪なら全くもって「必要ない」ものだからだ。

なぜ捕まらなくてはならなかった？　服役しなくてはいけなかった？　悪いのは誰だ？　自分が怒りの矛先を向けるべき相手は誰だ？　誤認逮捕をした警察だろうか。

痴漢というなら、相手もいたはずだ。自分を痴漢と間違ったその相手だろうか。この苛立ちは、どうすれば胸の中から消えていくのだろう。

悶々としたまま、大江は喫茶店を出た。「堂野」のつもりで、延々と考える。捕まった時、警察がきちんと調べてくれたなら、自分が犯人ではないとわかったはずだ。だけど刑も確定し、服役を終えた今になって「あれは冤罪です」と訴えても、誰も取り合ってくれないだろう。

やりきれない……奥歯を嚙み締めた。自分の気持ちをわかってくれるのは、辛い気持ちをわかってくれるのは、同じ境遇に陥った人だけ。警察のいい加減な捜査で、無実の罪を着せられた人達だけだ。

大江の頭に、フッと閃くものがあった。もし……もし世の中に、冤罪被害を訴える集団があるとしたら、それは堂野にとって願ってもないことではないだろうか。彼らは自分と同じ傷を持つ、同志だ。

大江は走り出していた。ビルの階段を駆け上がり、事務所に飛び込む。あまりの勢いに延岡とぶつかりそうになり、慌てて右によけたら脇腹をデスクの端にぶつけた。痛かったが、気にしている暇はなかった。

パソコンが起動するのを待ちきれず、椅子に腰掛けたままデスクを手のひらでダンダンと叩く。検索画面に打ち込むキーワードは『痴漢』『冤罪』。混沌とした闇の中に、一筋さした光明。大江は数年ぶりに、手に汗握るような興奮を全身に覚えていた。

大江が驚いたのは、自分が知らなかっただけで「痴漢の冤罪」というものは思いのほか多いということだった。そして「痴漢冤罪」をサポートするグループも多数、存在していることがわかった。

痴漢で捕まった場合、罪を認めれば微罪なので罰金と略式起訴で終わる。逆に認めなければ裁判になり、そのほとんどが無罪を立証されずに有罪、服役という最悪のコースを辿る。

おそらく堂野は無罪を主張し続けるも認められず、服役したのだ。服役も辞さずに戦う。これほど意志の強い男なら、出所後も冤罪のサポートグループに参加していても不思議ではなかった。

大江は『痴漢をしていないのに捕まった。警察に詰め寄られても罪を認めずにいたら、相手の女性の証言だけで有罪になり、服役させられてしまった四十五歳のサラリーマン、松崎武利』という設定を作り、インターネット上にHPを持つ『痴漢冤罪SUPPORT』という団体に電話で問い合わせた。

「自分と同じ、痴漢の冤罪で服役をしたという人がいれば、直に話をしてみたい。誰か紹介してもらえないだろうか」

そう持ちかけると、団体の副責任者である嘉納という男は、電話の向こうで困惑していた。性的な犯罪に対する冤罪ということで、プライバシーの管理には特に厳重を期している上、今は個人情報保護法などもあるので、簡単に登録メンバーの住所氏名は教えられないとのことだった。

『しかし、自分と同じ境遇の方とお話をしたいという松崎さんのお気持ちもよくわかります。もしおかまいなければ、うちに登録していただけませんか。実は三月末に埼玉で私どもが主催の集会があるんです。そちらのほうにお越しいただければ、同じような境遇の方々の話が聞けると思います』

大江はすぐさま団体のメンバーに登録した。翌日には集会の案内がメールで届き、大江は参加の申し込みをした。集会は三月二十七日。まだ二週間ほど日がある上、三ヵ月のリミットの前々日だった。

痴漢冤罪団体の集会へ参加しても、堂野がそこに登録しているとは限らないし、たとえ登録していても参加するかどうかはわからない。最悪の場合、何の収穫も得られない可能性がある。見つかる可能性はあるがあくまで可能性に過ぎない。大江は引き続き堂野の勤めていた市役所の割り出しを続け、他の痴漢冤罪のサポート団体に連絡を取った。けれど市役所はどこも外れ続き。サポート団体については、定期的に集会をするなど活発に活動をしているのは『痴漢冤罪SUPPORT』だけだった。

大江が堂野捜しに躍起になっている間に、娘は国立大学への合格通知をもらった。近ごろまともに言葉も交わさなかった妻が、大江の出社前に「美晴が○○大に受かりました」と事務的な報告をしてきた。私立でも仕方がないと思っていただけに、国立合格は心底、ありがたかった。

「やったな。美晴もやればできるんじゃないか」

喜ぶ大江とは対照的に、妻は「あなたは娘のことなんて、どうでもいいのかと思ってました」とやけに丁寧な口調でそう言ってきた。

「どうでもいいなんて思ってるわけないだろう」

妻は「どうだか」と癇に障る一言を残して、大江に背を向けた。他人行儀な態度が気になったが、今は妻の機嫌を取っている場合ではなかった。三月二十九日までに堂野を見つけられなければ、詐欺行為を訴えられるのだ。

寝る間も惜しんで考える。行動を推理する。必死になるのは、訴えられると人生が終わるという切羽詰まった状況だけではなく、期限つきの「堂野捜し」そのものに夢中になっているからだと大江は気づいた。解決への糸口を見つけた時の高揚感、それは長い探偵生活で大江がとうの昔に忘れ去っていたものだった。

三月二十七日の土曜日、大江は「松崎武利」として集会に参加した。出かける前、妻は「今晩、話したいことがあるんですけど」と声をかけてきた。おそらく娘の入学金、授業料諸々の件で、言いたいことがあるのだろう。些《いささ》かうんざりしながら「何時に帰れるかわからないから、次にしてくれ」とあしらった。

予定の時刻よりも一時間早く、大江は会場になった埼玉の大宮にあるホテルに着いた。それほど大きくない、ビジネスホテルの延長にあるような小さいホテルだった。事前に規模や大きさを調べていたものの、現物を見てホッとする。出入り口がいくつもあるような高級ホテルよりも、出入り口が一箇所しかないこういったホテルのほうが入り口を張りやすいからだ。難をいえば、ホテル同様ロビーも小さいので、フロントの目につきやすい。けれど何日も張り込むわけではないし、長居する客がいるなと思われるだけだろう。本当は会場の入り口前で張り込みたかったが、狭い上に椅子もないので、一時間も待っていると嫌でも目立ってしまう。自分を、会に参加するかもしれない堂野に印象づけることだけはしたくなかった。

ロビーのソファに腰掛け、新聞を読むふりで外から入ってくる人間を観察した。喜多川の描いた似顔絵は、既に頭の中に刷り込んである。開場の三十分前になると、俄かにロビーを過ぎてエレベーターに向かう客が多くなった。開場の五分前まで粘ったが、似顔絵のような男は現れない。ロビーでの張り込みを切り上げ、大江は四階の会場までエレベーターを使った。みんな既に会場に入ってしまっていて、受付には係らしき若い男が一人と自分しかいない。事前にメールや葉書で集会への参加申し込みをするので、受付は自分の名前を参加名簿に記帳するだけでいいようだった。その時点で開場の一分前になっていた。

名前を書いたあと、大江は「あぁ、そうだ」と大きな声を出した。

「斉藤さんが来てるかどうか知りたいんだけど、ちょっとその名簿を見せてもらっていいですか」

自分勝手な男を装い、勝手に名簿を手に取った。係の若い男は明らかに迷惑そうな顔をしていたが、他に受付をする人間もいなかったので、奪い返したりと大人気ないことはしなかった。

大江は自分が名前を書いたページから逆にパラパラと名簿をめくった。堂野、堂野、全神経を名簿に集中する。そして本日の日付がついた最初のページ、五人目に、捜し求めた堂野崇文の名前を見つけた。指先がブルッと震えた。確証もなく、全て推測の末の調査だったが、当たった!

「そろそろ開場になりますので、中にどうぞ」

声をかけられる。大江は名簿を若い男に突き返すと、急いで会場に足を踏み入れた。中はそれほど広くない。会議用の長テーブルと椅子の数を数えたところ、参加しているのは六十人前後のようだった。

席はほとんど埋まっていたが、ぽつぽつ空席がある。大江は椅子に座らず、一番後ろに立って会場全体を見渡したが、目にする範囲でそれらしき男を見つけることはできなかった。

プログラムが一区切りついたところで、大江は会場の中ほどにある椅子に腰掛けた。さっき立っていた場所の逆なので、見えなかった顔がよく見える。随分と注意して見ているのに、堂野の顔をした男はいない。プログラムも半ばまできた頃、十五分の休憩があった。大江は休憩になるやいなや、会場の一番前にいき全体を見渡した。

……記憶にある似顔絵の男はいない。

そうしているうちに、休憩が終わり大江は席に戻らざるをえなくなった。いるはずなのに、見つけられない。大江は軽い焦りを覚えた。なぜ見つけられないのだろう。それとも喜多川の似顔絵はあまり似てなくて、手がかりになるような代物ではなかったんだろうか。

二時間ほどで集会は終わった。大江は真っ先に会場を出て、近くにある柱に凭れて堂野らしき男が出てくるのを待った。一人残らずチェックしたし、会場の入り口の鍵がかけられるまで粘ったのに、似顔絵の顔をした男はいなかった。

失敗した。自覚した途端、最大のチャンスを逃したショックで、大江は頭の中が真っ白になった。けれどここで茫然自失としていてもはじまらない。集会が終わったのは午後五時。堂野が遠方に住んでいてこの集会に参加したのなら、宿泊する可能性もある。大江は慌ててエレベーターで一階に降り、まっすぐフロントへと向かった。

「すみません。ここに『堂野崇文』って男が泊まっていると思うんですけど、待ち合わせの時間を過ぎてもロビーに来ないんですよ。携帯もつながらないし。一度部屋のほうに問い合わせてもらえませんか」

フロントの男は「少々お待ちください」と大江に断ると、手許にあるパソコン画面を操作していった。

「堂野崇文さんでお間違いないですか？」

「そう、堂野です」

男は首を傾げた。

「堂野という名前のお客様は当ホテルに宿泊されておりませんし、ご予約もいただいておりませんが」

大江は「あれっ、おかしいなあ。ホテル間違えたかなあ」と相手に聞こえるように呟いたあと「どうもすみませんでした」と謝ってからフロントを離れた。堂野はホテルに泊まっていない。となると、今晩のうちに帰るつもりだ。大江は額を押さえた。もし自分が会場を出ていく堂野を見落としていたら、もうアウトだ。集会が終わったのは四十分ほど前になる。最寄りの大宮駅までは歩いて十分、バス停までは三分なので、おそらく乗車している。駅やバス停で張り込みをしてももう意味がない。

いや、まだ可能性はある。微妙に中途半端な時間だが、帰りの乗車時間が長ければどこかで食事をして帰るかもしれない。とにかく駅へ、駅へ行ってみよう。歩き出そうとした時、エレベーターの近くからザワザワと人の気配を感じた。

振り返ると、エレベーターの前に七人ほどのスーツの集団がいた。その中に会場の受付だった若い男を見つけ、大江はドキリとした。この集団、痴漢冤罪SUPPORTに関係がある人間かもしれない。大江は壁際に寄ると、近づいてくる集団を観察した。

受付をしていた男は二十代、隣にいるのは五十代ぐらい、その隣が三十代……大江はその三十代を凝視した。灰色のコートに、紺色のスーツ。髪は伸びているが、喜多川の似顔絵に似ているような気がする。いや、そっくりだ。心臓が早鐘になり、額にじわりと汗が滲む。

堂野を含めた七人の集団はフロントから少し離れた壁際、大江から五メートルほど離れた場所で立ち話をはじめ、堂野らしき男は大江に背を向けるような位置に立った。

「これから打ち上げですよね」

受付をした若い男の声だった。

「そうだな、店は君島が手配してくれているようなんだが、誰か場所を知ってるか？」

五十代の男が集団の面々を見渡す。

「申し訳ないんですけど、僕は先に失礼させてもらいます」

堂野らしき男が小さく頭を下げるのがわかった。

「今日中に帰ると言ってきたので」

男はゆっくりと、穏やかな喋り方をする。

「堂野は神奈川だっけ？」

五十代の男がそう問いかける。

「ええ、そうです」

後ろ姿の男が答える。そうかもしれない、きっとそうだ……が確定する。あの男は堂野だ。

堂野は集団に別れを告げると、足早にホテルを後にした。大江は一定の距離をおいて尾行を開始した。ロビーで住所を聞いてくれた男に心底感謝する。堂野がどういった交通手段で帰るかわからないが、とりあえず行き先だけは確定した。神奈川だ。

堂野は十分ほど歩いてJRの駅へとやってきた。まっすぐに駅ビルの中へと入る。そこで小さな菓子折りと、手のひらサイズのウサギのぬいぐるみを買った。買い物を済ませたあと、切符売り場へといく。ぐっと距離を縮め、堂野の斜め後ろから買った切符の金額を確認する。そして自分も手早く同じ金額の切符を買って後を追いかけた。

堂野はホームへと入り、十分ほど待ったあとで午後六時三十三分発の列車に乗った。自由席には所々空席があり、堂野は二両目の中ほどに座った。大江は堂野の後方、自動ドアの近くに腰掛けた。そこだと堂野の頭が常に確認できた。大江は携帯電話で路線図を調べた。大宮から神奈川県の小田原まで直通、切符の金額からして横浜で下車の線が濃厚だった。そうなると一時間ほどの乗車になる。横浜まで降りることはないだろうとわかっていても、思いもよらぬ行動に出られることがある。大江は堂野の後頭部をじっと見つめた。

池袋の駅に停車すると、いくつか空いていた空席が全て埋まってしまった。列車が動き出してすぐ、三歳ぐらいの子供を抱いた若い母親が、辺りをキョロキョロと見渡しながら大江の横を通り過ぎていった。親子が通路の中ほどを行き過ぎた時、動きがあった。堂野が若い母親に席を譲ったのだ。

堂野は通路へと出ていく。大江は動揺した。横浜まではまだ三十分ほど時間がかかる。席を譲ったのは単純に親切心からかもしれないが、ひょっとしたらもっと手前で下車するつもりなのかもしれない。通路に出られてしまっては、いつ乗り降りするか確認できない。

迷いは一瞬だった。大江は席を立ち、堂野が出ていった通路へと向かった。二両目、右側の乗車口の手すりの傍に堂野は立っていた。大江は反対、左側の乗車口の近くに立つ。尾行としては落第の距離だが、一両目の乗車口だと入り組んだ場所に立つ堂野が全く見えない。駅に停まるたびに堂野がいるか覗き込んで確かめるのも不自然だった。

それならいっそ、ただの乗客として反対側の乗車口付近に立っていたほうが自然だった。それにこの尾行が成功すれば、二度と堂野に会うことはない。

ガサガサと堂野が物音をたてる。視線だけでチラリと様子を窺うと、鞄から文庫本を取り出し、立ったまま読み始めた。カバーがかかっているので、タイトルはわからない。壁に凭れ、電車の揺れにゆらゆらと身を任せ、堂野は黙々と本を読み続けた。

日が暮れて、暗くなった窓ガラスの向こうに、反対側にいる堂野の横顔が映る。特にこれといって特徴のない顔。目も鼻も口も、無難な形で無難な場所に収まっている。あの似顔絵にそっくりだった。不細工ではないが、男前と言ってしまうには、全体の印象がぼんやりとして定まらない。

平凡な横顔は、刑務所で男と恋愛関係にあったようには、まして弄んだようにはとても思えなかった。それとも人は見かけによらないということだろうか。

この男の何があれほどまでに喜多川を引きつけたのだろう。他にしたいことも、欲しいものもないと言わしめるほどの魅力が、どこにあったのだろう。

考えてもわからなければ、見てもわからない。きっと自分には理解できないモノなんだろうと、大江は窓ガラスの顔から視線を逸らした。

駅で列車が止まる。冷たい空気が通路に流れ込んでくる。乗車する人間より降りる人間のほうが少ないので、通路まで込み合ってくる。大江の向かいにも、イヤホンをした大学生ぐらいの青年が立った。

三月とはいえまだ寒いので、車両には暖房が効いている。けれど通路は客席よりも少し温度が下がる。ちょっと寒いなとは思っていたが、さっきの停車で立て続けに二回くしゃみをしてから、鼻水が止まらなくなった。シュンシュンと頻回に鼻を鳴らしていると目立ってしまうので、我慢する。そしたら猛烈に鼻がむずがゆくなってきた。

こらえるような猶予もなく「ブワックシュ」と派手なくしゃみをしてしまった。音だけならまだしも、口を押さえた拍子に、鼻水がブワッと噴出した。

向かいにいた青年が「きっ、汚ったねえ」と眉をひそめる。大江は耳まで真っ赤になった。何か鼻を拭くもの、と慌てて鞄のジッパーを下げると、手許が狂って鞄を逆さまに落としてしまった。デジタルカメラやメモ帳が散らばり、ボールペンが通路に転がる。……最悪だった。

「よかったらこれをどうぞ」

しゃがみこんだ大江の目の前に、街頭で配られるポケットティッシュが差し出された。

「どうもすみません」

向かいの青年だとばかり思っていたので、相手の顔を見てギョッとした。堂野は小さく微笑むと、反対側の乗車口へと戻っていった。

ポケットティッシュは、消費者金融のものだった。大宮の駅前で配られていて、堂野が受け取るのを大江は見ていた。それは自分にも差し出されていたが、鬱陶しかったので無視した。

些細な出来事など、何もなかったようにガタンゴトンと列車は揺れる。芝が堂野のことを「情がある」と言っていたことを、今頃になって思い出した。

堂野は予想通り横浜の駅で列車を降りた。時刻は午後七時四十分を少し過ぎている。ホームを出ると、男はまっすぐにバス停留所へと向かった。堂野の他にも、行き先のプレートがついた時刻表の下で三人ほどバスを待つ人がいた。くしゃみをしてティッシュをもらうなど、下手に印象づけた。同じバスに乗ると怪しまれないまでも「またか」と思われる。大江は尾行をタクシーに切り替え、堂野がバスに乗るまで乗車したまま待機した。必要はないかと思ったが、いい具合の距離だったので、ズームを使って堂野の写真を撮る。本人にまず間違いないと思うが、写真があればより確実だった。

堂野はバスに乗ると、十五分程乗車したあとで人のいない寂しい停留所でバスを降りた。大江は普段よりも近めの距離で尾行を続けた。初めての場所で土地勘がない上に夜、見失ってしまうと捜し出す自信はなかった。

堂野は薄暗い公園に入り、大江の目の前でフッと消えた。驚いて距離を詰めたが、もうどこにも見当たらない。公園は出入り口がいくつもあり、細い脇道を利用したのかもしれなかった。ここまで追い詰めたのにと思うと諦めきれず、大江は周囲をぐるりと歩いてみたが、堂野を見つけることはできなかった。

周囲の住宅を調査したかったが、夜では無理だ。途中で見失ったのは痛かったが、住んでいる地域は特定できたし、堂野が『痴漢冤罪ＳＵＰＰＯＲＴ』で主催者側の仕事をしているのもわかった。今日のところは帰って「集会のあった会場で堂野の落とし物を見つけた。送りたいので住所を教えてくれ」とＨＰの責任者に聞けば、会員同士だし、きっと住所を教えてくれる。

下手に印象づけた上に、尾行には失敗。今日の自分は探偵として「最悪」だったが、捜すことは不可能だと思っていた堂野を見つけることができて、嬉しかった。あともう一歩だ。住所さえわかれば、詐欺の件で警察に突き出されることもなくなる。肩の荷が半分下りた。帰りの列車の中、座席に深く腰掛けて大江はフーッと息をついた。

ガタン、ガタンと揺れる列車に、光が流れていく黒い窓ガラス。間近で見た、堂野の顔が脳裏を過ぎる。集会には普段着姿の人もいたが、堂野はスーツにネクタイ姿だった。髪もきちんと整えられ、ティッシュを差し出した指は、爪が短く切りそろえられていた。しっかりとした生活を送っているのだろう。そしてお土産とウサギのぬいぐるみ。堂野には妻と、幼い子供がいるのかもしれない。

ただ会いたい、会いたいと、盲進的に捜す男。何事もなかったかのように地に足のついた生活を送る男。一時は交わる期間があったとしても、道は二つに分かれている。

堂野は喜多川に見つけてほしいと思っているのだろうか。同性愛関係にあった過去を、繰り返すつもりはあるのだろうか。彼の中で、喜多川という男は、どういうスタンスに位置づけられているのだろう。

居場所を教えれば、喜多川は堂野のもとに飛んでいくだろう。そこで妻や子供がいる現実を見るのだ。そこから、それから、どうなるのだろう。

……どうなるのかなんて、こっちの知ったこっちゃない。なぜなら自分には喜多川に「教える」以外の選択肢がないからだ。

穏やかな揺れ、遠くなる意識。大江は想像できない二人の未来など、考えるのはやめにした。

家に帰ってすぐ、大江は『痴漢冤罪SUPPORT』の責任者に「集会に参加した時、堂野崇文と名前の入ったカードを拾った。大切なものだといけないので、本人に返してあげたい。会員なら住所を教えてほしい」と書いたメールを送った。朝には『会員の中に同名の人がいるので、その人だと思います。私のほうから本人に返すので、事務局のほうへ送ってください』と責任者から返事があった。『二度手間になるので、こちらから送りますよ』と再度メールを送ると、責任者は『個人情報保護法もあり、会員同士であっても住所を教えることができないんです。申し訳ないですが……』と丁寧なメールをよこしてきた。

教えてもらえないとなれば、もう一度横浜に出向き、住宅地図を片手に見失った公園から広めに見積もって三百メートル以内の距離にある住宅を一軒一軒捜して歩くしかなかった。けれどももう二十八日だ。今日を入れてあと二日で期限が来る。こういった目と足を使った調査は、思いのほか時間がかかる。正直、応援を頼みたいが所長は大江が休みも返上して堂野捜しをしているなんて知らない。本来、休みは休みであって、そこまで依頼にかかりきりになる必要はないからだ。

考えた末、大江は芝に電話をかけた。日曜日で仕事が休みだったのか、電話に出たのは本人だった。『堂野崇文が見つかり、住んでいる地域もほぼ特定できたが正確な住所を知るためにはもう少し日がかかる。なので三ヵ月の約束をあと三日、延長してくれないか』とお願いした。

その日の午後、大江は事務所の最寄り駅の近くにある喫茶店まで出向いた。店内でコーヒーを飲みながら待っていると、ほどなく芝に連れられた喜多川がやってきた。相変わらずの白いシャツに黒いズボン。もう黒のコートは着ていない。大江が見るたびにまるで空気が抜けるように削げていっていた頬も、随分と肉付きが戻ってきていた。

芝と大江の間にあった経緯を、喜多川は知らない。なので待ち合わせの相手が大江だと知ると、驚いたような顔をした。

「探偵の先生か。どうしたんだ？」

隣にいた芝が、喜多川の肩をポンと叩いた。

「俺がお前に会わせたいって言ってたのは、こいつなんだ。大江は俺の従兄弟なんだよ。この前偶然会って、一緒に飲んでたらお前の話が出てくるじゃないか。驚いたよ。俺もお前から話を聞いてたけど、こいつが婿養子に行って名字が変わってるなんて知らなかったんでわからなかったんだ」

従兄弟というのも、婿養子で名字が変わったというのも嘘だ。芝に促され、喜多川は戸惑うような表情で大江の向かい側に腰掛けた。

「本当に、世間ってのは狭いもんだなぁ」

芝は嘘を嘘と感じさせない自然体で喋り、大江にも親しげに笑いかけてくる。役者だった。

「俺は喜多川の事情をよく知ってるだろ。だから調査は終わってるけど、堂野の件もちょくちょく気にかけてやってくれないかって頼んでたんだよ」

話を聞いても、喜多川は自分がどうしてここに呼ばれたのか、今から何がおこるのか見当がつかないらしく、無表情のまま相槌を打っていた。

ウエイトレスが水を持ってくる。二人はコーヒーを注文した。

「喜多川さんのことは、私もずっと気になっていたんです。随分と熱心に捜されてましたから」

大江はセカンドバッグから二つ折りのメモを取り出した。

「別の件で知り合った同業の人間が……プライバシーに関わるので詳細は話せませんが、偶然、堂野さんのことを知ってましてね」

向かい側の男は、目を大きく見開いた。

「あなたは運の強い人だ、喜多川さん。堂野さんは今、神奈川にいます。正確な住所はまだわかっていませんが、N市○○町○○……この公園の付近に住んでいるのは間違いありません」

大江は自分の調査用にとB5サイズに縮小した住宅地図のコピーを取り出し、予想される地域に赤いボールペンで○をつけ、その上で見失った公園を赤く塗りつぶした。

「そのコピーは喜多川さんに差し上げます。どうぞ」

地図のコピーを受け取る長い指は、心なしか震えているような気がした。喜多川は手にしたコピーを、瞬きもせずにじっと見つめた。

「よかったなぁ、喜多川」

芝が男の肩を叩く。喜多川はコピーを小さく折りたたみ、右手の中に握り締めた。だけどすぐに手を開いて、中を覗き込む。同じことを二度、繰り返した。

「長いこと捜してたもんな。けど見つかる時は、見つかるもんだなあ」

詐欺行為を警察に訴えると脅し、無我夢中で捜させておきながら、芝はやたらと「偶然」を強調した。

捜し求めていた男の居所を手にした喜多川は、跳び上がって喜びもしなければ、満面の笑みを見せることもなく、ただ呆然と俯いていた。

「……夢を見ているようだ」

右手で短い髪をぐしゃぐしゃと掻き回した。

「これは、なんだ？」

芝は喜多川の肩を抱いたまま、軽く揺さぶった。

「なんだ、じゃねえよ。しっかりしろ。これは夢なんかじゃない。お前はもうすぐ堂野に会えるんだよ」

握り締めた右手を、喜多川は口許に持っていく。そして祈るように目を伏せた。

「……神様」

喜多川はもう一度、細かく震えながら「神様」と呟いた。俯けていた顔を上げ、喜多川はまっすぐに大江の目を見つめた。

「俺は宗教のことはよくわからない。わからないけれど、今日から俺の神様はあんただ」

椅子から立ち上がると、喜多川は大江に向かって深く頭を下げた。

「顔を上げてください、喜多川さん。神様なんて大げさですよ。堂野さんが見つかったのは偶然なんですから」

「けど、あんたがいなかったら、俺は一生堂野に会えなかったかもしれない。……あんた、何か欲しいもんはないのか」

喜多川は、左手で胸を押さえた。

「あんたの欲しいものを言ってくれ。命以外だったら、何だってあんたにくれてやる」

芝にシャツを引かれ、喜多川は腰からドッと椅子に崩れ落ちた。

「急にそんなこと言われたって、大江も困るだろうが。礼なんてのは、後でじっくり考えりゃいいんだ」

ああ、そう……そういうモンか……と喜多川は後頭部をガリッと掻いた。いくら知らないとはいえ、騙して金を巻き上げていた男に「神様」と呼ばれて感謝されるのは、どうにも後ろめたかった。

「あぁ、思い出した」

大江はセカンドバッグからデジタルカメラを取り出した。

「堂野さんの写真を数枚、撮ってあるんです。ごらんになりますか」

喜多川は大江が差し出したデジタルカメラをこわごわと受け取った。モニターに映し出された堂野の写真を、穴が開くかと思うほどじっと見つめる。そしてモニター画面の上を、何度も何度も指先でそっとなぞっていった。

「……崇文」

呟き、喜多川はすっくと立ち上がった。そして年端のいかない子供のように「崇文、崇文、崇文」と満面の笑顔で繰り返すと、地図を握り締めたまま店を飛び出していった。

喫茶店の窓ガラス越し、歩道を駆けていく背の高い男の後ろ姿が見える。それはあっという間に遠くなり、見えなくなっていった。

喫茶店には二人の男が残り、所在なさげに向かい合っていた。

「鉄砲玉みたいに飛んでったよ」

もう男の姿は見えないのに、芝は通りの向こうを見つめたまま独り言のように呟いた。

「よかったんですかね。まだ住所が正確にはわかってなかったのに」

「本人がいいなら、いいだろ」

芝は煙草を取り出すと、火をつけた。

「喜多川さんには話しませんでしたが、堂野さんは結婚していて、お子さんもいるんじゃないかと思います」

芝は驚いた風もなく「へぇ」と相槌を打った。

「向こうで変に揉めたりしませんかね」

「それはあいつらの問題だ」

堂野捜しをさせた張本人。これがきっかけで向こうの家庭がおかしくなる可能性もあるというのに、芝の口調はまるで他人事だった。

「堂野にとっちゃいい迷惑かもしれん。けど会わんことには喜多川が後にも先にも進めないからな」

芝はフッと煙を吐き出す。大江は約束の三ヵ月以内に堂野を見つけたものの、住所までは行き着かなかった。それでもいいから喜多川に伝える、と判断したのは芝だった。

「とりあえず私も、引き続き堂野さんの住所を調べたほうがいいですかね」

「あんたはもういい。あそこまでわかってるなら、喜多川が自分で見つけるだろ」

堂野捜しはこれで終わった。とすると、約束は守られるはずなのだが、確認せずにはいられなかった。

「その、最初に言っていた警察に行くというのは……」

男がチラリと大江を見た。

「あんたは約束を守った。訴えたりしない」

ホッと胸を撫で下ろすと同時に、肩の力が抜けた。これでもう、怯えることも、心配することもなくなった。

「堂野を捜すのにかかった調査費は、あんたが喜多川からくすねた分で支払っとけ」

そう言われるだろうと思って覚悟していた。実際の調査費はおそらく、五十六万五千円をオーバーする。しかし警察沙汰にならず、社会的地位も保たれるとすれば、超過分など安いものだった。

芝は無言で煙草を吸い続ける。……大江にはこの男について気になることが一つだけあった。

「私が堂野さんの居場所を伝えなくても、芝さんが直接、喜多川さんに話をされてもよかったんじゃないですか？」

芝が視線だけこちらによこしてきた。

「そうすれば私が『神様』なんて見当違いなことを言われることもなく、芝さんが感謝されたんじゃないでしょうか」

冗談じゃない、芝は口許を歪め吐き捨てた。

「どうしてですか？　私はあなたのほうこそ喜多川さんに感謝される人だと思います

よ。私を脅したとはいえ、結果的に堂野さんを見つけたわけですし」

芝はムッツリと黙り込んだまま、冷めたコーヒーを口許に運ぶ。大江としては疑問を口にしただけで気に障ることを言った覚えもなく、急に不機嫌になった男を持て余すばかりだった。

取り引きも終了した今、自分がここにいる理由はない。いっそ帰ってしまおうかと、大江は腕時計をチラリと見た。午後二時を少し過ぎている。

「……堂野の出所前」

帰ると切り出そうとした矢先、男は喋り始めた。

「喜多川は保護房に入ってた。だから堂野は俺に自分の住所を言伝しようとしたんだ。喜多川が出てきたら、教えてやってほしいってさ。その時、俺は堂野に言ったんだよ。一生あいつと添い遂げる気がないなら、そんなことやめときなってな」

芝はチッと舌打ちした。

「ムショん中だけならともかく、娑婆に出てまであういうのが続くはずがないんだ。ちょっと考えたらわかることだろ。俺が忠告したら、堂野は何も言わなかった。もののわかる男だったし、言わないことを選んだのは、まあ妥当だと思ったよ」

芝は座ったまま、苛々したように体を揺らした。そのたびに椅子がギシギシと音をたてる。

「俺は自分が間違ってたとは思ってない。けど去年、喜多川と同じ工場になって、あいつが出所してから四年間、給料全部つぎ込んで堂野を捜してるって聞いた時、たまんなくなったんだよ。何度『諦めろ』って言っても捜すのをやめようとしない。だから結婚して家族のいる堂野を見て現実を思い知ったら、もっと別の生き方を見つけてくれるんじゃないかって、そう思ったんだよ」

芝は窓の外に視線をやった。もちろんそこに喜多川の姿はない。今頃、神奈川行きの列車の中かもしれない。

「あの時、俺が余計なこと言わないで堂野の住所を喜多川に言伝てやってたら、あいつは四年も『堂野捜し』なんて無駄なことをせずにいられたんだろうな。そうじゃなくても、若くていい時をムショん中でぶっ潰して、やっと出てこられたってのに」

外ばかり見ていた視線が、大江に戻ってくる。……睨まれた。

「ブッ倒れるまで働いて、大金つぎ込んで雇ってる探偵は詐欺野郎だしな。そんな男を『堂野に似てる』って言って、あいつは疑りもしない。けど顔なんてちっとも似てやしないじゃないか。じゃあ声か、仕草か……そんなことどうだっていい。堂野に似てるって思われてるお前が、喜多川を騙すんじゃねえって思ったよ」

大江はなぜ、芝が自分のことを喜多川に話さなかったのか、唐突に理解した。

「……信頼している人間に裏切られるのは、しんどいからな」

喋り疲れたように、芝はふっつりと沈黙した。春の午後、日差しは柔らかくテーブルに差し込んでいる。空になったコーヒーカップに気づいたのか、通りかかった店員が二つ分の汚れたカップを引き上げていった。

「なぁ、大江さん。あんたにはわかるかい？　喜多川って野郎は、いったい何なんだろうな。男同士で愛もクソもないだろ。けどあの執着は……あれも愛っていうようなモンなのか。ああいうのはさ、はた迷惑だよ。マトモじゃない。あぁ、もうどうでもいい。二人がどうなろうが、俺には関係ない。知ったこっちゃない」

吐き捨て、芝は俯いた。

「堂野ってのはさ、どこにでもいるような普通の男だよ。あの男がナンボのモンだっていうんだろうな」

喫茶店を出てすぐ右手に洋菓子店があった。娘の大学合格のお祝いを何もしてなかったことを思い出し、大江はショートケーキを三つ買った。

そういえば、妻が話したいことがあると言っていた。入学金、授業料のことだと思うと気が重いが、「堂野捜し」にも決着がついたことだし、そろそろきちんと話をしないといけないだろう。

家に帰る道すがら、大江は考えた。芝の自分に対する怒り、脅迫はそのまま、芝自身の後悔と表裏一体だったような気がする。そう、自分が二人の仲を「寸断」したと思うが故の行動。

伝えなかったことに、芝は随分と心を悩ませていたような節が見受けられた。けれど大江に言わせれば、住所など知らなくても、出所日に堂野が喜多川を迎えにくればよかったのだ。だからあれは芝のせいなどではなく、全て「堂野」の選択なのだ。

喜多川の執着が、愛なのかどうかわからないと芝は言っていた。そういえば……大江は思い出した。喜多川が、自分と堂野の関係を、大江と妻の関係にたとえて話をしたことを。自分の堂野に対する感情は、夫婦ぐらい強いと、そんなようなことを言っていた。

たかだか一年にも満たない、しかも刑務所という特殊な環境の中の一時的な感情が、しんしんと降り積もる雪のように折り重なっていく夫婦愛に及ぶはずもない。けれど喜多川はそういうことがわかっていないのだ。

堂野に会った時、喜多川は芝の言うように現実を知るのだろう。そこでどういった感情の爆発があり惨劇がおころうとも、既に大江の責任の範疇ではなかった。

アパートに帰り着くと、部屋の中はシンとして水底のように静かだった。昼前、喫茶店に出かける時は妻がいたような気もするが、はっきりと覚えてない。喜多川に会って話をしないといけない、そのことだけで頭の中がいっぱいだった。

今日は日曜日だし、妻も娘も出かけたのかもしれない。そういえば玄関に靴がなかった。ケーキの箱を携えてリビングに入ると、食卓テーブルの上に紙があった。留守の書き置きかと覗き込み……そして頭の中が真っ白になった。

妻の名前が記入され、捺印がされた離婚届。それがものも言わずにじっと大江を睨みつけていた。

檻の外

外は思いのほか暖かく、着てきた上着がいらなかったなと思うほどだった。堂野崇文《どうのたかふみ》は公園のベンチに腰掛けて、娘で四歳になる穂花《ほのか》が砂場で遊んでいるのをぼんやりと見ていた。

家族三人で買い物に行った帰り、急に妻の麻理子《まりこ》が買い忘れたものがあると言い出した。聞けば食器用洗剤らしく、堂野が「僕が行ってこようか」と言ったのだが、麻理子は「いつも使ってるメーカーの、あなたわからないでしょう」と肩を竦めた。

学校は春休みに入り、加えて日曜日の午後で天気もいいことから、公園には小学生ぐらいの子供が多かった。麻理子が二人目を欲しいと言っていたことを思い出す。子供は好きだし可愛いけれど、自分の安月給を考えると悩むところだった。

「パパ、きてー」

娘に呼ばれて砂場に行くと、いびつな三角形が出来上がっていた。

「ほのかの、おうち」

おかっぱ頭を傾げて、ニッコリ笑う。堂野はかがみこむと、泥だらけになったチェックのワンピースと小さな両手を軽く払った。

「もうすぐママが戻ってくるから、あっちのベンチでパパと待とうか」

娘の手を引いて、買い物の荷物を置いてあるベンチに戻ろうとした時「あの――」と背後から声をかけられた。振り返ると、背の高い男が立っていた。俯き加減にズッと地図を突き出してくる。

「教えてもらいたい。俺が今いるのは、ここの公園でいいのか」

声に覚えがあった。まさか……と思い、目の前の男を凝視する。あれから六年経ち、髪も伸びている。もう丸坊主じゃない。服もねずみ色の舎房衣ではなく、白いシャツに黒いズボンと普通のものを身につけている。

「地図がわからないし、漢字が読めない」

顔を上げた男が自分を見る。その目が、驚いたように大きく見開かれた。

「崇文」

名前を呼ばれると、嬉しさと戸惑いが絡まりながら胸にこみ上げてきた。

「崇文、崇文っ」

衝撃と共に抱き締められて、背筋がブルッと震えた。けれど肩に回った男の腕も、細かく震えていた。

「やっと、やっと見つけた」

中年の女性が、怪訝な顔で傍を行き過ぎる。男同士で抱擁しているという状況が普通ではないことに気づいて、堂野は「ちょっと、苦しいから」と言い訳をして男の肩を押した。

子供のような満面の笑みで、男は堂野の頰を親指で撫でた。

「髪が伸びてる。それにあんた、老けたな。顔が少し変わった」

老けたと言われ、堂野は苦笑いした。

「まだ三十六だよ」

「俺は三十四になった」

男は、堂野の左手をぎゅっと握った。

「あんたの家に連れていけよ。話したいことが沢山あるんだ。あぁ、ノートを持ってくればよかった。何枚も絵を描いたんだ。見た奴がみんな上手いって言うから、きっとあんたも……」

「パパ」

穂花の声で、男が喋るのをやめた。眉を顰《ひそ》め幼い娘をじっと見下ろす。

「この小さいのは何だ？」

娘の肩に置いた手が震える。六年前と何ら変わらず自分に向かってくる男が、事実を告げた時にどう反応するのかわからなかった。だから恐い。とはいえ黙っていても、いずれ知られてしまうことだ。

「僕の娘なんだ」

男の口許がヒクリと動いた。

「五年前に結婚したんだ」

喜びで輝いていた目が、一瞬で灰色に澱む。視線が拠《よ》り所なく左右を彷徨《さまよ》い、やがて頭を深く垂れた。左手を握る力が強くなる。まるで怒っているように。淡白でいて情熱的、男の激しい暴力の記憶が蘇り、ゾクッとした。

「君のことはずっと気になってたんだ。あそこを出てから、どうしているのかなって。だから会えて嬉しいよ」

媚を売っているわけではないし、本当にそう思っているのに、自分の声は言い訳のように響いた。

「今はどんな仕事をしているんだい？　職場の人とは上手くやれてる？　今でも絵を描いているって聞いて嬉しいよ。君は本当に上手だったから」

睨むような視線に言葉が怯む。それでも押し出した。

「君が元気そうでよかった」

「あなたー」と遠くで麻理子の呼ぶ声がした。振り返ると、小さなビニール袋を手に妻が足早に近づいてくる。

「ごめんなさいね。他にも買い忘れたものを色々と思い出して、遅くなっちゃった」

麻理子の視線が男と繋がれている自分の左手に注がれているとわかり、慌てて離した。頬に落ちかかった髪を耳に掻き上げ、麻理子は首を傾げた。

「そちら、お知り合いの方？」

「あ……うん、昔の友達で、さっき偶然会ってね……」

そうなの、と呟いた麻理子は「こんにちは、はじめまして。堂野の妻です」と男に挨拶した。無言のまま、男は麻理子をじっと見つめた。返事もなく見つめられることに戸惑った麻理子が、チラリと堂野に目配せしてくる。

穂花が妻の足許にしがみつき「だっこ」とスカートを引っ張った。「あらあら、甘えん坊さんねえ」と言いながら、麻理子は穂花を抱き上げた。沈黙の違和感が少しだけ薄まる。

「あなた、友達とお話をするなら私は先に帰ってましょうか」

二人きりになりたくない。正直、そう思った。会えたのは嬉しい。本当に嬉しい。だけど二人きりになってしまったら、何を言われるかわからない。

「いや、その……」

口ごもっていると、男は「帰る」と呟いた。

「遠いから、帰る」

「どちらから来られたんですか？」

麻理子の問いかけに、男は俯いたまま「静岡」と告げた。

「そんな遠くから。お仕事ですか？」

再び黙り込む。そしておもむろに顔を上げると堂野を見た。

「住所を教えてくれ」

「じゃ何か書くものと紙……」

あるはずもないのに、堂野は無意識に上着の胸ポケットを探っていた。仕事をしている時は、いつもそこにボールペンを入れてあるからだ。

「それぐらい覚える」

薄れかけていた刑務所での記憶が蘇った。懲役同士は出所後のトラブルを防ぐため、原則的に住所を教えあってはいけない。住所を書いたメモでも見つかろうものなら、懲罰を食らう。出所後、どうしても連絡を取りたい相手の住所はみんな覚えるようにしていた。

堂野が住所を告げると、一度聞いただけで男は問い返しもしなかった。口許が声を出さないまま反芻《はんすう》するように動く。唇がぴたりと止まったかと思うと、男は堂野に背を向け歩いていった。

「また」とも「さよなら」とも言わなかった。白いシャツが公園から見えなくなったあと、麻理子は「何だか変わった人ね」と呟いた。

「それに少しだけ恐い感じ」

怒った時の凄まじさを知っているだけに、堂野も否定できなかった。

アパートに帰り、夕食の準備をする妻のかわりに娘と遊んでやりながら、堂野は男、喜多川圭《きたがわけい》のことを考えていた。

堂野と喜多川は、刑務所の同じ房で九ヵ月ほど共に過ごした。堂野は痴漢で実刑を受けたが、実際は何もしていない……冤罪《えんざい》だった。喜多川は殺人罪で十年近く服役している、刑務所暮らしのエキスパートだった。

刑務所での暮らしには長けていても、喜多川は人を信じることも、愛することも、優しくされることも知らなかった。それには罪を犯すまでの、母親に愛されなかった彼の不幸な生い立ちが関係しているように思えた。そして入所後も彼の周囲にいたのは、人の弱みにつけこんで一儲けしようとするきな臭い懲役ばかりだった。

仲良くなりたいと思って手を差し伸べても、最初は野生動物のようにこちらを警戒していた。

けれど一度心の枷《かせ》が外れると、喜多川は堂野を友人以上に慕ってくるようになった。男同士なのに愛していると囁き、出所したら一緒に暮らしたいとまで言っていた。

房内で殴りあいのケンカをしたことで、喜多川は堂野の出所直前に、懲罰房へと入れられた。別れの挨拶も約束もしないまま、堂野は先に出所した。出所後の住所は教えなかった。伝えようと思えば、同じ房内の信頼できる懲役に言伝《ことづて》を頼むこともできたが、そうしなかった。

友達としてだけ付き合っていけたなら、愛していると言われなかったら、堂野のこととなると見境がなくなるような激情家でなければ、出所後も連絡を取り合っていきたかった。喜多川圭という人間は好きだが、それは堂野にとって恋愛感情とイコールではなかった。

愛情を寄せてくる男を受け止められないから、会わないでいようと思った。だから住所も教えなかったし、喜多川の出所日を知っていても迎えにいかなかった。

それでも情は残った。喜多川が自分に寄せた思い、自分が喜多川をどうにかしてやりたいと思った気持ちが残った。

六年ぶりに再会した喜多川は、あの頃と全く変わっていなかった。雰囲気も、喋り方も。では気持ちはどうなのだろう。今でも自分のことを好きで、一緒に暮らしたいと思っているのだろうか。

裏切られたと思っただろうか。愛していたのに、結婚して子供までつくっていた、と。もしそうなら、裏切ったことを恨んで何かしでかさないだろうか。同じ房で、堂野に手を出した懲役を動かなくなるまで殴り倒した時のように。

会えて嬉しかった。元気そうな顔を見られてよかった。その気持ちに嘘はないのに、喜多川を恐いと思ってしまう。カッとなると見境がなくなるが、卑怯な男じゃない。逆恨みして、家族に手を出してくることはないだろうと思っていても、完全にそれを否定することはできなかった。人の気持ちは、揺れ動くし変わっていく。

住所を教えた。知りたがったということは、また来るつもりだろうか。教えなかった方がよかったのだろうか。けれどあの場合、嫌だとは言えなかった。

堂野は膝の上に載せた娘を抱き締めた。喜多川との再会が、このささやかな幸せを脅かすものになりませんようにと心の中で祈った。


再会した翌日、堂野は一日中喜多川のことが気になって仕方なかった。仕事をしている時も、不意に物陰から出てくるのではないかと、馬鹿なことを考えてしまい落ち着かない。そんな堂野を見て、上司の龍田《たつた》は浮かれていると思ったらしく「何かいいことでもあったか」と茶化してきた。

堂野は出所後、痴漢冤罪のサポート団体の助けを借りて、イワイ食品の会計係に再就職した。もともと市役所の出納係だったこともあり、数字と向き合う仕事は性に合っていた。難をいえば、給料が安く残業手当がほとんどつかないことだろうか。

五十代の手前、人がよく温厚な龍田は、堂野の事情を知っている。龍田自身も横暴な警察捜査の被害者という過去があり、堂野を理解してくれている。過去を隠し立てしなくてもいいというのは、気持ち的にとても楽だった。

結局その日、喜多川が堂野の前に現れることはなかった。昨日の今日で、仕事をしているならなおさら平日に静岡から来るのは無理だろうと気づいたのは、夕方になってからだった。

二日経ち、三日経ち……一週間が過ぎても、喜多川からは何の音沙汰もなかった。電話番号は知らないはずなので、直接来るか手紙を出すしか連絡を取る手段はない。けれどそのどちらもなかった。

綺麗に咲いた桜が散って青々とした葉が茂り、あと数日でゴールデンウイークに突入するという頃になると、喜多川とはもう二度と会うことはないかもしれないと思うようになっていた。

結婚しているという現実を目の当たりにして気持ちが冷めたのか、一度会ったことで満足したのか。

公園での数分の再会が最後だったのかもしれないと思うと、恐いとか、家族に危害を及ぼされるのではないかと考えていたことも忘れて、寂しいものが胸にこみ上げてきた。自分から手紙の一つでも出してみたくなったが、喜多川の住所を聞きそびれてしまったので、出すこともできなかった。

飛び石連休のゴールデンウイークも過ぎ、五月も半ばを過ぎた頃、堂野が仕事を終えて家に帰ると、夕食はつけ蕎麦《そば》だった。

「蕎麦か。いいね」

昼間、とても暑かった。季節は少し早いが、そういうものがだんだんと美味しくなってくるんだろうなと思いながら、背広の上着を脱いだ。

「これ、引っ越し蕎麦なの」

麻理子は堂野の上着を受け取った。ネクタイを緩めながら「へえ」と相槌を打つ。

「隣、どんな人が越してきたの？」

「アパートに越してきた人じゃないの。あなたのお友達、喜多川さんて人から」

堂野は「えっ」と問い返した。

「近くに越してきたからって、持ってきてくれたの」

背筋がゾッとした。

「それって、いつの話だい」

「二時間ぐらい前だったかしら。あなたはいるかって聞かれたけど、まだ仕事から戻ってないって話をしたら、そのまま帰ったけど」

「住所は、住所はわかる？」

「後であなたにお礼を言ってもらおうと思って、電話番号は聞いたけど」

メモを受け取り、堂野はすぐさま寝室へと駆け込んだ。携帯電話を手に、メモをじっと見つめる。かけさえすれば、喜多川に通じる。話ができる。社会人として、ものをもらったことに対する礼だけは言わないといけない。

携帯電話を持つ指先が震えた。来なければ会いたい、話をしたいと思うのに、近づきすぎると途端に恐くなる。静岡に住んでいると言っていたのに、どうして近くに越してきたんだろう。傍に来て、どうするつもりだろう。何をするつもりなんだろう。あの男が何を考えているのかわからない。全くわからなかった。

もらった当日は喜多川の声を聞く決心がつかず、電話をかけたのは翌日の夜、十一時を過ぎてからだった。時間が経つと余計に話ができなくなりそうな気がしたし、蕎麦の礼を言うなら早い方がよかった。

堂野は「ビールを買ってくる」と言って携帯電話を片手に外へ出た。途端、小雨がぱらつきはじめ、慌てて駐車場に置いてあった自家用車に乗り込んだ。古い軽自動車で、運転席も狭い。麻理子は普通車が欲しいと言っているが、買い換えるような余裕はなかった。

パンツのポケットからメモを取り出し、番号を押す。呼び出している間、指先がドクドクと震えた。五回目のコールで繋がる気配がする。それだけで、緊張のあまり心臓が止まりそうになった。

『はい……』

電話に出た声は、とてつもなく不機嫌だった。

「堂野です。喜多川さんのお宅ですか」

『あぁ、あんたか』

受話器の向こうで、欠伸を嚙み殺すようなフワッという声が聞こえた。

『こんな遅い時間にかけてくるから、誰かと思った』

慌てて車の室内灯をつけ、腕時計の時刻を確かめた。十一時を五分、回っている。堂野の感覚からすればまだ宵の口だが、喜多川は刑務所にいた頃の「午後九時の消灯」という生活習慣を抜け出せていないのかもしれなかった。だとしたら、寝ているところを起こしてしまったのかもしれない。

「遅くにすまなかった。手短にすませるよ。昨日は蕎麦をありがとう。近所に引っ越したと聞いて驚いたよ」

『あんたの近くにいたかったからな』

予測していたとはいえ、ストレートな返答に「やっぱり……」という言葉が頭に浮かんだ。右手で額を押さえ、目を閉じる。

「この前も話したけど、僕は結婚したんだ」

『あぁ、知っている』

「だから、その……君と前と同じようにはいられないんだ」

刑務所で一緒の房に暮らしていた頃、喜多川と毎日のようにキスをして触りあっていた。触れたがる喜多川を拒めなかった。男しかいないという環境で、オナニーも禁止。そういう状況で触れられるから、男の愛撫でも勃起したし、射精した。一度だけアナルセックスをされたこともあるが、それも抵抗できなかったからで、堂野が求めたものではなかった。

男と触れ合っていたからといって、堂野は同性愛者ではなかった。出所して世間に戻れば、可愛いとか、セックスをしたいと思うのは女性だった。

喜多川からの返事はない。沈黙は長く、堂野はフロントガラスにあたって弾ける雨粒をぼんやり見つめた。

『静岡に帰ってから考えた。去年から、芝《しば》と同じ工場で一緒に働いてて、奴にも話した。あいつは「堂野には堂野の人生がある。お前も諦めて可愛い女房をもらえ」って言った』

芝は、堂野と喜多川と同じ房で暮らしていた懲役だった。当時、五十代半ばだったのでもう、六十を過ぎているかもしれない。今でも喜多川と交流があるとは思わなかった。

『芝が、ケイキづけにって、若い女を買ってくれた。チンポしゃぶらせて、挿《い》れて……あれ、二時間でいくらだったんだろうな。帰る前、「あんた、右手と変わんねえなあ」って言ったら、泣き出した』

喜多川は淡々と喋った。

『その話をしたら、芝が「向こうも仕事なんだから、優しくしてやれ」って言った。二時間いくらで挿れさせる女に、どうやって優しくすりゃよかったんだろうな。後で甘い菓子でも食わせりゃよかったのか。あんた、どう思う？』

何とも返事のしようがなかった。

「その、好きでもない相手に身を任せるのは、女の人にとってとても辛いことだと思うんだ。それを割り切ってしてるわけだから、そういうところを汲んで……内容については あまり触れない方がよかったんじゃないかな」

ふうん……と喜多川は相槌を打った。

『よくわかんねえけど』

雨がだんだんと激しくなってきた。フロントガラスに、車の屋根に弾けて、音がうるさいほど響く。

『雨、降ってるか』

堂野は「降ってるよ」と答えた。

『あんたの家の近くに越すって話したら、芝はやめろって言った。行ってどうするつもりだってな。傍にいたって、堂野はお前だけの堂野じゃない。女房と子供がいる。人間、諦めが肝心だってな』

喜多川は、言葉を切った。

『あんたに家族がいたって、近くにいるぐらいいいだろ』

口調は、淡々としていた。

『同じ雨の降っている場所にいるんだって思うぐらいいいだろ。顔が見たいって思う時に、歩いていける場所にいたっていいだろ』

傍に、ただ傍にいたいと訴える男に、胸を揺さぶられる。けれど近くにいることが、喜多川本人にとって、自分にとっていいことなのかどうかわからなかった。

喜多川の気持ちに応えることはできない。これだけははっきりしている。そんな状態で、いつまでも自分に執着させておくことは、貴重な喜多川の時間を奪うことになるんじゃないだろうか。

それに一抹の不安があった。傍にいるだけ、顔を見るだけでいいと言うが、本当にそれだけで満足するのだろうか。傍にいたら、話をしたら……欲求を我慢できなくなって、自分を求めてくるんじゃないだろうか。

『出所したあと、俺はあんたを捜した。一人じゃ捜せないから、探偵に頼んだ。食うこと以外の金は、全部それにつかった。探偵ってやつはとにかく金がかかるから、俺は毎日働いた。もっと簡単に、楽して稼げる方法もあるんだが、下手してパクられたら、あんたが見つかった時に会えなくなると思って、我慢した。金の無駄だって言われたこともある。それでも、俺はあんたに会いたかった』

けどな、と続ける。

『捜したのも会いたかったのも俺だけだ。俺はあんたが好きだし、あんたがいたら他には何もいらない。けどあんたはそれほど俺のことを好きなわけじゃない』

堂野は息を呑んだ。

『そういうことだろ』

携帯電話を持つ手が震えた。

『俺はあそこを出たら、自由になると思ってた。あんたと思う存分やれるってな。けどあそこにいた時の方が、あんたは俺に近かった。今はそう思う』

長い沈黙のあと、堂野は「もう遅いから……」と理由をつけて一方的に電話を切った。携帯電話を握り締めたまま、ハンドルに凭れ込む。

愛せなかったことを責められても、自分にはどうしようもない。それが事実だからだ。喜多川が自分に寄せる思いが苦しい。一途にぶつけられるものが、たまらなく重たい。

早く家に戻らないと、麻理子が心配する。そう思いながらも、堂野はしばらくの間、車の中から動くことができなかった。

朝から雨が降る、肌寒い一日だった。五月の終わり、初夏とは思えず、暖房が欲しいと思うほどだった。午後六時といつになく早く仕事を終えた堂野は、電車通勤の龍田と事務所の玄関で別れ、建物の裏手にある職員専用の駐車場へと回った。肩と首で傘の柄を挟み、車のキーを取り出そうと通勤鞄を開けたところで「おい」と背後から声をかけられた。

龍田だと思って振り返ると、そこにいたのは喜多川だった。驚いて落とした鞄が、濡れた地面で横倒しになる。中から飛び出した空の弁当箱が、向かいの男の足許まで転がった。

鞄を拾うと、向かいから空の弁当箱がヌッと突き出された。

「あ、ありがとう」

慌てて受け取った。喜多川は白いシャツに黒いズボン姿で、コンビニで売られているような透明の傘をさしていた。

「あんたに、会いにきた」

会いにきたと言われても、どうすればいいのかわからない。堂野は鞄を抱えたまま、途方に暮れた。依然として雨脚は強く、立っているだけで足許が湿ってくる。見ると、喜多川のズボンの膝下も濡れて色が変わっていた。

「とにかく、車に乗らないか。雨が酷いし」

「あぁ」と答えて、堂野に勧められるがまま喜多川は助手席に乗り込んだ。堂野も運転席に腰掛け、荷物を後部座席に置く。エンジンをかけて、暖房を入れる。自分も寒かったが、喜多川も両肩を抱いて寒そうに震えていた。

「よく僕の働いている会社がわかったね」

「あんたの後をつけたことがある。だから俺はあんたが何時に家を出て、どんな車に乗って、どこで働いているか知っている」

知らないうちに後をつけられていたかと思うと、いい気はしない。けれど喜多川が目を細めて嬉しそうに笑うので、咎めることもできなかった。

「後をつけるなんて面倒なことをしなくても、僕に聞けばよかったじゃないか」

喜多川は首を傾げた。

「電話は嫌だ。それに、探偵になったみたいで面白かった」

車内が暖かくなってきたのか、隣の男の震えが止まった。

「随分と長く待ってたんじゃないのか？」

喜多川は「さあ？」と首を傾げた。

「時計がないからな。家を出た時は、三時を過ぎてたが。バスに乗ってここへ来て、あんたの車があるのを確かめて……」

この雨の中、少なくとも二時間は自分を待っていたようだ。

「次からは、携帯に連絡をくれればいいよ。そしたら何時間も待つことないし」

「電話は嫌だって、言っただろ」

言いきられ、堂野は引き下がるしかなかった。パラパラと、フロントガラスに雨粒のあたる音がする。二週間ほど前、電話で話をしたことを思い出した。あの時も同じように雨が降っていた。

「こっちに越してきてどう？　もう落ち着いたかな」

堂野は当たり障りのない話題を振った。電話と違い、隣り合う沈黙は気まずい。

「さあな、よくわかんねえよ。仕事は何やっても同じだしな」

「どこで働いてるんだい？」

喜多川は「現場」と答えた。

「穴掘ったり、土運んだりだな。雨が降ると、仕事が休みになったりする。現場行ったら、今日は休みだって言われることも多い」

そっか、と堂野は相槌を打った。じっと見つめられ、視線の強さが耐えがたくて目を逸らした。

「狭い場所はいいな」

ぽつりと、喜多川は漏らした。

「あんたが近い」

迫られるような気がして、堂野は身の危険を感じた。喜多川は人の視線を気にしない。白昼の房内、他の懲役がいる中でセックスを求められた記憶がまざまざと蘇った。

慌ててギアチェンジをし、車を動かした。いくら何でも運転中には手を出してこないだろうと思ったからだ。

「あんた、俺ん家《ち》に来ないか」

運転している堂野に、喜多川は話しかけてきた。

「弁当買ってさ。来いよ」

家へ行ったら、強引に関係を求められそうな気がした。それに喜多川の方が背も高いし力も強い。嫌だと言っても……されそうな気がした。

「妻が、家で夕飯を作って待っていると思うから」

喜多川は「ふうん」と鼻を鳴らす。堂野はゴクリと唾を飲み込んだ。

「今日は無理だけど、またいつか食事に行こう。居酒屋とか」

返事はない。誘いを断ったことで、喜多川は臍《へそ》を曲げたようだった。

「えっと、君は料理をしたりするのかな？　器用だから、意外と何でも……」

「しない」と喜多川はうるさそうに答えた。

「そ、そっか。じゃあいつも食事はどうしてるんだい？　食べに行ったり……」

「ヨシちゃん弁当」

堂野は思わず振り向いた。

「ヨシちゃん弁当って？」

「家の近くに弁当屋がある。夜の九時までやっている。ヨシちゃん弁当は、飯も多くて二百九十円で安い」

「毎日そこの弁当なのかい？」

堂野はおそるおそる聞いた。

「安いからな。おかずは揚げ物だから腹持ちがいい」

「出来合いのものばかりだと、栄養が偏るよ」

刑務所での食事は、選択の余地はなかったが栄養のバランスは悪くなかったし、メニューも毎日違っていた。一人になった喜多川は、そういうことまで意識した食事はしていないようだった。……沈黙が続き、栄養が何とか、うるさいことを言って余計に怒らせたかと思った時だった。

「出来合いって、何」

喜多川が聞いてきた。

「店で作って、売っているもののことだよ。お弁当とかお惣菜とか」

喜多川は「ふうん」と呟き、ズッと座席からずり下がった。中卒とはいえ、ろくに学校へ通ってない男が、言葉を知らなくても無理はなかった。

幼少時、小さな部屋に閉じ込められて、窓から食事を投げ込まれていたと喜多川が話していたことを思い出した。そんな状況で、手作りのものや、栄養を考えた食事が与えられるはずもない。そういうものを「知らない」喜多川が、食事に無頓着なのは無理もなかった。

親にも裏切られ、愛されなかった不幸な子供が喜多川圭という男だ。人を信じることも、愛することも、優しくされることも知らなかった。……かわいそうなぐらい何も知らないから、その姿が痛々しくて、だからこそ自分はこの男をどうにかしてやりたい、関わっていきたいと思ったんじゃなかっただろうか。

堂野はハンドルを強く握り締めた。

「今日は、僕の家で一緒に夕食を食べよう。大したものはないと思うけど」

信号で車が止まる。隣の男を見ると、眉を顰めていた。

「どうしてあんたん家なんだ」

「いつも同じお弁当なんだろう。たまには家庭料理を味わってみるのもいいんじゃないかと思ってね。でも、無理にとは言わないよ」

車が動き出しても、返事はなかった。堂野は家までの道を車でひた走りながら、他に話題を振ることなく、相手の出方を待った。嫌なら嫌だと、喜多川ははっきり言うだろう。返事をしないのは迷っているからだ。

アパートの下にある駐車場に車をとめる。雨はもうやんでいた。まだ喜多川は「行く」とも「行かない」とも決めていない。エンジンを切らずにもう一度「うちに来るかい？」と聞いた。

「行かないって言ったら、あんたはどうするつもりだ」

上目遣いに聞かれた。

「君を家まで送っていこうかと」

喜多川がガシガシと短い髪を掻き回した。苛々したように足を踏み鳴らしても「行かない」とは言わない。

「あんたの家には、あんたの家族がいる」

ぽつりと喜多川が漏らした。

「どうしてそこに俺を連れていこうとするんだ？　言われた通り、二週間待ったんだぞ。今晩はあんたとメシが食えるって、朝からずっと楽しみにしていて……」

喋りながら、もどかしそうに頭を振る。確かに喜多川の立場になってみれば、好きな相手の家族と共に食事をするのは、「見せつけられる」という感覚なのかもしれない。

「ごめん、家まで送る」

堂野がサイドブレーキに手をかけるとほぼ同時に、助手席のドアが開いた。喜多川が車の外へ飛び出す。堂野は慌ててエンジンを切った。そのまま走っていなくなってしまうのではないかと思ったけれど、喜多川はその場にじっと立ち尽くしていた。

堂野は後部座席から鞄と弁当箱を取り出した。

「……一緒に、来るかい」

喜多川は睨むようにこちらを見るだけで、頷かない。試しにアパートの階段へと向かって歩いた。振り返ると、ついてきている。堂野は階段を上りきって、もう一度振り返った。やっぱり後をついてきている。

「ただいま」

玄関のドアを開けると、フワッとカレーの匂いがした。「おかえりなさーい」と奥にあるキッチンから麻理子の声が聞こえてくる。トントンと小さな足音をさせながら、穂花が廊下の向こうから駆けてきた。

「パパ、パパ、だっこ」

甘えん坊の娘が「はやく、はやく」と両手を差し出してくる。玄関で靴を脱ぐのも待てないようだった。抱き上げると、玄関先に立つ喜多川をじっと見つめた。

「前に一度、会ったことあるだろう。パパのお友達の喜多川さんだよ。ご挨拶して」

背中をポンポンと叩くと「こんにちは」と小さな声で呟き、恥ずかしそうに堂野の肩に顔をくっつけた。

「狭いところだけど、上がって」

喜多川はノロノロと靴を脱いだ。靴下は履いておらず、裸足だった。

キッチンに入ると、やっぱり夕食はカレーだった。これだったら一人ぐらい人数が増えても大丈夫だろう。

「友達を連れてきたんだ。夕食を一緒に食べてもいいかな」

麻理子が驚いたように「えっ」と振り返った。

「この前、蕎麦を持ってきてくれた喜多川なんだけど」

喜多川はキッチンの入り口に立ったまま、中に入ってこようとはしない。麻理子は髪の乱れを気にするように耳許の髪を搔き上げた。

「こんにちは。この前は美味しいお蕎麦をどうもありがとうございました」

喜多川に向かってにっこり微笑んだあと、麻理子は堂野を軽く睨んだ。

「お友達を連れてくるなら、一度電話してちょうだい。そしたらカレーなんかじゃなくて、もっとちゃんとしたものを用意したのに」

文句を言いながら、麻理子は手際よく四人目の準備をしていく。堂野が「手伝おうか」と背後に立つと、麻理子は「殿方はお喋りでもしてらっしゃい」とウインクした。

「すぐに食べられるようになると思うから、それまでリビングで待ってようか。こっちに……」

促すと、ようやく歩き出した。喜多川が歩くたびに、足許でペタリ、ペタリと音がした。

リビングのソファに向かい合って腰掛ける。喜多川は俯いたまま顔を上げない。家の中に入ってから、一言も喋っていなかった。

穂花は堂野の膝の上に座っていたが、向かいの喜多川が気になるのか、何度もチラチラとそちらを見ていた。堂野の膝から下りていなくなったかと思うと、お気に入りの人形を手に戻ってきた。そろそろと向かいの男に近づく。

「このこ、マリンちゃん」

顔を上げた喜多川の前に、人形をバッと突き出す。

「あそぼ」

空気を読めない子供は、一言も喋らない男の膝の上に人形を座らせる。喜多川を余計に不機嫌にさせてしまいそうな気がして、堂野は「穂花、お父さんのところに来なさい」と娘を呼んだ。

「俺は、人形で遊んだことがない」

喜多川がぽつりと喋った。穂花は人形を喜多川の横に座らせると、今度は落書き帳とペンを持ってきた。

「じゃおえかき、して」

喜多川は戸惑いながらも、ペンを手に取った。

「ねこさん、かいて」

喜多川は気難しげに眉間に縦皺を寄せたまま、白い落書き帳にサラサラとリアルな猫の絵を描いた。穂花は喜多川の手許を覗き込み「ねこさん、ねこさん」と嬉しそうに繰り返した。

絵を描いているうちに、夕食の準備ができたらしく麻理子に呼ばれた。けれど堂野が立ち上がっても、喜多川はなかなか動こうとしない。

姑息だと思いつつ、穂花に「お客さんを、キッチンまで案内してあげて」と囁いた。娘は「はーい」と大きな声で返事をすると、喜多川の手を握って「こっちですよー」とキッチンまで連れてきた。

ダイニングテーブルに堂野と喜多川が並びで、向かいに麻理子と穂花が腰掛けた。

メニューはカレーにサラダ、ごく普通の夕食だった。自分によそわれたカレーを、喜多川は睨むようにじっと見ている。刑務所でもカレーは残さずに食べていたので、嫌いじゃないはずだが……と思いつつ、堂野も妙に落ち着かなかった。

「こんなものしかなくて、すみません。お口に合うかどうかわからないけど、どうぞ遠慮しないで食べてください」

喜多川はチラリと麻理子を見ると、微かに頭を下げたような気がした。いただきます、の言葉で喜多川を除く三人が匙を手に取る。喜多川は堂野が一口目を飲み下す頃にようやく匙を摑んだ。そして五分も経たないうちに、カレーとサラダの皿を空にした。

穂花はそんな喜多川を見て「はやい、はやい」と手を叩いて喜び、麻理子は呆気に取られていた。堂野は喜多川が食べるのが早いのは、限られた時間で生活をしなくてはいけない刑務所暮らしの後遺症だとわかっているが、麻理子は知らない。

「あの、おかわりしますか?」

喜多川は首を横に振った。麻理子がチラリと視線を送ってきて、無理に勧めなくてもいいよ……という意味合いを込めて、堂野は浅く頷いた。

「穂花も喜多川さんに負けないように、いっぱいご飯、食べましょうね」

麻理子が穂花の頭を撫でる。子供は集中力が持続しないので、食事中も遊んでばかりでなかなか終わらないが、今日ばかりは向かいの男に影響されたのか、一生懸命食べていた。

「喜多川さんは、どんなお仕事をされてるんですか？」

麻理子が穂花の口許を拭きながら聞く。喜多川はボソリと「現場」と呟いた。

「建設現場で働いているんだ」

前後に言葉が足りない分を、堂野が補足する。

「主人とはいつ頃からの知り合いですか？　結婚式ではお見かけしなかったから」

何か言い出しそうな口許を察し、堂野は先に答えた。

「こ、高校の時の後輩なんだ。卒業してからはなかなか連絡がとれなくて」

麻理子は「そう」と相槌を打ち、後輩という説明に疑問を抱いた風はなかった。喜多川は怪訝な顔でチラリと堂野を見たが、嘘を訂正しようとはしなかった。

全員が食事を終えてから、リビングに移動した。穂花は喜多川にぴったりとくっついて「おえかき、おえかき」とねだる。キッチンで洗い物をしていた麻理子が、喜多川に気をつかって「穂花はママのお手伝いよ」と呼んでも、言うことを聞かない。

喜多川は穂花にねだられるがまま、ノートにありとあらゆる絵を描いた。うさぎさんと言われれば兎を、ぞうさんと言われれば象を。おしろ……と言われた時には、大きなしゃちほこのある日本の城を描き、穂花に「ちがーう」と言われ、困ったように後頭部を掻いていた。

片づけを終え、リビングにやってきた麻理子は喜多川の手許を覗き込み「お上手ねえ」と感心したように呟いた。

「絵を勉強したことがあるんですか？」

問いかけに、無言のまま首を横に振った。喜多川は、堂野と麻理子とはほとんど喋らず、穂花のリクエストに応えてただ黙々と絵を描いていた。午後九時になると喜多川と穂花が交互に「ふわっ」と欠伸をした。喜多川の生活習慣を想像すると、そろそろ就寝の時間なのかもしれないと思い、「遅くなったね。家まで送ろうか」と声をかけた。

喜多川がペンと落書き帳をテーブルに置き、立ち上がった。帰る気配を察したのか、それまで絵描きの隣で眠そうに目をトロトロさせていた穂花が、「くじらさん、かいて」と喜多川の手を摑み引き止めた。麻理子が「喜多川さんはお家に帰るの」と言っても「いや、いや」と喜多川の足にしがみつく。

わがままを言う穂花を麻理子が強引に引き剝がした。すると穂花はワンワンと声をあげて泣き出した。後ろ髪を引かれるように何度も振り返る喜多川を促し、堂野は共に外へ出た。

「一人娘で、つい甘やかしてしまうからわがままなんだよ。子供の遊びに付き合わせて悪かったね」

階段を先に下りながら、堂野は背後の喜多川に話しかけた。

「そろそろ我慢することを教えないといけないんだけどね」

喜多川は無言だった。ほとんど喋らないので、家に誘ったことに対してどういう感想を抱いているのかわからなかった。車で家まで送ってやろうと思い駐車場に行くと、喜多川は「歩けばいい」と言った。

「歩く？」

「十分もかからない」

先に喜多川が歩き出したので、慌てて堂野も後についていった。静かな住宅街を、並んで歩く。時折、車が横を走り抜けていくが、人影はない。昼間の雨の名残か、大きな水溜まりが所々にある。堂野が水溜まりを避けてゆくのに反して、喜多川は平気でバシャバシャと踏みつけていった。

「カレーは、どうだった？」

聞くと喜多川は「うまかった」と簡潔に答えた。

「また食べにおいで。次はもっと変わったものを作るように頼んでおくよ」

喜多川が立ち止まった。

「あそこは、あんたの家だ」

言葉が硬かった。

「俺の居場所じゃない」

言葉の意味が、堂野にはわからなかった。

「それは、僕の家にいたら疎外感があるってことかい？」

「ソガイカンって何だよ。そんなの知るか」

喜多川はもどかしそうに右の踵《かかと》で地面を蹴った。

「あんたの奥さんの作ったカレーはうまかった。子供も可愛い。けど、そういうことと俺の気持ちは違う。俺はあんたの『家』なんて別に見たくない。それは俺のもんじゃないし、そういうのを見たら……本当に……あんたが遠いような気がしてくる。俺だけが色の違う風船みたいな気がして……」

居場所じゃない……と言っていた意味が、少しだけ伝わってくるような気がした。

「芝の奴が『お前があっちに行くのは勝手だが、堂野に迷惑はかけるな。会うのもせいぜい、二、三週間に一度にしとけ』って言ったんだ。そういうものかって思ったから、俺はあんたと電話してから二週間待って顔を見にいった。待ってる間に色々考えて、あんたを俺ん家に連れてきて、一緒にメシ食って、話してって段取りがあったのに、全部ぶち壊しじゃねえか。今日がすげえ楽しみで、やっと顔見られたって思ったら、あんたん家《ち》に行かなきゃ、このまま帰すなんて言いやがって。あんたと一緒にいて我慢するか、それとも帰ってまた二週間待つか、最悪だよ」

喜多川は傍にあった電柱をガシガシと踵で蹴った。蹴って、蹴ってハアハアと息をつき、そのうち疲れたようにノロノロと前に歩き出す。このまま送るのも、そのまま回れ右して帰るのも、どちらも気まずい。やっぱりこのままでは放っておけなくて、堂野は喜多川を追いかけた。

「あそこが僕の家で、家族なんだ」

ズンズン歩く背中に、堂野は話しかけた。

「君は嫌だったかもしれないけど、これが現実なんだよ。色が違うって感じるのは、仕方のないことだと思う。あそこは僕たち家族が暮らしている場所だから。君も君の家族をつくればいいんだよ。それで、家族ぐるみの付き合いをしよう」

喜多川が振り返った。

「どうやって、家族なんてつくるんだよ」

「だから、好きな人を……」

「俺はあんたが好きだって、何度も言ってんだろっ」

周囲に響くほどの大きな声で、喜多川は怒鳴った。怯みそうになる自分を、堂野は必死に奮い立たせた。

「いくら気持ちを寄せてくれても、僕はそれに応えられない。恋愛感情は持てない。

もし、君が僕にそういうものを求めているなら、もう二度と会いにこないでくれ」

愕然として泣きそうな表情の喜多川を前に、堂野の胸まで苦しくなってきた。

「線引きをしないといけない。恋愛感情は駄目だ。だけど友達としてなら、僕は君に会いたいと思う。友達としてだったら、二週間も三週間も待たなくていい。毎日でもいいから遊びにおいで。……ご飯を食べにおいで」

喜多川はうなだれた。握り締めた両手が震えている。

「俺はずっと考えてた。あんたはずるいんじゃないかってさ。だって、俺の方が何倍もあんたのことが好きだ。絶対にそうだ」

「恋愛は、気持ちの比重が問題じゃない」

目が合った。

「僕は君じゃなくて、麻理子と一緒に生きていけたらいいと思ったんだ」

長い沈黙のあと、喜多川は「俺はハズレか」とぽつりと呟いた。

「そういう言い方をしないでくれ。確かに僕は麻理子と結婚したけれど、君とはずっと友達でいたいと思っているよ。これから君がどんな人と恋愛をして、幸せになるのか見てみたい。君の人生に関わっていきたいんだ」

喜多川は踵《きびす》を返すと、再び歩き出した。住宅街の外れ、道を一本入ったその奥にある一軒家の前で、喜多川の足は止まった。

高い塀に囲まれ、その上から大きな木の枝がはみ出している。以前、堂野はこの家を見たことがあった。夫妻で暮らす家を探していた時に不動産屋に見せてもらったことがあったからだ。古くて汚く、麻理子が嫌がったのでやめた。喜多川は、ブラブラと飾りのような門扉に手をかけた。

「僕は帰るよ」

背中を向けたまま、返事をしない。けれど、中に入っていこうともしなかった。

「遅くなるといけないから、もう帰るよ」

何の反応もない。

「気が向いたら、いつでも電話をかけておいで。一緒にご飯を食べよう。遠慮なんてしなくていいからね」

背中に念を押して、堂野は家に帰ろうとした。

「おい」

呼ぶ声がした。

「あんたの電話番号、教えろよ」

教えていなかったことに、今気づいた。上着のポケットから携帯電話を取り出すと、自分の番号を表示した。十一桁の数字をゆっくり二度、繰り返す。

「覚えられるかい」

上目遣いに男を見た。

「俺が嫌だって言っても、あんたは電話をかけてこいって言うんだな」

会社の駐車場で、喜多川が電話は嫌だと繰り返していたことを思い出した。

「あ、ごめん。でも電話をした方が確実だし、すれ違ったりしないかと思って」

忘れていたことを、少し言い訳した。

「電話をしてる時に、あんたから先に切るのはナシにしてくれ」

堂野は首を傾げた。

「この前、あんたから急に電話を切られて、気分が悪かった」

「あ、うん。わかった」

蕎麦の礼に電話をした時、堂野は会話の重さに耐えきれず一方的に切った。それを喜多川が気にしていたとは思わなかった。

「俺は、今日あんたと話したことを覚えている。あんたが言ったことは忘れない。けど、あんたは俺が言ったことをすぐに忘れる」

喜多川の口調は、淡々としていた。

「俺が好きで、あんたが友達だっていうのは、こういうことか?」

責められていると思った。喜多川にその気がなくても、堂野はそう感じた。

「もう、帰るよ」

「……寂しい」

縋るように、喜多川が堂野を見た。

「俺は、寂しい」

堂野は俯いた。

「また明日、会おう。明日になったらうちにおいで」

「家に一人でいたら、きっと俺はたまらなくなる。この前のあんたとの電話みたいに、もっと嫌な感じになって、勝手に涙が出てくる」

「少し我慢したら、朝になるから」

子供に言い聞かせるように繰り返して、堂野は喜多川が「寂しい」という口を閉じたのを確かめてから踵を返した。しばらく歩いてから振り返ると、まだ同じ場所に立っている影が見えた。

それから家に帰るまで、一度も振り返らなかった。振り返って、まだ自分を見ている男を見つけたら、駆け戻ってしまいそうだった。

何度も何度も寂しいと言った。そんなに寂しいなら、一晩ぐらい傍にいてやろうか、そんな気持ちになりかけていた。『情』だと堂野は思った。恋愛ではないし、家族でもない。どうにもできない情が自分の中にもある。

寂しい、という喜多川に引きずられるように重苦しい感情を抱えて家に帰ると、麻理子が誰かと話をしている声が聞こえた。けれど堂野がリビングに姿を現した途端、電話は切れた。

「誰と話してたの？」

麻理子は「田口《たぐち》さん」と返事をした。田口は麻理子がパートをしているスーパーの店長で、店に買い物に行った時に紹介されたことがある。堂野よりも三歳上だと言っていたが、見た目はもっと若く、人当たりのいい男だった。子供が好きなようで、ニコニコしながら穂花と話をして、店内のお菓子を一つくれた。結婚して十年以上のようだが「あそこ、子供がいないの」と麻理子は話していた。

「夜のパートのアルバイトが怪我で入院して、急に来られなくなったんですって。明日からかわりに出られないかって言われたけど、私も子供がいるから」

「そうだね。僕の仕事が早く終われば、穂花を見てられるんだけど」

「いいのよ、ありがとう。もう断ったから」

麻理子はにっこり微笑んだ。そういえば、大泣きしていた穂花の姿が見えない。

「穂花はもう寝たの？」

「泣きながら寝ちゃった。喜多川さんに絵を描いて遊んでもらったのが、凄く楽しかったみたい」

麻理子は肩を竦める。そっか……と堂野はため息のような呟きを漏らした。

「彼って変わった人ね。あまり喋らないし。けど、優しいわよね。四歳の子供にあんなに根気よく付き合ってくれるなんて」

優しいと言われて、堂野は嬉しくなった。自分が好きな喜多川という男を、妻も理解してくれている、そんな気がした。

「一人暮らしで、ろくなものを食べてないみたいなんだ。家族の縁も薄い奴だから、僕の家で少しでも家庭的な雰囲気を味わってもらえたらと思ってる。これからも食事に呼んでいいかな」

「いいけど、今度はちゃんと事前に知らせてよ」

麻理子は堂野の胸をトンと押す。「わかった」と答えて、そんな妻をそっと抱き締めた。背中の中ほどまである、柔らかい茶色の髪を撫でているうちに、白く細い妻の首筋にきらりと光るものを見つけた。ネックレスだったが、今まで見たことのないデザインだった。

「それ、買ったの？」

鎖を指先で弄ると、麻理子はビクリと背中を震わせた。

「ごめんなさい、相談もしないで。可愛かったし、安かったから」

堂野は苦笑いした。

「別に怒ってるんじゃない。君もパートで働いてるんだし、一つ一つ僕に断らなくたって自分の好きなものを買っていいんだよ」

麻理子は「ありがとう」と呟いて、堂野の胸に顔を埋め、背中に手を回した。

「そういえば、喜多川さんって恋人はいないの？」

「いないと思うよ。どうして？」

「……ちょっと、かっこいいじゃない」

かっこいい、という形容に堂野は驚いた。

「そうかな？」

「そうよ。背も高くて、不器用そうだけど優しいし。もし私が独身だったら、いいなって思うもの」

聞き捨てならないなあ、と堂野が呟くと、麻理子は「冗談よ」とクスクス笑った。

「でも、早く喜多川にそんな相手ができてほしいと思うよ。あまり寂しい思いをしなくてもいいように」

麻理子が「あなたも優しいから」と堂野の指に触れた。細い指をそっと握り返して、本当にそんな相手が喜多川に現れればいいのにと思った。

残業で遅くなり、会社を出た時には午後九時を過ぎていた。帰る途中の道で事故があったらしく、ずっと片側通行になっていて道は渋滞し、ようやくアパートに帰り着いた時には十時を回っていた。

昼間の、炎天下の名残か夜になっても駐車場のアスファルトは蒸れた匂いがした。酷く疲れて、俯き加減に階段を上り、玄関の扉を開けると、見覚えのある靴が最初に目に入った。汚れた白い運動靴……喜多川が来ているようだった。

「ただいま」と声をかけながらキッチンに入ると、麻理子がテーブルに堂野の分の食事を用意していた。奥のリビングを覗くと、喜多川がソファに横になって寝ていた。仰向けの男の胸の上で、穂花が猫みたいに丸くなっている。

「あれ、重くないのかな？」

シャツのネクタイを緩めながらこっそり聞くと、麻理子は苦笑いした。

「喜多川さんが来たから、穂花がもう嬉しがってはしゃいじゃって、なかなか離れようとしなかったの。九時頃だったかしら、喜多川さんは帰ろうとしたんだけど、穂花が大泣きしちゃってついさっきまで相手をしてくれてたの。でも疲れてるのかしら、二人とも寝ちゃって」

椅子に腰掛け、茶碗を手にぼんやりと二人を眺める。傍目から見たら、本物の親子のようだった。

最初に喜多川が堂野の家で食事をしてから、二ヵ月が経とうとしていた。あれから週に一回、多くて二回のペースで、喜多川は堂野の家にご飯を食べにくるようになっていた。

最初は喜多川が堂野に電話をして、堂野が家に帰り着く頃にアパートの下で待ち合わせて、一緒に帰宅し食事をしていた。相変わらず麻理子がいると喜多川は無口で、ほとんど喋らなかった。帰り、堂野が喜多川を家まで送っていくほんの七、八分ほどの間にぽつぽつと喋る程度だった。

話はするが、最初の時のように「好きだ」とも「寂しい」とも言わなくなった。堂野はそれを喜多川の中で線引きができたからだと思った。

だんだんと慣れてきたのか、そのうち喜多川は堂野がいなくても家に来て、ご飯を食べていくようになった。きっかけは喜多川が職場で「菓子をもらったから」と仕事帰りに穂花に持ってきてくれた時だった。ちょうど夕飯時で「主人はいないんだけど、私たちと一緒に食べる?」と麻理子が誘うと、喜多川は断らなかった。そして堂野が帰ってくるまでに食事を終え、家に帰っていた。

話を聞いた時には驚いた。喜多川が自分がいなくても訪ねてきて、食事をしていったというのが信じられなかった。けれどそれだけ自分の家に慣れてきたんだと思うと、無性に嬉しかった。

それ以降、職場でもらったと言って、喜多川は堂野の家に色々と持ってくるようになった。個人の注文住宅の現場だと、依頼主が建設現場を見にきて、果物や菓子、ジュースを差し入れしてくれることが多いらしく、そういった残りをもらってきているようだった。

気をつかわなくてもいいよ、と言ったこともあるが「どうせ残り物だしな」と喜多川は持ってくるのをやめなかった。

「喜多川さん、今日は西瓜《すいか》を持ってきてくれたの。先にいただいちゃったけど、甘くてとても美味しかったわ」

堂野の向かいで、麻理子は声をワントーン下げた。

「本当に喜多川さんって、不思議な人よね。最初は恐かったけど、付き合ってみるとちっともそんな感じはしないし。今日なんか『いつも作らせてばかりだから』って、お皿を洗ってくれたの」

「喜多川が洗ったのかい？」

「そうよ。彼を見習ってね、旦那様」

堂野は「困ったな」と呟き、麻理子はフフッと笑った。

「彼って、何だか大きな子供みたい」

「子供？」

「穂花と真剣に遊んでるもの。あなたの友達っていうより、穂花のボーイフレンドみたいな気持ちになっちゃう。それって、男の人に対して失礼かしら」

堂野は何とも返事ができなかった。

「さっきも面白かったわよ。穂花がね、喜多川さんにプロポーズしてたの。『私と結婚して』って。子供の言うことだし、適当に流しちゃえばいいのに『年が三十一違う』とか『大きくなったら気が変わるだろうから』って喜多川さん本気で言ってるの。もうお腹がよじれるぐらいおかしくって、笑いを堪えるのが大変だったわ」

その光景が目に浮かび、堂野も笑った。食事を終えると十時半を過ぎた。喜多川の胸の上で寝てしまった穂花を抱き上げる。それで男は目を覚ました。寝ぼけ眼で堂野を見る。

「穂花の相手をしてくれたんだろう。遅くまですまなかったね」

笑ってるような、泣きそうな口許が小さく動いて「べつに」と呟いた。

「西瓜も食べたよ。美味しかった」

喜多川はソファから体を起こすと、頭を大きく揺さぶった。

「送っていくよ」

堂野は穂花を麻理子に預けて、寝ぼけ眼の喜多川と共に家を出た。男だし、本当は家まで送る必要もないけれど、最初に家まで送ってしまってから、食事をした喜多川を家まで送るのは習慣になっていた。

「今日は車がいい」

いつも外を歩くのに、珍しく喜多川がそう言った。車で、というのはありがたかった。残業で堂野も少し疲れていたからだ。

助手席で、喜多川は生欠伸が絶えなかった。眠たそうに何度も目を擦る。いつも何時に眠るのかと聞くと、案の定、九時と言っていた。

歩いて七、八分の道のりは、車だとほんの二、三分だった。

「あんたん家の嫁は、二人目が欲しいって言ってたぞ」

喜多川の家の前に車をとめると同時に、そう言われた。

「えっ」

「二人目だってさ」

確かに二人目が欲しいと麻理子に言われたことはある。けれどどうしてそれを喜多川が自分に言うのか、わからなかった。

「生活がギリギリだから二人目はちょっときついかな……」

喜多川は「ふうん」と呟いて、目を閉じた。

「もし二人目をつくる気になったら、教えろよ」

「ど、どうして？」

「死ぬから」

だ、誰が？　と間抜けなことを聞いた。喜多川はチラと横目で堂野を見て「俺」と答えた。

「どうして僕が二人目をつくったら、死ぬなんて言うんだ」

喜多川はボリッと頭を掻いた。

「死んだら、あんたん家の子供に生まれ変わるかもしれない」

「そんなの無理だよ」

思わず大きな声で叫んでいた。

「生まれ変われるかもしれないだろ。昨日読んだ本にあった。死んだ子供が、同じ夫婦の子供に生まれ変わったって話がな。ああいうのは、全くの嘘でもないんだろ。どうしてあんたは無理だなんて言うんだ？」

喜多川は真面目な顔をしていた。

「でも、君は死ぬんだろ」

「まあ、そうだな」

「君が死んだら、何の意味もないじゃないか」

けど、と喜多川は続けた。

「俺が俺のままここにいるより、あんたん家の子供になりたい。そしたらずっと一緒にいられるんだろ」

フッと喜多川は息をついた。

「あんたの家はあたたかい感じがする。家の中の匂いも好きだ。けど、時間になったら俺は帰らないといけない。あそこは遊びに行くのはいいけど、ずっといちゃいけない場所なんだろ」

堂野はハンドルを強く叩いた。

「僕は、死ぬとかそんな極論を言わせるために君を家に誘ったんじゃない。少しでも家庭の雰囲気を知ってくれたらと思って……」

喜多川は押し黙った。

「好きだって思う気持ちは、どうやったら消えるんだ？」

ぽつりと聞かれた。

「俺もそろそろうんざりしてきた。一日中あんたのことを考えるのも飽きた。あんたの顔が見えないような遠くへ行こうか？　けど俺はあんたの家を知ってるから、顔が見たいと思ったら戻ってきちまうんだろうな。あぁ、そうだ、もっぺんムショにぶち込まれりゃいいのか。あそこだったら……」

「やめてくれっ」

堂野は懇願した。

「死ぬとかムショとか、自分を蔑《ないがし》ろにしないでくれ」

喜多川が、フウッと息をついた。

「もともと俺は、どうでもいいモンなんだよ。生きてても、死んでてもどうでもいいんだ。ただ、あんただけが俺に変に意味をつけたがる。だから俺もずっとあんたが気になるんだ」

喜多川は車を降りた。堂野は慌てて運転席から飛び出すと、門を入っていこうとする男に「おかしなことは考えるな」と怒鳴った。

背中は振り返らずに、門をくぐっていく。堂野は打ちのめされたような気分のまま、車に乗り込んだ。生まれ変わって家族になりたいから死ぬ。そう考える喜多川の思いが切なくて、胸が震えた。

どうしようもないものなんかじゃない。喜多川は、喜多川として存在する意味がある。自分がこれだけ、喜多川に関わっていこうとしているのも、彼にそれだけ人としての魅力があるからだ。

幼い頃、粗末に扱われたことが、これほど人を絶望させるのかと思った。死んでもいいと言わせるほどに。

誰か、誰かあの男を愛してやってくれないだろうかと堂野は思った。うんざりするほど愛して、そして二度と死ぬなんて言葉を口にできないように、愛情と責任でがんじがらめにしてくれないだろうかと、そう思った。

八月の終わり、麻理子はパートを辞めた。急なことだったので、何かあったのかと思い理由を聞くと「職場の人と合わなくて」と俯いた。それ以上は何も言わなかったので、妻が話したくないならと深くは追及しなかった。

九月に入って最初の週、金曜日の十時過ぎに電話がかかってきた。堂野が出ると、受話器の向こうから「サンスーパーの田口と申しますが、麻理子さんはいらっしゃいますか」と男の声がした。元職場の上司が何の用だろうと思いつつ電話を取り次ぐと、一分もしないうちに麻理子は乱暴に電話を切った。

「田口さん、何て？」

聞くと、普段はあまり感情的にならない麻理子が「知らない」と腹立たしげに言い放った。

「知らないはないだろう。何か用があったんじゃないのか？」

麻理子はソファの向かい側に座り、眉間に皺を寄せ、怒った顔で何度もため息をついた。そしてチラリと堂野を見た。

「彼、私に奥さんの相談をしてくるの」

「奥さん？」

「彼の奥さん、ここ一年ぐらいずっと体調が悪いの。更年期みたいでいつも苛々してて、彼にあたるのよ。前から何度か相談を受けてたんだけど、仕事を辞めたあとも電話までかけてきて愚痴るなんて、こっちもいい迷惑だわ」

堂野は立ち上がり、麻理子の隣に腰掛けてそっと肩を抱いた。

「そんな風に言うもんじゃない。話を聞くぐらいで相手の気がすむなら、聞いてやればいいじゃないか」

「でも……」

麻理子は憤慨した顔のままだった。

「私、彼の奥さんって嫌いなの。昔、モデルをしてたのが自慢で、背も高くって綺麗なんだけど、いつも人を見下したような喋り方をするから」

妻の口から他人の悪口を聞くのが嫌で、堂野は軽くキスした。髪をそっと撫でると、年下の妻は「ごめんなさい」と謝ってきた。

「あなたがこんな話、嫌いだって知ってるのに。ごめんなさい」

「いいよ。君にだってはけ口は必要だろうから」

私ね……と麻理子は目を伏せた。

「あなたに会った時、なんて優しい人だろうって思ったの。この人と一緒にいたら、絶対に幸せになれるって確信したのよ」

幸せ？　と聞くと大きく頷いて抱きついてきた。久しぶりにその気になって、堂野の指先に熱がこもりはじめた時、また電話が鳴った。

出ようとすると「あ、私だと思う」と麻理子は先に立ち上がった。そして本体ではなくキッチンにある子機の方で電話を取った。二言三言話したあとで、電話の口許を押さえ「高校の友達から」と堂野に告げると、リビングを出ていった。

いいところを邪魔されてしまったのが、少し残念だった。久しぶりにビールが飲みたくなって、冷蔵庫を開ける。テレビニュースを見ながらビールを飲んでいると、二十分ほどで麻理子はリビングに戻ってきた。

「高校の友達から明後日、一緒に食事をしないかって誘われたの。でも穂花がいるから無理だって断ったわ」

堂野の隣に腰掛けると「ちょうだい」と飲みかけのビールを一口飲み、ため息をついた。パートを「人間関係」で辞めたのに、辞めたあとも相談を持ちかけてくる元上司。妻は少し、疲れているのかもしれない。それなら一日ぐらい、友達と食事をして、おしゃべりして、羽を伸ばさせてやった方がいいような気がする。

「その、高校の友達との食事、行ってきたらどうだい？　一日ぐらいなら僕が穂花を見てるよ」

「でも……」

いた。

「友達と、ゆっくり楽しんでおいで」

麻理子は迷うような素振りを見せたあとで、俯き加減に「ありがとう」と小声で呟いた。

麻理子が友達と食事に出かける当日、堂野は出勤してすぐ上司の龍田に「今日は妻が夕方からいないので、娘の面倒を見るのに、少し早めにあがらせてください」とお願いした。それほど忙しくもない時期なので、龍田はあっさりと「いいよ、わかった」と言ってくれた。

午前中は普段通りで、けれど午後になって状況が変わった。アルバイトの女の子が、急に具合が悪くなったのだ。午前中は何ともなかったので、昼食に食べた弁当が原因のようだった。下痢と嘔吐が止まらず、まともに歩けなくなり、龍田が近くの病院に連れていって、そのまま家に帰した。

早退したアルバイトと、付き添って手が止まった龍田の分の仕事も堂野がこなさなくてはならなくなり、急に六時までの帰宅が怪しくなってきた。

龍田が帰ってきて、二人で手分けして伝票整理をするものの、五時を過ぎてもまだ三分の二も仕事が終わらない。龍田を残して一人帰ることもできず、堂野は頭を抱えた。友達との食事を楽しみにしているであろう妻に「帰れなくなった」と電話をかけるのが、申し訳なかった。麻理子も子供ではないし、理由を話せば聞き分け、諦めてくれるだろうというのはわかってはいたが……。

何度時計を見ても、カチカチと時間は正確に過ぎていく。気もそぞろ、仕事の手もとまりがちの堂野の耳に、ザアザアと雨の音が聞こえた。雨まで降ってきた。最悪だった。雨……雨……。

『雨が降ったら……』

唐突に思い出した。もしも仕事が休みだったら……。頼もうと思いついてから、堂野に迷いはなかった。「ちょっとすみません」と龍田に断り、携帯電話を手に廊下へ出た。そして住宅街の外れの一軒家に住む男の家に急いで電話をかけた。

堂野が帰宅したのは午後十時過ぎだった。コンビニの弁当を片手に玄関のドアを開けると、途端に嬉しそうな笑い声が聞こえてきた。

リビングを覗くと、穂花は喜多川の胡座《あぐら》の上に座り、大きな声で本を読んでいた。お気に入りの絵本たちが、二人を取り囲むように散らばっている。

「ただいま」

喜多川はゆっくりと振り返った。本を読んでいる穂花をそのまま抱き上げ、キッチンまで歩いてくる。

「あんたの奥さんが用意してた夕飯は、穂花と一緒に食ったぞ」

「あぁ、それはいいんだ。僕は自分の分を買ってきたから」

堂野はビニール袋に入ったコンビニ弁当をテーブルの上に置いた。

「急に子守りなんか頼んで、すまなかったね」

「仕事も休みだったしな。暇だったから、こいつを風呂に入れたぞ」

「えっ」

見れば、穂花は普段着ではなく黄色の寝巻きを着ていた。気づかなかった。

「あ……あ、それは全然、かまわないよ。入れてもらって大助かりだ」

「ついでに俺も入った」

礼を言うと「フフン」と得意げに笑っていた。夕方、喜多川の家に電話をかけた。雨だから仕事も早めに終わってるんじゃないかと思ったら、やっぱり家に帰っていた。

出かける妻のかわりに穂花の子守りをしてほしいと頼むと、抑揚のない声で「いいけど」と言ってくれた。

「今日は本当にありがとう。助かったよ」

堂野は喜多川に改めて礼を言った。

「あんたの嫁は、メシを食いに行ったんだっけ？」

「そうだよ。たまには友達とゆっくりさせてやりたいと思って。毎日、穂花と僕の面倒を見ているだけじゃ、疲れるだろうから」

喜多川は「ふうん」と呟いた。

「パパ、パパあのね」

「なに？」

「ほのかね、ケイとケッコンするの」

喜多川の首に両手を巻きつけたまま、穂花は嬉しそうに喋った。

「おっきくなったら、ケイのおよめさんになるの」

穂花が喜多川と結婚するというのは、もう口癖のようなものだった。

「そうか。じゃあ、喜多川に似合うような素敵な女の子にならなきゃな」

「うん」

穂花は大きくコックリと頷いた。堂野が食事をしている間、穂花は喜多川に得意の絵を描かせていた。急に静かになったなと思ってリビングを覗くと、穂花は喜多川の腕の中でスウスウと寝始めていた。

時計を見ると、十一時になろうとしていた。麻理子はまだ帰ってこない。高校の友達と、昔話に花が咲いているのかもしれなかった。

「あんたの嫁は、遅いな」

喜多川がぽつりと呟いた。

「そうだね……あ、君も眠いんじゃないか。遅くまですまなかったね。家まで送っていくよ」

腕の中の穂花を、喜多川は抱きなおした。

「こいつはどうする？」

「寝てるから一人でも大丈夫だと思うけど、心配だから連れていくよ。だから今日は車で送っていく。雨も降っているし、濡れなくてちょうどいい」

喜多川は「ふうん」と相槌を打った。歩いて帰りたいのかなとも思ったが、穂花がいるので、今日のところは譲れなかった。

「なあ、お礼は？」

「えっ」

堂野は驚いて問い返した。

「礼だよ、礼。あんたのかわりにこの子を見てたんだ。礼があってもいいだろ」

四時間強の子守りに、まさか謝礼を要求されるとは思わず、堂野は戸惑った。喜多川が夕飯を食べにきて、長居をしているのと同じ感覚でいた。

これまで何度も家で食べさせてきたじゃないか、と恩着せがましいことを言いそうになるのを、グッと堪えた。急に呼びつけたし、喜多川がいてくれて助かったのも事実だ。だからといって現金を渡すのも生々しかった。

「何か欲しいものでもある？　お礼に今度、買ってくるよ」

「モノはいらない。約束がいい」

「約束？」

喜多川は眠り込んでくったりしている穂花を抱き上げ、腕に抱えた。揺すぶられたことで、目を覚ました穂花の頬に、犬のように頬擦りする。

「これが十六になったら、俺にくれ」

堂野は驚いて瞬きした。

「こいつが十六になっても俺を好きだって言ってたらの話だけどな」

急なことに頭が混乱する。舌先が動かず『でっ、でも……』と口ごもる。

「穂花はまだ四歳でほんの子供だよ。結婚するって言うのも、口癖みたいなもので、それを真に受けても……」

喜多川は穂花の頭を撫でた。

「子供でも大人でも、好きって気持ちは変わりないだろう。……穂花、俺のことが好きか？」

「だいすき」

穂花は喜多川の首筋にしがみつく。しがみつかれた男は、目を細めて笑った。

「十六になっても同じように俺を好きって言ってたら、嫁にもらってやるからな」

真面目に子供に囁いたあと、堂野を見た。

「約束な」

堂野はどうしても「うん」と言いたくなかった。

「本当に穂花は子供で……」

「今、欲しいって言ってんじゃないだろ。十六になった時の話だ。十六はもう子供じゃない」

「穂花の気持ちもあるし……」

「その時も、こいつが好きって言ったらの話だ。俺だって、嫌だって言うものを無理強いしたりしねえよ」

喜多川は冗談を言ってるわけじゃない。穂花が十六になって、好きだと言ったら本当に連れていってしまうのだろう。

「と、年も離れすぎてるし……」

喋りながら、堂野は手のひらにじっとりと汗をかいた。喜多川は怪訝な顔で首を傾げた。

「どうしてあんたはそんなに嫌がるんだ？　年の離れた前科者に娘をやるのは嫌なのか」

俯いた堂野の後頭部に、声が響いた。

「そういうわけじゃない」

相手が前科者でも、年が離れていても、穂花が本当に好きだと言うなら、堂野は認めざるをえないと思っていた。けれど相手が喜多川だというのが、どうにも複雑だった。本当に穂花が好きだからそう言うのか、それとも自分の娘だから欲しいと思うのか。まるで自分の身代わりに娘を連れていこうとしているように思えて、ゾッとした。

「あんた、子供をつくれ」

堂野は俯けていた顔を上げた。

「二人でも三人でもつくれ。一人ぐらい俺にやっても平気なぐらいに」

「そんなの無茶苦茶だ。僕は君に子供をあげるために育ててるわけじゃない」

喜多川は眉を顰めた。

「何をそんなに怒ってるんだ？　もともとあんたが言い出したことじゃないか。誰かを愛して、家族をつくれってな。俺はこの子が可愛い。だから家族をつくるなら穂花とつくる」

「子供相手に、いい加減にしてくれっ」

怒鳴り、堂野は喜多川から穂花を取り上げた。穂花は「いやー、ケイのだっこ」と父親の胸を嫌がった。暴れて暴れて、思わず手を離すと喜多川に駆け寄っていった。必死でその足にしがみつく。喜多川は穂花の背丈にあわせて膝を折り、まっすぐな穂花の髪をそろりと撫でた。

「俺の嫁さんになりたかったら、早く大きくなれよ。けど美人にはなるな。他の男に言い寄られたら面倒だからな」

ガシャンと玄関から物音がした。「ただいまー」と明るい声が聞こえてくる。キッチンに入ってきた麻理子は「あなた、遅くなってごめんなさい。友達と話が弾んじゃったの」と堂野に謝った。

「喜多川さんも、今日は急に子守りなんて押しつけちゃってごめんなさいね」

喜多川は「べつに」といつもの調子でぶっきらぼうに返事をした。

「帰りにケーキを買ってきたの。よかったらみんなで一緒に食べない？」

「喜多川はもう帰るそうだから」

本人が返事をする前に、堂野が答える。麻理子は「そうなの？」と首を傾げ、残念そうな顔をした。喜多川は穂花の頭をグリグリと撫でてから、玄関に向かった。靴を履いている姿を、堂野は廊下からジッと見た。家まで送るつもりはなかったから、わざと靴を履かなかった。

靴を履いた男は、堂野を待つように玄関先に立った。

「今日は、一人で帰ってくれ」

喜多川は僅かに首を傾げたが何も言わず、一人で玄関を出ていった。リビングに戻ると、麻理子は誰かと電話で話していた。堂野が入ってきたことに気づくと、すぐに電話を切った。

「あなた、喜多川さんを送っていったんじゃなかったの？」

「今日はやめた」

「どうして？」

麻理子はチラッと窓の外に視線をやった。

「外、酷い雨よ。喜多川さん、家に帰るまでに濡れなきゃいいんだけど」

堂野は窓辺に近づいた。確かに凄い雨だ。まるで何かを洗い流すみたいに降っている。アパートの前の道を、黒い傘がゆっくりと歩いていくのが見えた。傘が止まり、見上げてくる。顔はよく見えないけれど、喜多川のような気がしてサッとカーテンをしめた。

穂花は麻理子の買ってきたケーキに気を取られたのか、喜多川が帰る時も駄々をこねなかった。口許にクリームをいっぱいつけてケーキを頬張る娘を見ながら、堂野は考えた。四歳の娘を嫁に欲しいと言う喜多川の言動が、普通でないことは確かだった。

けれど、あと十数年も経てば、穂花は子供ではなく娘になる。その時に「穂花をくれ」と言われたら、堂野は申し出を拒めないような気がした。二人が本気だったら、尚更……。

「あなた、あまり好きじゃなかった？」

手つかずのケーキを気にしてか、麻理子が聞いてくる。堂野は「いいや」と返事をして、立ち上がった。

「今、甘いものを食べたい気分じゃないんだ。明日、もらうよ」

妻の背後に回ると、俯いたその首筋に、赤い跡があった。一昨日セックスをしたが、そんな場所にキスをしただろうかと首を傾げる。赤い部分に触れると、麻理子はビクリと背中を震わせた。

「嫌だわ、あなた。手が冷たい」

冷たいと言われて、堂野は慌てて手を引いた。

「ごめん、そこが赤くなってたから」

麻理子は綺麗なピンク色のマニキュアを塗った指で、首筋を軽く掻いた。

「虫かしら？　昨日から痒くって」

堂野は「あまり掻かない方がいいよ」と耳許に囁いてから、麻理子を背後から抱き締めた。洗いたての石鹸のような、清潔で甘い香りがする。堂野の知らない香水だった。

「なあ……」

麻理子が振り返る。その顔はなぜか少し、強張っていた。

「穂花は、将来どんな男と結婚すると思う？」

麻理子は大きく瞬きしたあと、おかしそうに笑い出した。

「もうそんな心配をしているの？　穂花はまだ四歳じゃないの。困ったパパさんねえ」

「子供はすぐに大人になるだろう。だから、どうなのかなって……」

そうねえ、と麻理子は抱き締める堂野の腕を両手でそっと押さえた。

「どんな人を好きになるかわからないけど、幸せになってくれればいいわね。私みたいに優しい旦那様を見つけてほしいと思うわ」

堂野は向かいで一心不乱にケーキを食べる娘をじっと見つめた。穂花が十六になった時、喜多川が連れていってしまったら、自分はどんな気持ちになるのだろうと……少しだけ考えた。

「これが十六になったら、俺にくれ」

そう言って堂野を怒らせてからも、喜多川の足が堂野の家から遠のくことはなかった。週に一度、ないし二度の割合で夕飯を食べにきた。

子守りを頼んだ日以降、穂花が「ケイのお嫁さんになる」と言うことはあっても、喜多川が穂花を嫁に欲しいと言うことはなかった。言わないけれど、口にしないだけで本気な気がした。

雨の日のことは、自分も大人気《おとなげ》なかったと堂野は反省した。喜多川は無理に欲しいと言っていたんじゃないし、穂花の気持ちを最優先すると言っていた。喜多川が本気でも、穂花にその気がなければ成立しない約束。それなら、口約束なのだし「いいよ」と言ってやってもよかったような気がした。

最近になって、喜多川は日曜日の午後に堂野の家へ遊びにくるようになった。食事ではなく、穂花と遊ぶためにやってくるのだ。日曜日は喜多川が遊んでくれると知っているから、穂花は朝からソワソワして落ち着きがない。喜多川が来たら大興奮で「おそとであそぼ」「おえかきして」とコバンザメみたいに傍から離れない。

堂野は日曜日もたまに出勤するので、ある日、二時過ぎに帰ってきたら穂花は喜多川が公園に連れ出して、麻理子は買い物に行って、誰もいなくて家がガランとしていたことがあった。

穂花は父親の自分よりも、喜多川に懐いているのではないかと思うことがあった。日曜日の午後、時間があれば堂野も穂花と喜多川について公園に行くが、子供の他愛ない遊びに、喜多川のように根気よく、何時間も付き合うことなど到底できなかった。

十月に入り、最初の日曜日だった。午後から仕事に出かけ、五時過ぎに堂野が家に帰ってくると、リビングの花瓶に珍しく花が生けられていた。子供の頃、野山で見たような紫色の小さな花で、無性に懐かしくなった。

「これ、どうしたの？」

聞くと、麻理子は「穂花が持って帰ってきたの」と答えた。

「誰にもらったのかな？　まさか人様の家で摘んできたんじゃないよね」

「喜多川さんが一緒だったのよ。そんなわけないでしょう」

そう言って麻理子は笑った。堂野が紫色の花の花弁に触れていると、タタタッと足音がして穂花が駆け寄ってきた。堂野のズボンの太腿を、小さな手でクッと引っ張る。そしてひそひそ話をするように、口許に小さな覆いをつくった。堂野がかがみこむと、その耳許に覆いをあてて、穂花は小さな声で喋った。

「……おはな、ケイのおうちにあるの」

「おにわに、いっぱいあるの」

「喜多川の家？」

見れば、娘の頭には同じ紫色の花で作った十センチほどの小さな花冠が載ってい
た。手に取り見てみると、小さな花の茎をいくつも糸で繋ぎ合わせて丸くしている。
器用なものだった。

「パパ、ほのかの」

娘が手を伸ばし、爪先立ちする。冠を頭に載せてやると、キャッキャッと笑って喜
んでいた。

喜多川の家……庭付きの古い借家。不動産屋に見せてもらった時、庭には雑草が生
い茂り、うっそうとしていた。

「本当に、喜多川さんは穂花の王子様ね」

麻理子が娘の頰を軽くつねると「ほのか、ケイのこんやくしゃだもの」とどこで覚
えてきたのか、ませた言葉を使い唇を尖らせた。

「つぎは、きいろいおはなのかんむりをくれるの。やくそくなの」

穂花がぎゅっと花の冠を握り締めるたび、紫色の花びらがパラパラと散らばって床
に落ちた。堂野はその花びらを、どこか複雑な気持ちでじっと見つめた。

翌週の日曜日、堂野は午後から休日出勤をした。アルバイトの女の子が急に辞めてしまった上に次が決まらないので、その子がやっていた簡単な雑事が一週間分残ってしまい、それを片づけるためだった。

五時半を過ぎ、そろそろ家に帰ろうかと机の上を片づけていると、鞄の中に入れてあった携帯電話が鳴りはじめた。麻理子からだった。

『穂花が、いないの』

そう訴える声は、少し震えていた。

『お昼を食べてから、ソファでちょっとうたた寝したの。二時過ぎに目を覚ましたら、横でビデオを見てたはずの穂花がいなくなってたのよ。玄関の鍵は開いてて……最初は喜多川さんが遊びにきて、穂花を連れていったのかと思ってたけど、いつも連れて帰ってきてくれる五時を過ぎても何の連絡もないの』

堂野は首を傾げた。

「穂花にせがまれて、喜多川が連れ回されてるだけなんじゃないかな。彼の家に電話してみた？」

『電話はかけたけど、留守みたいで繋がらないの。それに喜多川さん、穂花を遊びに連れていく時は、必ず私に声をかけてくれるのよ。私が寝てる間に喜多川さんが来て、穂花がそれに気づいて玄関の鍵を開けて、二人で遊びに出かけたのかもしれないけど、それにしたって家の鍵を開けたままなんて無用心でしょう。おかしいと思うの』

おかしい、おかしいと繰り返す妻に、堂野は落ち着くよう言い聞かせた。

「公園とか、捜してみたの？」

『一度だけ行ってみたけどいなかった。穂花が帰ってきたらって思うと、家を留守にもできなくて……』

堂野は「すぐに帰るから」と妻に話して、携帯電話を切った。穂花がいない、と言われても堂野はさほど深刻に受け止めていなかった。まだ五時半だし、おおかた喜多川の家にでもいるのだろうと思っていたからだ。

家に帰る前に、堂野は喜多川の家に寄った。一度電話をしたが、繋がらなかった。喜多川の家の近くにある空き地に車をとめ、お飾りのようなブラブラの門扉を押して中に入った。

門から玄関までは、コンクリートで固められた五メートルほどの歩道があった。日が落ち始め、あたりは薄暗い。庭は、背丈の高い植物でうっそうとしていて、足許の木陰に子供が潜んでいても、見落としてしまいそうだった。

玄関に呼び鈴はなかったが、手のひらほどの大きさの木切れに「喜多川」と書かれた表札はあった。

堂野は引き戸を何度か叩いた。反応はない。もしかしてと思い、ドアを横に引くとスウッと音もなく開いた。鍵はかかっていない。呆れるほど無用心だった。

玄関は暗かったが、喜多川の白い運動靴があるのは見えた。穂花の小さな靴はない。

「喜多川、いないのか」

大きな声で呼びかける。すると廊下の奥から床がミシミシと軋む音がした。パチリと音がして、玄関の明かりがつく。

「あんたか」

喜多川は上半身は裸で下はパジャマのまま、不機嫌そうに目を細めた。

「何の用だ？」

「今日、家に遊びにこなかったか？」

喜多川はボリッと頭を掻いた。

「今、何時だ？」

堂野は腕時計を見て「六時十分」と答えた。喜多川はチッと舌打ちした。

「現場の仲間と朝まで飲んでて、帰ってきてから今まで寝てた。あんたん家には行ってない」

堂野はこの時初めて、妻の不安が的中したことを知った。ゴクリ、と生唾を飲み込む。

「昼過ぎ、二時ぐらいから、穂花がいないんだ。僕はてっきり君と一緒にいるとばかり思ってて……」

喜多川は雪駄《せった》を履くと、堂野の横を抜けて庭へ出た。

「おい、穂花。いるなら出てこい」

ジャングルのようにうっそうとした庭の中を、喜多川は穂花の名前を呼びながら歩き回る。堂野も一緒になって、床下まで覗き込んだが、小さな娘の姿はなかった。

喜多川の家に行けば、穂花がいると思っていた堂野は焦った。一人で出かけて、迷子になっているだけならまだいい。万が一、誰かにさらわれでもしていたらと思うと、いてもたってもいられなくなった。

「ここにいないならいないでいいんだ。家に帰って、もう一度近くを捜してみるよ」

堂野が帰ろうとすると、背後から肩をガッと摑まれた。

「捜すなら、俺も手伝う」

「あ、でも……」

「こういうことは、人手が多いほどいいいんじゃないか」

確かに喜多川の言う通りだった。一人よりも二人、三人の方が手分けして捜せる。

「俺もあんたん家のチビが心配だからな。着替えたら、あんたの家まで歩いていきながら捜す」

「あ、ありがとう」

喜多川は家の中に入っていった。堂野は外の車に駆け寄ると、歩道に自分の娘がうずくまっていないか注意しながら車を走らせた。

アパートに帰り着いた時には午後六時四十五分になっていたが、穂花は帰ってきていなかった。堂野が喜多川の家にもいなかったことを話すと、麻理子は青い顔で玄関先にヘタヘタと座り込んだ。

「喜多川も一緒に捜してくれてる。僕はとりあえず、もう一度公園と大通りの方へ行ってみようと思う。君はここで留守番をしていて」

麻理子に、絶対に見つかるから、君がしっかりしなきゃ駄目だよと言い聞かせて、堂野は外へ出た。

結局、公園の周囲にも大通りにも穂花はいなかった。穂花が通っている幼稚園へも行ってみたが、土日は園の門も固く閉じられていて、子供が入るような隙間はなかった。

家の周囲を走り回っているうちに、午後九時になった。堂野は一度家に帰る、と麻理子に連絡を入れてアパートに帰った。

麻理子は玄関先で、携帯電話を握り締めて座り込んでいた。堂野が帰ってくると、泣きそうな顔で夫を見上げた。

「穂花、見つからないのね……」

「もう一度、捜しに行ってくるよ」

「ねえ、あなた。一度、警察に相談してみたらどうかしら」

堂野は振り返った。

「迷子になった子供を捜すのは、やっぱり警察が専門でしょう。いなくなったって話をしたら、いい捜し方とか、アドバイスをくれるんじゃないかしら」

警察……堂野の脳裏に、痴漢冤罪の濡れ衣を着せられた苦い過去が蘇った。まるで犯人を仕立て上げようとするかのような取り調べは、今思い出しても憤りを感じる。些細なしこりはあるが、今はそんな自分の過去にこだわっている場合ではなかった。些細なプライドのせいで、後悔するかもしれない。堂野は妻の言う通り、警察に電話をした。四歳の娘が昼過ぎからいなくなったと話をすると、詳しい話を聞かせてもらいたいので、警察官を一人、そちらへ向かわせます……と想像していたよりもずっと丁寧な対応をしてくれた。

電話をして十五分もしないうちに、若い警察官が一人やってきた。そして麻理子から穂花がいなくなった時の状況を、一時間ぐらいかけてこと細かに聞いていった。

結局、堂野は捜索願を警察署に出した。捜索願を出してから、警察官が四人やってきて、堂野の案内で、穂花の行きそうな場所を捜していった。

その頃には、堂野の娘がいなくなったことは近所中に知れ渡り、同じアパートに住む住人と大家さんが一緒になって、一晩中穂花を捜してくれたけれど、見つからなかった。

そんな中、唯一の救いは、冬ではないから迷子になって外で寝ていても、凍死することはないだろうということだった。

夜が白々と明ける頃、穂花を捜して一晩中歩き回り憔悴しきった堂野に、一緒に捜してくれていた近所の老人が「近くの川底をさらった方がいいんじゃないか」とポツリと呟いた。川底……生きてはいないかもしれないという可能性に心底ゾッとした。

午前七時、一緒に穂花を捜していた警察官に「お父さん、一度家に帰って休まれたらいかがですか？　心配だとは思いますが、一時間でも横になって……そうしないと、これから先、体力がもちませんよ」と言われた。追い立てられるようにして家に帰ると、今度は麻理子が「穂花は見つかった？」と駆け寄ってきた。

見つかったら、携帯電話ですぐに連絡を入れると言ってある。それでも麻理子は堂野が家に寄るたびに「見つかった？」と聞かずにはいられないようだった。

「警察の人に少し休めと言われたんだ。少し休憩して、会社に休みの連絡を入れたらまた捜しに行ってくるよ」

キッチンで、水道水をコップに入れて一杯飲んだ。振り返ると、麻理子はダイニングテーブルの脇にぼんやり立っていた。

「君は、何か食べた？」

首を横に振る。そしてじっと堂野を見つめた。

「あなた、怒ってるんでしょう」

静かに、麻理子は呟いた。

「えっ？」

「本当は怒ってるんでしょう。私が昼寝なんてしたから、ちゃんと穂花のこと見てなかったから怒ってるんでしょう。お前さえちゃんとしてたら、こんなことにならなかったって……」

妻は、唇を強く引き結び、震えながら立っている。全身にみなぎる緊張感で、今にもはじけてしまいそうだった。捜すことに夢中で、一人残され待っている妻がどんな思いでいたか、気遣ってやることができなかった。

「穂花がいなくなったのが、君のせいだなんて思ってないよ。僕だって君と同じ状況だったら、昼寝をしていたかもしれないと思うから。だから、自分を責めなくていいんだよ」

はじけそうな妻をそっと抱き締めた。堂野にしがみついて、麻理子は声をあげて泣いた。子供みたいになった妻をあやしながら、ソファに横たわらせる。泣いたことで緊張の糸が切れたのか、しばらくすると麻理子は眠り始めた。

堂野は会社に電話をして、龍田に娘が行方不明になったという事情を話した。もし穂花が見つからなければ、何日も続けて休みをもらわなくてはいけなかった。龍田は酷く驚いて、最初は無言だった。そして「会社のことは心配しなくていい。俺が何とかする。お前は娘のことだけ考えていろ」と言ってくれた。

堂野は昨日の服を着替えて、財布を手に外へ出た。近所のコンビニでサンドイッチとおにぎり、お茶を買って家に戻り「目が覚めたらしっかり食べておくように」というメモを添えてダイニングテーブルの上に置いた。けれど堂野自身は、缶コーヒーを一本飲んだだけだった。

麻理子には食べろと言うけれど、今この瞬間も穂花がお腹を空かせているかもしれないと思うと、何かを食べようという気になれなかった。

夜中に引き続き家の周囲を捜していた堂野は、昼になる前「話をしたいことがあるんですが」と警察官に呼ばれた。

家に帰ると、昨日話を聞いてくれた警察官ともう一人、五十代の中年の刑事が来ていた。髪の頭頂部が薄く、背は堂野と同じぐらいだが、肉付きがいいのかずんぐりして見える。眉と目が微妙に垂れ下がって、恵比寿様のように優しげな顔をしていた。

「えっと、担当になります柏井《かしわい》です。どうぞよろしく」

柏井はひょいと頭を下げた。リビングのソファで、堂野と麻理子が並んで座り、柏井はその向かいに腰掛けた。

さっそく柏井は説明をはじめた。昨日と今日の午前中で、四歳の子供の足で半日歩いていける場所はほとんど捜したということ。これだけ捜して見つからないということは、迷子の可能性は低いということ。身代金の要求もないので、今の時点では、事故か、悪戯目的の誘拐の可能性が高いということだった。

悪戯目的と聞いた時、堂野は背中がブルッと震えた。自分の娘が誰かに……そう考えただけで、吐き気がするほど胸が悪くなった。

「あとは怨恨の可能性もありますが、最近、親戚や知り合いとトラブルがあったとか、心当たりはありませんかね」

麻理子は「ありません」と即座に答えた。

「旦那さんは？」

柏井が促す。堂野の脳裏に、数年前の痴漢事件が過ぎった。

「ありません。ただ……ただ……」

ただ……と柏井は堂野の言葉を反芻し、メモを取っていた手帳から顔を上げた。

「いずれわかることだと思うので、最初にお話ししておきます。僕は十ヵ月服役しました」

柏井の細い目が、驚いたように見開かれた。

「痴漢をしたと訴えられて、有罪になりました。だけど僕は死ぬまで冤罪を主張します。怨恨と言われて、僕が最初に思い出したのは、当時の被害者とされる女性です。だけど、彼女はこの件に関係がないと思います」

「どうしてそうだと言いきれるんですか？」

「八年ぐらい前の話だし、被害者だとされる彼女は、今の僕の住所を知らないと思います。それに彼女よりも、僕の方が失ったものが大きいですから」

ぽりぽりと薄くなった頭を掻いて、柏井は「まあ一応、その被害者だっていう女性の名前を教えてもらえますか」と言ってきた。

「忘れました」

「えっ？」

「あれは、僕にとって凄く嫌な記憶だったんです。拘置所と刑務所あわせて、二年近く自由を奪われていたので。本当に辛くて……忘れたくて……そしたら、本当に忘れてしまって」

柏井は「まあ、調べればすぐにわかりますね」とボソボソ呟いた。

「じゃあ、怨恨の線も薄いとして、穂花ちゃんがいなくなった時に何をしていたか、もう一度話してもらえますかね。まずはお母さんから」

麻理子が話をしている間、柏井が何度も「それを証言できる人がいますか？」と聞くのが堂野は気になった。

「あの」

妻と柏井が話をしている途中で、失礼かもしれないと思いつつ、堂野は口を挟んだ。

「僕ら夫婦も、犯人として疑われているんですか？」

更に目を細め、淡々とした口調で柏井は「まぁ、これも仕事なんで。ご勘弁ください」と頭を下げた。

堂野も、麻理子と同じように穂花がいなくなった時の状況を聞かれた。柏井の質問は、家から会社まではどれぐらいの距離だとか、酷く細かかった。

堂野と柏井が話をしている間に、ピンポーンと呼び出し音が鳴った。麻理子が慌てて玄関に出ていく。

「あなた」

キッチンの入り口から、麻理子が声をかけてきた。

「喜多川さんなんだけど、どうする？　昨日からずっと穂花を捜してくれてたのよね。ずっと手伝わせるわけにもいかないし、もう警察にお任せすることにしたって言いましょうか」

「あ、喜多川には僕が話をするよ」

ちょっとすみません、と柏井に断って堂野はソファを立った。玄関先にいた喜多川に、穂花は迷子ではなさそうだということ、そしてこれからは警察に捜査を任せることにしたと話した。喜多川は眉間に皺を寄せた難しい顔のまま、フッと息をついた。堂野と共に一晩中歩き回ったその目は、赤く充血していた。

「穂花が見つかったら、真っ先に君に連絡するよ。だからもう家に帰ってゆっくり休んでほしい」

喜多川は「わかった」とボソリと呟き、帰っていった。振り返ると、キッチンの入り口のドアから、柏井がこちらを見ていた。

「さっきの、背の高い人は誰ですか？」

「彼は僕の友達なんです。近くに住んでいて、穂花ととても仲がいいんです。穂花がいなくなったってわかってから、今まで一緒に捜してくれてたんです」

へえ、と柏井は相槌を打った。

「付き合いとしては、長いんですか？」

「六年……七年かな？」

「あら？」

麻理子が呟いた。

「高校の時からのお友達じゃないの？」

ドキリとした。……嘘をついていたことを忘れていた。

「そうそう、勘違いしてた。……二十年近くになると思います」

柏井は「話を聞く機会があるかもしれないので」と喜多川の名前と住所をメモした。

それからも、堂野は自分のことについて根掘り葉掘り柏井に聞かれたが、口調が柔らかいので腹も立たなかった。以前捕まった時は、取り調べの刑事の横柄な態度、脅しまがいの尋問に反吐《へど》が出そうだった。二度と関わりあいになりたくないと思ったが、被害者に対しては警察も親切なのかもしれないと、ふと思った。

柏井との話が終わったのは、午後四時過ぎ。その前から、近くの川の川底を警察がさらっていたけれど、夕方になっても何も見つからず、堂野は内心ホッとした。

堂野と麻理子は、ただ家にいてひたすら連絡を待った。夜八時になって、柏井が再び家にやってきた。周囲の聞き込みをした結果、目撃証言が出たと言うのだ。それは穂花がいなくなってから、初めてのまともな情報だった。

暑くもないのに、柏井は何度も額の汗をハンカチで拭っていた。

「見たっていうのが、小学校二年生の子供なんですよ。小さい子っていうのは、聞き方一つでコロコロ証言が変わったりするんで、鵜呑みにするのもどうかと思うんですが、その子が言うには穂花ちゃんは昨日の昼過ぎ、午後一時三十分頃、黒っぽい帽子をかぶった背の高い男と手を繋いで、ここの前の通りを東に向かって歩いていったそうなんです」

背の高い男と聞いて、最初に堂野の脳裏に浮かんだのは喜多川の姿だった。

「二年生の子供からしてみれば、大人なんてみんな背が高いですからね。どれぐらいの身長だったかというのは具体的に特定はできないんですが、これで誘拐の線が濃くなってきました。さっき上とも話をしたんですが、犯人に揺さぶりをかけるという意味でも、思いきって公開捜査に乗り出した方がいいんじゃないかってことになったんですよ」

麻理子は堂野と並んでソファに腰掛けていたが、取り乱すこともなく、唇をギュッと噛み締めて話を聞いていた。

「犯人を刺激するというリスクもありますが、逆に公開捜査に乗り出すことで、犯人は穂花ちゃんを連れ回すことができなくなるんですよ。そうなった時に、悪戯目的の場合は解放される確率が高いんです。このままじっと待つよりも、娘さんを保護できる可能性は高くなると我々は考えています」

ただ……と柏井は続けた。

「さっきも言ったように、犯人を刺激して突発的な行動を起こさせるというリスクもあるわけです。しかし今回は四歳の幼児なので、保護しても犯人のモンタージュを作ったり、写真で照合するのは大変難しい。もし犯人がそのことを知っていたら、親元に返しても自分の顔が割れないわけですから、口封じという行動はおこさないと思います」

それまでじっと黙っていた麻理子が、ぽつりと呟いた。

「犯人って、背が高い男の人なんですか？」

柏井はひょいと右眉を動かした。

「奥さん、ひょっとして誰か心当たりがありますか？」

麻理子がチラリとこちらを見る。妻の言わんとすることを感じ取ったものの、堂野はそんな自分を即座に否定した。喜多川のはずがなかった。あんなに穂花を可愛がってくれていた男が、さらっていくはずがなかった。

「でもその方は主人の友達で、穂花にとてもよくしてくれていたから」

遠慮がちに、だけどはっきりと麻理子は喜多川の存在を柏井に示した。

「麻理子、やめなさい」

堂野の厳しい声に、麻理子はビクリと背中を震わせた。

「喜多川に限って、そんなことがあるわけないだろう」

「わ、私だって喜多川さんが穂花を誘拐するなんて思ってない。思いたくもないわ。だけど、どうして昨日に限って家に来なかったんだろうって、ずっと考えちゃって……」

まあまあ、と二人の間に柏井が割って入ってきた。そして色々と書きつけていた手帳をパラパラと捲った。

「喜多川さんというのは、昼間にここへ来ていたお友達ですよね。私もちらっと彼を見ましたが、確かに背が高かった。でもそれだけで『もしかして』って思われたわけじゃないんでしょう」

柏井は麻理子の方に向かって、ズッと身を乗り出した。

「喜多川さんは、いつも日曜日の午後は娘と遊んでくれてたんです。けど、その日だけは来なくって」

柏井は「へえ」と相槌を打った。

「日曜日には、毎週ですか？」

「最近はずっとでした」

麻理子が答え、柏井は「フム」と顎を擦った。

「大の大人が、毎週幼い娘さんと遊んでいたんですか？　随分と子供好きなんだな

てわかったら、私もあなたも安心するでしょう」
あ」
言葉尻に嫌な響きを含む。麻理子は「ねえ」と堂野の腕を掴んだ。
「この際だから、ちゃんと調べてもらったらどうかしら。調べてもらって『違う』っ
てわかったら、私もあなたも安心するでしょう」
堂野は首を横に振った。
「調べるってことは、疑ってるってことだろ。喜多川に失礼だと思わないのか。彼は
仕事まで休んで一日中穂花を捜してくれたんだぞ。僕は友達を裏切るような真似はし
たくない」
「じゃあ喜多川さんは『絶対に違う』って、あなた証明できるの？」
麻理子は堂野に詰め寄った。
「あなたが喜多川さんを信じたいって気持ちはわかる。けど私は気になるの。納得い
かない。そうじゃないかって、思っていることが気持ち悪いの。だからそんな不安
は、取り除いておきたいのよ」
結局、柏井は喜多川に一度話を聞いてみると言った。喜多川に話を聞く、聞かない
でもめてしまったことで、柏井が帰ってからも堂野と麻理子の間には微妙な空気が流
れていた。喜多川を調べたいと、我を押し通した麻理子を堂野はやっぱり許せなかっ
た。

堂野とて、犯人は背の高い男で、穂花が手を繋いで歩くぐらい懐いていると聞くと、喜多川を想像した。そうじゃないかと、胸を過ぎった。それでも、彼を信じることが「誠意」ではないかと思った。

午後十一時、穂花が誘拐されたという事件が実名入りで初めて報道された。堂野は麻理子と共にリビングでそのニュースを見た。

『昨日、午後二時ごろ○○県○○市の会社員、堂野崇文さんの長女、穂花ちゃん（四歳）が何者かに連れ去られる事件がありました。警察は未成年者略取の疑いがあるとして……』

穂花の名前が字幕スーパーに出て、アナウンサーが読み上げる。これまで何度も似たような幼児誘拐のニュースを見てきた。同じ子を持つ親として「恐い」「自分の子も気をつけなくては」と思うものの、テレビニュースの子は「運が悪かった」のであって、どこか現実味はなかった。

穂花のニュースが報道されはじめた途端、家の電話と携帯電話が一斉に鳴り始めた。親戚や友人からで、穂花の安否を気遣ってのものだった。柏井から、テレビ報道されれば一時期、知り合いからの電話が殺到すると予《あらかじ》め聞いていたので、それは予想の範疇だった。

『穂花ちゃんはきっと大丈夫よ。二人とも、元気をだしてね』

決まりきった慰めの言葉に「ありがとうございます」と礼を言って電話を切る。善意でかけてきてくれているだけに、電話の応対にも気をつかう。心配をしてくれるのはありがたい。けれど堂野も麻理子もここ二日、まともに寝ていない。願わくば、そっとしておいてほしかった。

電話は一時間、延々と鳴り続けて、零時を過ぎてようやく途切れ途切れになった。心労に電話の応対。麻理子の疲れきった様子に、堂野はベッドで眠るように勧めた。眠くないという麻理子を説得して、寝室のシーツに押し込む。そして堂野は携帯電話と子機をテーブルに置いて、知り合いや警察からの連絡があればすぐに対応できるように準備をしてリビングのソファで横になった。

ここ二日、ほとんど寝ていなかったせいもあり、堂野は午前三時を境に意識が途切れた。そして早朝、午前五時三十分過ぎに、携帯電話の呼び出し音で目が覚めた。

目の覚める直前まで、堂野は夢を見ていた。それは穂花が公園のジャングルジムで見つかったという夢だった。あんなに捜していたのに、どうして見つけられなかったんだろうと思いながら、堂野は穂花をしっかりと胸に抱いて、迷惑をかけた近所の人や、一緒になって捜してくれた人たち一人一人に丁寧に頭を下げていた。

『堂野崇文さんですか。西南《せいなん》署の柏井です』

電話をかけてきたのは、柏井だった。

「おはようございます。朝早くからご苦労様です。穂花について何か新しい情報でもあったんですか？」

向こうから返事があるまでに、なぜか短い間があった。

『大変申し上げにくいんですが……』

ワントーン下がった刑事の声。堂野は嫌な予感がした。ゴクリと唾液を飲み込む。

「何でしょうか」

『今朝、午前四時半に南野川の河口付近で幼女の遺体が発見されました。身体的な特徴と顔写真を照らし合わせたところ、堂野穂花ちゃんではないかということになりまして。ご両親に本人かの確認をお願いしたいのですが』

全身の血液が、ザッと音をたてて足許に落ちていくような気がした。

『これから言う場所へ、おこし願えますか』

「あっ、でも……」

携帯電話を持つ手が震えた。

「小さな女の子ってことで、まだ穂花と決まったわけじゃないですよね」

『ええ、まあそうですが』

「今から行きます。場所は……」

メモを取ったあと、携帯電話を切った。それと同時に、背後から「ねえ」と麻理子の声がして、堂野は驚いて振り返った。

「誰からの電話？」

憔悴しきった妻に、今の話を伝えるべきかどうか迷った。どちらにしろ今から出かけるとなると、その理由を話さないといけない。隠してはおけなかった。

「刑事さんからだった」

麻理子の顔がパッと明るくなった。

「穂花が見つかったのっ」

堂野に駆け寄り「ねえ、ねえ」と腕を掴む。堂野は首を横に振った。

「女の子の遺体が見つかったそうだ。穂花かもしれないから、確認に来てほしいと言われた」

麻理子は蒼白な顔で「ヒイーッ」と叫び、その場にしゃがみ込んだ。

「まだ穂花と決まったわけじゃない。だから確認に行くんだ」

麻理子は耳を押さえたまま、激しく首を左右に振った。

「私、嫌よ。行かない。絶対に行かないから」

「僕も穂花だとは思ってない。でも万が一ってことがあるから。君は家にいていいよ」

堂野は妻を残したまま、出かける準備をはじめた。そしていざ外へ出ようとした時に「待って」と呼び止められた。

「……やっぱり私も行く」

麻理子は化粧もしないまま、上着だけ羽織って車の助手席に乗った。柏井に教えられた病院へと向かう途中、麻理子は両手を固く握り合わせ、細かく震えていた。

病院の夜間受付へ行くと、そこには柏井ともう一人、若い刑事がいた。そこからは事務員らしき男に案内されて、廊下を突き抜けたうら寂しい場所へと連れていかれた。

寒々しい部屋だった。明かりをつけても、その冷たい雰囲気は変わらなかった。

部屋の真ん中に、小さな簡易ベッドのようなものがあり、その上に白いシーツがかぶせられていた。柏井に促されるまま堂野はその小さなシーツの山に歩み寄った。

「では、確認をお願いします」

心の準備もできてないのに、顔の上の部分の布がサッと取り払われた。

青白い頬、生気の感じられない紫色の唇は、生きている人間のそれではなかった。目を閉じて、眠るような顔は穂花によく似ていた。

「娘さんですか？」

そう聞かれた。

「似ています。でもはっきりそうだという自信はありません」

堂野は事実を告げた。柏井は後頭部をぽりっと掻いた。

「何か、娘さんには特徴になるようなものがありませんでしたか？　体のどこかにほくろやアザがあるとか」

それまで、堂野の後ろにいた麻理子がそっと前に出てきた。一歩一歩じわじわと遺体に近づく。そして青白い子供の顔を、じっと食い入るように見ていたかと思うと、取りすがって泣き出した。

「奥さん、このご遺体は娘さんですか？」

麻理子は返事をしない。寂しい部屋の中に、妻の嗚咽だけが痛々しく響いた。

「穂花、穂花」

小さな頭の、濡れた髪を麻理子は繰り返し撫でる。

「ごめんね、穂花。早く見つけてあげられなくて、ごめんね。ごめんね……」

刑事が堂野に「娘さんということで、よろしいですか」と神妙な声で聞いてきた。

堂野は目の前の遺体を穂花だと認めたくなかった。あれはとても似ている別人で、自分の穂花はちゃんと生きているんじゃないかと思いたかった。だって、二日前までは元気に走り回っていた。丈夫な子で、大きな病気もしたことはなかった。

「……奥さんが落ち着かれたら、ご遺体を解剖に回したいと思っています」

堂野の隣で、柏井が呟いた。

「……それは……あの子の体を切り刻むということですか」

柏井は申し訳なさそうに小さく息をついた。

「変死の遺体は、検死をするのが決まりになってるんですよ。それに検死をすることで、死亡時刻や死亡原因がわかります。犯人が捕まる手がかりになるんですよ」

麻理子はずっと小さな遺体に取りすがったままだった。堂野は妻の細い肩を抱いて、遺体から少し距離を取らせた。

「これから穂花はまだ調べなきゃいけないことがある。だから僕らは外で待っていよう」

麻理子がわななくように首を横に振った。

「いっ、嫌よ、今すぐ家に連れて帰るわ。調べるって何なのよっ。死んじゃったのに、今さら何をするっていうのよっ」

「でも、調べなきゃ穂花は帰れないんだよ」

「嫌っ、嫌っ」

麻理子っ、と堂野は妻の名前を大きな声で呼んだ。髪の毛を掻き毟るようにして騒いでいた麻理子が、こわごわと堂野を見上げた。

「外で待っていよう。すぐに穂花は連れて帰れる。帰れるから……」

妻の肩を抱いて、堂野は廊下へ出た。事務員に案内されて、夜間受付の近くにある小さな控え室で「終わる」まで待っているようにと言われた。

足許がおぼつかない麻理子は、ソファに崩れるようにして座り込んだ。

「……頬が、冷たかったの」

自分の指先をじっと見つめながら、麻理子は呟いた。

「まるで氷みたいに、冷たかったの……」

泣き崩れる妻の肩を抱いて、堂野もきつく目を閉じた。涙がじわりと滲んでくる。

穂花が、どうして自分の娘がこんな目にあわないといけなかったんだろう。痛かっただろうか、苦しかっただろうか。……できることなら、自分が代わってやりたかった。

「堂野さん」

名前を呼ばれて、顔を上げる。柏井が控え室の入り口からこちらを見ていた。

「今の間に少しだけ話を……いいですかね」

堂野は滲む涙を手のひらで乱暴に擦った。

「あ、でも妻が一人になるので」

柏井は「そうですなあ」と呟いた。隣に立っていた若い刑事に「お前、ちょっと奥さんと一緒にいてやってくれ」と言って控え室に残し、堂野だけを廊下へと連れ出した。

「犯人についてなんですが」

暗い廊下の隅で、柏井はそう切り出した。

「捕まったんですか」

喋りながら、堂野はズッと鼻を啜り上げた。

「捕まったというか、重要参考人として話を聞いている男が、限りなく黒に近いと私たちは睨んでいます」

「どんな奴なんですか」

柏井は「堂野さんも知っている男です」と答えた。まさか、まさかと思った。

「それは、喜多川が怪しいということですか」

刑事は頷いた。

「それって、何かの間違いじゃありませんか。彼が犯人だなんてありえない。ありえませんよ。穂花をとても可愛がってくれていて……」

「奴には、不審な点がいくつもあるんですよ。奥さんの話ではそれまで日曜日は必ずあなたの家に遊びにきていたのに、穂花ちゃんがさらわれたその日に限って、家には行かなかった。本人は朝まで飲んで、午前九時頃に家に帰ってからずっと寝ていたと言っている。確かに朝、職場の仲間と別れたところまではアリバイがあるが、それ以降、家で寝ていたというのは本人の証言だけで、アリバイはないんですよ」

「けど普通に考えて、寝ているのを証明しろっていうのは無理なんじゃないですか」

柏井は「ですがね」と続けた。

「奥さんは、事件のあった当日の午後五時過ぎに、一度喜多川の家に電話をしているんですよ。けど、電話に出なかった。よく眠っていて、電話に気づかなかったと本人は言っているが、もしかしたら『家』にいなかったから出られなかった、と考えることはできませんか」

堂野はあの日、自分がかけた時も喜多川が電話に出なかったことを思い出した。

「それにですね、穂花ちゃんが背の高い男と歩いていたと証言した小学生、その子を署に呼んでマジックミラー越しに喜多川を見てもらったんですが、喜多川が穂花ちゃんを連れていた男に『とても似てる』と証言したんですよ」

堂野は「ですがっ」と両手を握り締めた。

「穂花がいなくなった時、彼は率先して捜してくれたんです。自分の仕事まで休んで」

柏井は緩く首を振った。

「ひょっとして、それは自分が『疑われない』ためのパフォーマンスだったんじゃないですか？」

堂野は目を大きく見開いた。握り締めた両手が、震える。

「だけど彼には穂花をさらって、殺す理由がない」

「奥さんの話によると、喜多川はお子さんに随分と優しかったそうですね」

「ええ。穂花もよく懐いてました」

「純粋に子供が好きだったのかもしれないが、彼に邪《よこしま》な気持ちがなかったとは断言できないでしょう」

「そんな、喜多川に限って……」

柏井はボリボリと薄くなった頭頂部を掻いた。

「お父さんの前で非常に言いにくいですが、私たちは今回の事件を喜多川の悪戯目的の犯行ではないかと思ってるんですよ」

堂野は胸が悪くなった。喜多川の犯行と言われたことよりも、自分の子供が他人から、そういう対象として見られたことがたまらなく不愉快だった。

「他にも快楽殺人の可能性もあります。奴には殺人の前科があって……」

「前科は関係ないっ」

堂野は柏井が驚くような大きな声で叫んでいた。

「関係ない。喜多川はちゃんと刑期を勤めてる。それに捕まった最初の段階でもっとよく調べてくれていたら、彼は実際には殺してなかったかもしれないんだ。そういう可能性があったんだ」

一気にまくしたて、息が切れた。

「彼のことは、僕が一番よく知ってる」

堂野は右手を、自分の胸にあてた。真摯な訴えに、柏井はなぜか困ったような顔をした。

「知り合いだから、彼が『やった』と認めたくない堂野さんの気持ちはわからないでもないですが、喜多川が容疑者だというのは事実なんですよ。アリバイがなく、目撃証言もあって、殺人の前科がある。私たちだって、まるで雲を摑むような話をしているんじゃない」

堂野は唇を嚙んだ。

「知り合いだから違う、そうじゃないと堂野さんが言っても、容疑が固まれば我々は喜多川を逮捕します。それが、法律ですから」

言葉と事実に打ちのめされ、堂野は控え室に戻った。ずっと泣き通しの妻の肩を抱き寄せる。堂野も悲しかったが、それと同じぐらい悔しくて悔しくて仕方なかった。嫁に欲しいと、本気で言っていた子供を殺すものか。殺したりするものか。どうして信じてもらえないんだろうと思った。前科があるから、アリバイがないから、喜多川は警察の都合のいいように犯人に仕立て上げられるのだろうか。

喜多川は違う、絶対に違う。けれどそう思う堂野の心の隅に、ほんの一滴だけ黒いシミがあった。もしかしたらの黒いシミ。

……堂野はこれ以上、何も考えたくないと思った。


穂花の遺体は、いったん家に連れて帰ることにした。アパートに着くと、午前十時を回っていた。沈痛な家族をよそに空は青く、雲ひとつなかった。

生きている時と同じ、穂花を子供用の布団に寝かせる。その両脇に膝をついて座り、堂野も麻理子も一言も言葉を発さなかった。

「誰が穂花をこんな目にあわせたの」

ぽつりと呟いた麻理子の声が、堂野の胸にグッと刺さった。

「まだ四歳なのよ。四歳なのに……この子がどんな悪いことをしたっていうのっ。どうしてこの子じゃないといけなかったのっ」

麻理子は小さな体の上に泣き伏した。堂野は喜多川が容疑者になっているということを話した方がいいのかどうか迷った。

麻理子は喜多川を疑っていたが、犯人であってほしいとはきっと思っていなかった。信じたものに裏切られた時の失望を思うと、娘の死を受け入れるだけで精一杯の妻には話をしない方がいいような気がした。

他に何かできることをと考えて、親に知らせないといけないと思った。それから葬式の手配をしなくては……。

娘が死んでしまったというのに、堂野は自分が冷静だと思った。妻が泣いているから、自分はしっかりしないといけないと思ってしまうのだろうか。

「電話をしようか。君と僕の両親に」

麻理子が顔を上げた。

「それから、葬式の手配をしないといけない」

「お葬式なんて言わないでっ」

両耳を塞いで、麻理子は俯いた。

「何も聞きたくないっ」

現実を受け入れられない麻理子を、責めることはできなかった。だからといって、このまま何もしないわけにもいかない。

堂野は穂花が行方不明になった時から心配していた互いの両親に、電話をかけた。殺されて、遺体で見つかったと事実を述べたあとは、堂野も両親も互いに言葉もなかった。

親に知らせたあとは、家から近い場所にある葬儀社に連絡をした。諸々の手配をすませ、ふと時計を見ると午後四時になっていた。

不意に、家の電話が鳴った。受話器を取ると、堂野の母親からだった。

『さっき、テレビを見たわ。犯人は捕まっているのね』

堂野は「えっ」と問い返した。

『親戚の人が電話をくれたの。……あなたの知り合いなの？』

何を話して、どういう風に電話を切ったのか覚えてない。最後、今日中にそちらに行くつもりだと、母親はそう言っていたような気もする。

堂野は慌ててテレビに駆け寄り、電源を入れた。チャンネルを変え、ニュースをやっている番組を探す。

『一昨日午後、○○県○○市の会社員、堂野崇文さんの長女、穂花ちゃん四歳が何者かに連れ去られる事件がありましたが、今朝になって自宅から十五キロほど離れた川の河口付近で、遺体で発見されました。遺体に目立った損傷はなく、溺死だと思われています。現在、堂野さんの顔見知りで近所に住む、三十代の建設作業員の男が事件に関わった可能性があるとして、事情を聞いています』

かぶりつくようにしてテレビを見ていると、背後から「ねえ」と妻の声が聞こえた。慌てて振り返る。

「犯人は、喜多川さんだったの？」

「……まだ、決まったわけじゃない」

「けど、事件に関わった可能性があるって言ってるわ。喜多川さんじゃないの」

妻に両腕を摑まれ、大きく揺さぶられた。

「ねえっ」

麻理子の顔を見ないまま、堂野は答えた。

「その、可能性が高いと言われた」

やっぱり……と妻は呟いた。

「最初っからおかしいと思ってたのよ。あの人、少し変わってたもの。私たちとは話もしないくせに、子供とばかり遊んで。子供好きなのかと思ってたけど、あれは全部見せかけだったんじゃない」

「違うよ、喜多川は本当に可愛がってくれてたと……」

「可愛がってる人が、子供を殺すの？」

麻理子は怒鳴った。

「あの人、何なのよっ。いつもご飯を食べさせてあげてたのに。感謝されても、恨まれる覚えなんてないわよっ。あなたっ、どうしてあんな人と友達になんかなったりしたのっ」

古い友人ではなく、刑務所で知り合ったとは言えなかった。返事ができない堂野に「答えてよ、ねえっ」と妻は泣きながら詰め寄った。

午後八時までに、堂野と麻理子、互いの両親がやってきた。勝手がわからない堂野のかわりに、父が葬儀の手はずを整えてくれた。

午後九時のニュースで、喜多川の呼び名は『容疑者』に変わり、実名と顔写真が出た。過去に殺人の前科があることも明らかになった。それを聞いて麻理子は半狂乱になった。

「あなた、知ってたんでしょうっ」

取り乱す麻理子を、その母親が抱きとめた。

「あの男が、人を殺したことがあるって知ってたんでしょう。そんな男だと知っていながら、どうして私たちに紹介したの？　穂花と一緒に遊ばせたのよっ」

「罪は償ったんだよ。それに、喜多川は本当は殺してないかも……」

「今度は殺したじゃないの。穂花を殺したじゃないのようっ」

弁解もできず、責めるだけ責められて堂野はただただ俯くしかなかった。妻の両親にも「どうして殺人の前科がある男と、家族ぐるみで付き合ったんだ」と怒鳴られた。堂野の両親まで妻の両親に「息子が、申し訳ありませんでした」と頭を下げた。

喜多川には、服役していた時に随分と助けてもらったと言っても、今更だった。

堂野は子供の死を気の毒がられるよりも、前科のある男と知り合いだったこと、そんな男に妻と子供を関わらせてしまったことを周囲に責められた。

通夜の席でも、ヒソヒソ聞こえる。旦那さんの友達らしくて……。耳にするたびに、堂野も居たたまれなくなった。子供をなくした悲しみは麻理子と同じはずなのに、堂野は周囲から責められ、悪者になった。

麻理子は通夜も葬式も、ずっと泣き通しだった。葬式の日はテレビ局のレポーターが来て、堂野はコメントを求められたが、何も言うことができなかった。

葬式が終わると、潮が引くように人がいなくなった。周囲が静かになると、張り詰めていた緊張の糸がプツリと切れたように、麻理子は倒れた。慌てて病院に連れていくと、医師から「心労でしょうね。……それから奥様は妊娠されていますよ」と告げられた。……二ヵ月だった。

穂花の死を受け入れられないまま、次の生命を宿している……妊娠していると言われても、麻理子はそれを受け入れられないようで、話を聞いた時も、無表情のまま「はあ」と他人事のように相槌を打つだけだった。

けれど堂野は麻理子が妊娠してよかったと思った。経済上、二人目はやめておこうと思っていたが、こうなってしまった今、麻理子には何か拠り所になるものがあった方がいいような気がした。子供ができないように気をつけていたつもりだったのに、今回のことは神が与えてくれた絶妙のタイミングに思えた。

葬式が終わってから三日後、堂野はほぼ一週間ぶりに出社した。事情を知っている龍田が、必要以上に自分に気をつかってくれるのがどうにも切なかった。

一日が終わる頃には、堂野は少し気疲れした。午後七時、仕事から帰って駐車場に車をとめていると、通りの向かいから知った顔が近づいてくるのが見えた。穂花の事件を担当した刑事、柏井だった。

「どうも、こんにちは」

柏井はひょいと頭を下げた。

「その節は、お世話になりました」

堂野も頭を下げた。

「実はですね、穂花ちゃんの事件について、新たな証言があったので、二、三お聞きしたいことがあるんですが」

堂野は柏井を家に上げるかどうか迷った。麻理子はようやく落ち着いてきたところで、ここでまた穂花の話をしたら取り乱して、妊娠している体に障るかもしれない。

「その、妻はようやく落ち着いてきたところなので、ここでいいですか」

柏井は「あぁ、そうですね」と相槌を打った。結局、堂野は車の中で柏井と話をした。

「警察の方では、喜多川を容疑者ということで逮捕したのはご存知だと思います。奴には穂花ちゃんをさらった時間、死亡推定時刻の午後四時にアリバイはない。小学生の証言もある。まぁ、本人は否定してますがね」

「本人は、違うと言ってるんですか」

柏井はまあねえ、と首を傾げた。

「目撃証言があるので、まあ逮捕に踏み切ったわけですが、一昨日になって新たな証言がありましてね」

「新たな証言？」

「電話でね、中学生の子が事件のあった当日、雁長橋《がんちょう》に人が立っているのを見た、と言うんですよ」

穂花は、橋から落とされて溺死したであろうと報道された。雁長橋は、穂花が見つかった河口から一番近い場所にある橋だった。

「部活からの帰り、橋を渡ろうとしたら黒っぽい服を着た背の高い女が、橋の下を見て笑ってたそうなんですよ。薄気味が悪くて、覚えてたそうでね」

堂野は「女？」と反芻した。

「一昨日になって、中学生の親が警察署に電話をかけてきましてね。どうしても気になって仕方がないって。他にもいくつか気になる点があるので、捜査してるんですが……」

「それは、喜多川が犯人ではないかもしれないということですか」

柏井は「わかりません」と答えた。

「我々は今でも、喜多川だと思っていますが、万が一ということがありますのでね」

鼻の頭を、柏井は擦った。

「ところで……奥さんは先々月ですか、パートを辞められているようですが、辞めた理由は聞いていますか？」

「他の従業員と折り合いが悪かったと言っていましたが」

柏井は妻の話を聞いただけで、帰っていった。柏井がいなくなったあとも、堂野は車の中で一人、考えた。警察は一度「こうだ」と犯人を決めたら、犯人になるまで証拠を捜す。もしくは捏造《ねつぞう》する。その警察が、犯人が捕まったそのあとも捜査をしているということは、他の犯人の可能性が高いということだ。

堂野はハンドルに額をつけた。喜多川が犯人でないかもしれない。そのことだけで、気持ちが少し楽になった。


職場に復帰して四日目、再び柏井から堂野に連絡があった。携帯電話にかかってきた時、まだ職場にいたので慌てて廊下へ出た。

『容疑者が、捕まりました』

柏井の声は、淡々としていた。

『そのことについてお話をしたいので、奥様とご一緒に署まで来ていただけますか』

堂野は少し躊躇った。

「実は、妻は身重なんです。話は僕一人が聞きにいってはいけないでしょうか」

『今回の件は奥様も関係のあることですしねえ、私らも二、三確認したいことがあるので、申し訳ないですが二人ご一緒に来てもらえませんか』

柏井が譲る気配がないのは口調でわかった。堂野は諦めて、麻理子を連れて警察署に向かった。「どうしてまた警察に行かないといけないの?」と聞く妻に、一度に全ての事実を知らせてしまうよりはと思い「真犯人が見つかったそうなんだ」と告げた。

「犯人は、あの男じゃないの」

「詳しいことは刑事さんが話してくれる。僕も詳細は知らないんだ」

麻理子は車の中、終始怪訝な顔をしていた。警察署に着き、受付で柏井の名前を告げると、小さな部屋に案内された。妻と堂野は丸椅子に並んで腰掛けた。

「旦那さんには先に少し話をしましたが、穂花ちゃんを殺害した容疑者が捕まりました」

麻理子は堂野の手を握り締めたまま、唇をきつく噛み締めていた。

「喜多川じゃなかったんですか」

柏井は頷いた。

「容疑者の名前は『田口えり』。ご存知ですか？」

堂野は首を横に振ったが、麻理子は途端に真っ青な顔になった。

「麻理子、知っているのか？」

堂野が問いかけると、妻はそうとも違うともとれない、曖昧な首の振り方をした。

「田口えりは、奥さんが以前勤めていたサンスーパーの店長、田口浩之《ひろゆき》の妻なんですよ。以前モデルだったそうで、背が一八〇近くあって、髪も短くて……黒い帽子をかぶったら、小学生には男みたいに見えたんでしょうな」

堂野はスーパーを辞める際、妻が従業員と折り合いが悪いと話していたことを思い出した。

「店長の奥さんとも上手くいってなかったのか？」

麻理子は俯いて、両耳を押さえた。

「ご主人は、何もご存知ないんですね」

柏井と妻の間で取り交わされる意味深な言葉の意味を、この時になっても堂野は察することができなかった。

「奥さんとサンスーパーの店長である田口浩之は、二年ほど前から不倫関係にあったんですよ。これは他の従業員からの証言でも明らかです。パートを辞めたのは、二人の仲が噂になったから……そうですね、奥さん」

堂野は目を大きく見開いたまま、動けなかった。予想だにしなかった展開に、頭がついていかない。ぎくしゃくと首だけ傾けて「そうなのか」と隣の妻に問いかけてみても、返事はなかった。

「田口えりは、夫の浮気相手である堂野さんの奥さんを恨んで、見せしめのために娘である穂花ちゃんを殺したと供述しました」

麻理子は真っ青な顔のまま、ブルブルと震えた。

「田口夫婦は子供がいなくてですね、不妊治療を十年近く続けていたそうです。そんな中、夫が若い女と浮気をしていると知って、カッとなったと言っていました」

隣で妻がワッと泣き伏した。……嗚咽が聞こえる。堂野は俯いたまま、握り締めすぎて白くなった自分の指先を見ていた。

妻は口癖のように、自分のことを愛していると言った。優しい旦那様だと、自分は幸せ者だと。今の生活で満足しているはずなのに、どうして二年も浮気を続けたのか。

隣で泣いている女が、堂野はわからなくなった。妻が何を泣いているのか、それすらも理解できなくなっていた。

アパートに帰ってから、麻理子は寝室に引きこもってしまった。堂野はリビングで酒を飲みながら、事実を頭の中で整理した。麻理子は職場の上司と浮気をした。それが浮気相手の妻にばれ、激怒した浮気相手の妻が何の罪もない穂花を殺した。

誰が悪いんだろうと堂野は思った。浮気を二年も続けて、自分を裏切っていた妻だろうか。それとも二年も裏切られて、気づかなかった自分の方だろうか。

今になって思えば、浮気のような痕跡はいくつもあった。自分が知らないネックレス……あれは浮気相手からのプレゼントだったのかもしれない。友達と食事をしてきた夜、首筋の赤い跡を指摘すると、麻理子は動揺していた。あれは情事の痕跡だったのかもしれない。そして自分が帰ってきたのを見計らうようにして切られていた電話。

もっと用心深くならないといけなかったのだろうか。けれど自分の妻に限って、安い給料でも文句の一つも言わなかった妻に限って浮気をするなんて思わなかった。裏切られた……そんな思いが消えない。家族を守ろうとしたのに、裏切られた。堂野は酒をグッと呷った。こうなってしまったのは、自分がふがいないからだろうか。相手の男の方が、自分よりも魅力があったからだろうか。

堂野は頭を抱えた。悔しかったし、苦しかったし、悲しかった。考えて、考えて、堂野なりに一つの可能性を見出して、妻のいる寝室に向かった。

麻理子は部屋の隅で、まるで小さな子供のようにうずくまっていた。

「麻理子」

妻が、泣き濡れた顔を上げた。堂野は一メートルほどの距離をおいて、向かいに立った。

「その……」

先の言葉がつっかえた。それを口にするのも屈辱だった。

「……君は彼を愛しているの？」

麻理子から返事はなかった。

「もし君が、彼を愛しているなら、僕に別れてほしいって言えばよかったんだよ。結婚をしてから人を好きになることもあるんだから……気持ちが、そうなってしまうのは……もう仕方がないから」

麻理子は首を横に振った。

「それほど好きじゃなかったわ……」

か細い声で、返事があった。

「あなたの方が好きよ。今更、信じてもらえないかもしれないけど……」

堂野はわけがわからなかった。自分の方が好きだと言うなら、どうして浮気をしたのか。どうして他の男と寝たのか……。

「毎日が退屈だったの。幸せだけど、毎日が同じで……ずっとおばあちゃんになるまでこんな日が続くのかと思ったら、ゾッとしたの。そんな時に誘われて、不倫とかって、ドラマや雑誌でしか見たことなくて、本当にあるんだって思って……軽い気持ちで……」

「軽い気持ちで、二年も続けたのか」

麻理子はかぶりを振った。

「最初は遊びだったわ。だけど向こうが本気になっちゃって、妻と別れるって言い出した。それで嫌になって別れようとしたら、今度はあなたにバラすって脅されて、その時には一年近く経ってたし、情も移ってて何となく……」

堂野は唇を噛んだ。

「その軽い気持ちで、君は相手の奥さんと僕を傷つけたんだぞ」

麻理子は「知らなかったもの」と呟いた。

「妻帯者と関係を持てば、誰かを傷つける結果になるのはわかってるだろう。もう子供じゃないんだから」

叱りながら、堂野は自分の妻はこんなに身勝手な女だっただろうかと思った。よく気がつき、しっかり者で、周囲に気配りのできる人間だと思っていた。

「あなた、私を怒ってるんでしょう」

麻理子は堂野を睨んだ。

「私が浮気をしたから、穂花が殺されたんだものね。全部、私のせいだもの。あなたは何も悪くないんですものね」

「麻理子……」

「私だって苦しいのよ。そんな責めるような目で見ないでよっ。浮気が悪いことなのは知ってるわ。子供が殺されるってわかっていたら、こんなことしなかった。浮気なんて絶対にしなかった。でも、私だけのせいなの？　浮気をした人間はみんな、子供が殺されるの？　そうじゃないでしょうっ。たまたま相手の奥さんが嫉妬深くて、頭がおかしくて、こんなことになっちゃっただけじゃないの」

麻理子は握り締めた両手で、床をバンバンと叩いた。

「どうして私だけ、こんな思いをしないといけないの。子供を殺されたのに、娘をなくしたのに、みんなから責められないといけないのっ」

堂野は慰めの言葉も思いつかなかった。その身勝手さが、呆れると同時に切なくなる。人間は誰しも弱い部分がある。わかっている。わかってはいるが……。

妻を見下ろしながら、堂野は恐ろしい予感に囚われた。ずっと浮気をしていた妻。

その可能性がないわけじゃない。まさか、いくら何でもと思いつつ、一度浮かんだ疑惑の種は、頭の中から消そうにも消しきれなかった。

「その、君のお腹の中の子は、本当に僕の子供なの?」

麻理子の肩が、ピクリと震えた。

「僕らはずっと避妊していたよね……。それでも百パーセントじゃないから、そういうこともあるんだろうって思ってたけど……」

「わからない」

違う、とは言わなかった。堂野は踏み込んで聞かずにはいられなかった。

「相手の男とは、避妊してたのか」

「そんな、生々しいこと聞かないでっ」

「大事なことだろう。避妊してなかったら、向こうの子供かもしれないじゃないか」

麻理子は唇をキュッと嚙んだあと「してなかった」と呟いた。堂野は目の前が真っ暗になった。

「だって彼、自分は子供ができない体だって言うんだもの。極端に精子が少ないから、中出ししても大丈夫だって。だから……」

「どうして、僕の子供じゃないかもしれないって黙っていたんだ」

「私だって苦しんだのよ。でも、こんな時に言えるわけないじゃない。穂花が死んじやったのに、浮気相手の子供を妊娠してるかもしれないなんて」

「それじゃあ、どうするつもりだったんだ」

堂野は麻理子に詰め寄った。

「僕が何も知らなかったら、気づかなかったら、相手の男の子を僕の子として産んで、育てるつもりだったのか」

「じゃあ、堕ろす？」

挑戦的な妻の言葉に、堂野は頭を横殴りにされたような衝撃を受けた。

「この子は、きっと彼の子よ。タイミング的にもそんな気がするの。彼に話をしたら、産んでくれって泣いてたわ。頼むから殺さないでくれって」

堂野は息を呑んだ。

「でも私はあなたの妻だから、あなたが堕ろせって言うなら、堕ろすわ」

堂野は口許がわなないた。一人の人間の生死を、大切なことを、妻はなぜ自分に委ねようとするのだろう。堂野が関与しなかった部分での「過ち」を、責任を、押しつけようとするのだろう。その判断は、必ずしも自分がしなくてはいけないことなんだろうか。

麻理子の腹の中にある命。話を聞いた時は、こんな時だけど嬉しかった。そこに子供がいるという事実は変わらないのに、自分の気持ちは急速に冷めていく。恐ろしいほどに。

「僕に、その子を愛せと言うの？」

堂野はポツリと呟いた。

「君が、僕を裏切ったという証のその子を」

「体はそうだったかもしれない。けど、気持ちは裏切ってないわ。私はあなたのことが好きだもの。凄く凄く好きだもの。友達にも、みんなにも『麻理子の旦那さんは優しい人ね』って言われて、嬉しくて」

優しいという麻理子の言葉が、耳を上滑りしていく。嬉しいどころか、何の感慨もない。堂野は寝室を後にし、リビングへ戻った。じっとソファに腰掛けていたが、もうどうにも耐えきれなくなり、車のキーを手に表へ飛び出した。

乱暴に車をスタートさせる。どこへも行くあてはなかった。ただただ闇雲に車を走らせて、普段の自分からは考えられないような無茶な追い越しを何度もした。まるで怒鳴り声のようなクラクションが背後から浴びせかけられる。

そのうち、雨が降り出した。信号が赤になり、急ブレーキをかけた堂野は交差点で思いきりスピンした。

後続車も対向車もいなかったので、事故にはならなかった。けれどショックで堂野は腕がブルブルと震えた。しばらく交差点の中で立ち往生したので、他の車から何度もクラクションを鳴らされた。

スピンをして死ぬかと思ったことで、目が覚めた。堂野は交差点を抜け、車をゆっくりと走らせた。そうしているうちに、穂花が突き落とされたであろう橋の手前まで来て、車をとめた。妻と堂野は、事件があったあとに一度だけ橋の上に来た。大好きだった花と菓子を供えただけで、すぐに帰った。いつまでもその場にいたくなかった。

堂野は車を降りて、傘も差さずに橋を渡った。橋の中央には、花や菓子がたくさん飾られていた。冷たい雨に濡れながら、じっとそれらを見つめる。車のライトで歩道が明るくなった時、鮮やかな黄色の花が目についた。それも綺麗な輪になっている。手に取ると、短い茎が糸で丁寧に結びつけられていた。

堂野は車に戻り、迷うことなく車を走らせた。住宅街の外れにある一軒家、その傍にある空き地に車をとめた。

今にも崩れ落ちそうな古い家の周囲には、外灯もない。門を入ると、玄関先も庭も暗かった。

堂野は引き戸を両手で、ドンドンと叩いた。

「喜多川、喜多川」

何度も名前を呼んだ。そのうち、庭が少しだけ明るくなった。部屋の電気がついた

いた。

「別に」

「本当にすまなかった。悔しかっただろう」

なにしつこかったのに、今朝になって急に釈放された。……何でだろうな？」

なくてもよくなった。

日も勾留したことを。

からだ。そのうち玄関にもパッと明かりがついて、引き戸がガラガラと音をたてて開
喜多川は寝ていたのかもしれない。目を細め、無言で堂野を見下ろした。
「犯人と間違われて、ずっと留置場にいたんだろう」
抑揚のないいつもの調子で、喜多川は答えた。
喜多川はうっすら笑った。
「俺が捕まったのは、あんたのせいじゃない。『殺した』って言えってうるさかった
し、毎日毎日、朝から晩まで取り調べがあったが、それも大したことじゃない。あん
それは本当の犯人が捕まったからだ。都合のいい男を、無理矢理犯人に仕立て上げ
警察はちゃんと喜多川に謝ったんだろうかと思った。間違って捕まえたことを、何
「どうしてあんたは、濡れてるんだ？」
喜多川に指摘されるまで、堂野は自分がずぶ濡れであるということを忘れていた。

「あ、ちょっと外を……歩いて、傘を忘れてしまったから」

「それで、あんたは俺に文句を言いにきたのか」

堂野は驚いた。背が高く、そして穂花とよく遊んでくれていたというだけで犯人に間違われ、喜多川は嫌な目にあった。彼は何も悪くない。それどころかこっちが迷惑をかけた。

喜多川が犯人の可能性があると刑事に言われた時、口では「違う」と言いつつ、心の中で少しだけ疑っていた。信じきれていなかった。信じていたら、違うと抗議して、勾留されていた喜多川に面会に行っただろう。自分はずるい。犯人かもしれないという可能性を見た途端、誰も味方のいない男を放り出した。彼が、一人きりだと知っていたのに……。

「橋の上に黄色の花冠があった。きっと君だろうと思って、お礼を言いに……」

「あんなもんでいいのなら、俺は百だって二百だって作った」

喜多川はぽつりと呟いた。

「あの日、昼過ぎには遊びに行く約束をしてた。けど、飲みすぎて寝過ごした。約束通り、俺があんたん家に行ってたら、穂花は死ななかった」

喜多川は夜の向こう、遠くを見るような目をしていた。

「俺が約束を守っていれば、死ななかった」

「君のせいじゃない。あれは色々あって、運が悪かったんだ」

「運なんて知るか。とにかく、俺が行けば穂花は死ななかった」

喜多川は頑なに言い張った。

「死ななかったんだよ。俺はあの子を死なせたくなかった」

喜多川の両目から、ポロリと涙が落ちた。

「なぁ、これは罰か？　俺が大事にしてたものがなくなったのは、俺への罰か？　俺は人を殺した。けど刑務所に入った。十年くらい入った。それで俺の罪はチャラになったんじゃないのか。それとも……」

喜多川は堂野を見た。

「俺が殺した誰かにも、そいつを大切に思う誰かがいて、俺を恨んでたのか？　だから俺が大事にしてたものも、同じように殺されないといけなかったのか？」

「違うよ、これは……」

「でないと話が合わない。人を殺したことを、俺は何とも思ってなかった。けど誰かを殺したことで、俺と同じ思いをした人間がいたんだな。こうなったのは、自業自得か？　教えろよ。あんたは何でもよく知ってるじゃないか」

「何度も言うけど、君のせいじゃない。むしろ僕ら夫婦の問題だったんだ。君は何も悪くない。何も悪くないんだ」

「悪くないなら、どうして死んだんだよっ」

喜多川は叫んだ。声が、雨の庭に響く。堂野は目の前の男を見ているのが、切なくなった。

「……そういう運命だったんだよ。だから君が自分のせいだって、自分を責める必要はないんだ。君が家に来なくたって、あの日麻理子が昼寝をしなければよかったんだし、僕が休日出勤せずに家にいたら、ああいうことはおこらなかったかもしれない」

喜多川は、額を押さえた。

「あんたのガキを、可愛いなんて思わなきゃよかった。俺のことを好きって言うから、だから……俺は、こんなに苦しくて……」

慰めたくて、堂野はその頬に触れた。喜多川がゆっくりと顔を上げる。

「あんたもいつか、死ぬのか」

問いかけに、胸の奥がひやりとした。

「そうだよ」

「あんたが死んだら、俺はどうなるんだ？」

返事ができなかった。右手を強く摑まれる。それと同時に、堂野は気配を感じた。そういう気配は、自然と伝わってくる。腕を振り切って逃げようとしたら、追いかけられた。暗くて、道をあやまって庭の中に飛び込む。足許に伸び放題の草が絡んだ。

モタモタしている間に捕まって、堂野はそのまま草むらに倒れこんだ。大きな男が覆い被さってくる気配に、堂野は抵抗した。

「喜多川、喜多川っ」

唇が、冷たい唇に覆われた。ベルトがはずされ、ズボンの下だけがずり下ろされる。腰がひやりとして、次の瞬間には、硬くて大きなものがソコに押しつけられた。

「あっ……痛っ……」

強引に奥までズッと差し込まれた。そうやって堂野の動きを封じたあと、喜多川はネクタイをむしり、シャツをたくしあげた。雨が、地肌に落ちて冷たかった。それよりも、喜多川の手の方がもっと冷たかった。裸にした堂野を抱きかかえて、喜多川は腰をつかった。揺さぶられるたびに、強引に開かされた部分がズキズキと痛んで、堂野は悲鳴をあげた。

暴力で奪われながらも、堂野はキスを拒まなかった。生温かい舌を絡め、痛みに泣きながら男の背を抱いた。

苦痛なだけの交合が、快感に変わる一瞬があった。痛いのに、痛くてよかった。無茶苦茶なセックスの中で、自分がどうにかなってしまえばいいと思った。

男が動くと、周囲の草むらが揺れた。はらりと、男の肩に何か落ちた。黄色い花びら……堂野はぼんやり見つめていたそれを舌先ですくい、そっと飲み下した。

庭先で獣のようなセックスをしたあと、堂野は男に抱かれて家の中に連れ込まれた。風呂の湯が沸くまでの間、堂野は裸のまま毛布にくるまれ、喜多川に抱かれていた。

湯が沸くと、風呂に入れられた。最初は湯が腰に染みたが、そのうち慣れた。風呂に入りながら、抱き合った。最初のように、抗う気持ちは失せていた。

風呂から上がると、綺麗に拭われ裸のまま布団の中に連れ込まれた。喜多川も服を着てはいなかった。布団の中に潜り込んだ喜多川に胸の先を吸われて、堂野は子供を相手にしているような気持ちにさせられた。胸の先だけではなく、喜多川はまるで犬のように堂野の全身を舐めた。耳の裏から足の指の間まで、丹念に舐めた。

うつ伏せにされ、ヒリヒリと痛む部分をチロチロと舐められたあとで、また入れられた。本当に痛くて泣いても、喜多川は抜いてくれなかった。枕に顔を押しつけて泣いていると「愛してる」と言われた。

愛してる、愛している、愛してると……耳が痛くなるほど何度も。そうしていると、腰の痛みが薄れていくような気がして、不思議だった。

明け方になって、ようやく喜多川は眠りだした。堂野は揺さぶられすぎて腰が痛く、手洗いに立つこともままならなかった。仕事にも行けず、堂野は喜多川の家から会社に「休ませてください」と連絡を入れた。申し訳なさは、電話を切った瞬間に忘れた。

裸で動き回ると寒くて、堂野は布団の中に戻った。喜多川は口を少しあけて、子供みたいな顔をして寝ていた。キスをするのに、理由はなかった。したかったからした。

愛とは何なんだろうと堂野は考えた。みんなが大義名分のように使う、愛とは何だろうと。自分は確かに妻を愛していた。けれど今もそうなのかと聞かれれば、答えることができない。どうして？　それは裏切られたから。他の男と寝たから、二年も自分を裏切っていたから。裏切りという行為だけで、愛情が見えなくなるのは、本当に愛してなかったからだろうか。

小説や映画にあるように、ずっと一人の人を愛しつづけるのが、本物なんだろうか。自分の愛は偽物だったんだろうか。

隣に寝る男を、今思う気持ちは何だろう。キスしたいと思う気持ちは何だろう。愛していると言われるたびに、胸が締めつけられるこの気持ちは何だろう。妻に裏切られて、自棄になって、そんな時に嫌というほどまっすぐな思いをぶつけられて、流されているだけだろうか。

今まで手にしていたものをなくしたから、それじゃあ自分はずるくないだろうか。嫌なことばかりで、責任ばかり押しつけられて、だからこの男を愛していると思うことで、目の前の現実から逃げてるだけじゃないだろうか。

もしも本当に愛していたら、刑務所にいた時から愛せていたはずだった。好きだと言われた時に好きだと言えていたはずだった。あの時から、喜多川はずっと「好きだ」と言ってくれていたのだから。

麻理子をずるいと思っていた。自分を裏切って、何もかも責任を押しつけてずるいと。けれど自分が、今していることも結局は同じだ。愛情が何かわからなくても、セックスは成立するのだから。男同士だから、子供ができないだけで……それは一回でも何回でも変わりはない。

考えているうちに、泣けてきた。死んでしまった命と生まれてくる命と、そして自分自身のことを考える。考えているうちに自分が嫌になって、そして小さく丸まった。

昼過ぎ、堂野が目を覚ますと、喜多川はいなかった。仕事に行ったのかもしれなかった。堂野は周囲を見渡した。部屋の中には、自分が寝ている布団と、三段ボックスが一つしかない。その中には、本やスケッチブックがきちんと整理整頓され置かれていた。本は新しいものはなく、どれもくたびれたようなものばかりだった。その中に一冊だけ、新しい本があった。表紙はサグラダ・ファミリアで、中はガウディの建築物を写真で紹介したものだった。

スケッチブックも多かった。十冊近くある。どんな絵を描いているんだろうと思って、一冊抜き取る。捲ってみると、自分の顔で驚いた。絵の下にある日付は、三年前のものだから、刑務所にいた時の顔を思い出して描いたのだろう。坊主頭だった。自分の似顔絵を見るのはきまりが悪くてパラパラ捲ってみるけれど、どれも自分の顔ばかりだった。次に開いたスケッチブックも、同じ。一番新しいものは使いかけで、途中のページに『顔を、忘れる』と走り書きしてあった。

刑務所で、写真が撮れるはずもない。だから喜多川は記憶を頼りに自分の顔を描いていたんだろう。けれどそれも年月が経つうちに忘れてしまいそうになって……。使いかけのスケッチブック、堂野の似顔絵は今年の三月以降は描かれていなかった。

堂野はスケッチブックを三段ボックスの中に戻した。周囲にタオルもないので、全裸のまま次の部屋へ続く襖を開けた。パッと日の光が差し込んできて、目を閉じる。

その部屋はテレビが床に置かれ、中央に小さなテーブルがあった。庭に向かって縁側があり、そこに大きな背中の影が見えた。

襖の開く音に気づいたのか、影が振り返った。喜多川はジーンズを穿いていたが、上は何も着てなかった。

「服がない」

「あんたのは、今乾かしてる」

見れば、自分の濡れた服が庭に植えられた木の間に渡された洗濯紐に、干されていた。

「タオルはないかな。乾くまで、腰だけでも……」

「塀が高いから、外からは見えないぞ」

確かに塀はあるが、裸で歩き回るというのは落ち着かない。けれど喜多川が着替えを用意してくれる気配はないので、仕方なく裸のまま喜多川の傍まで這っていった。

縁側の板の上には、茎から折られた黄色い花が沢山散らばっていた。それを喜多川は一つ一つ糸で縫い合わせていた。

「花の冠？」

「これは今日の分だ。花はすぐに枯れる。枯れたのは嫌だろうと思ってな」

喜多川の指は、器用に動く。

「前に聞いたことがある。そいつのことを考えてやるのも供養の一つだってな。だから、これを作りながら、ずっと考えてるんだ」

堂野は背後から、喜多川を抱き締めた。感情までたかぶってきて、少し涙が出た。愛情の如何とか、本物とか、偽物とか……延々と考えつづけたそれらのものが、どうでもよくなってきた。

今、目の前にいる男が無性に愛しい。ただただ愛しい。抱き締める理由は、それだけでよかった。

「……仕事には、行かなくていいのか」

そう聞くと、喜多川は「クビになった」と呟いた。

「また、探さないといけない。家賃が払えなくなる」

喜多川は、抱き締める堂野の手に手を重ねた。

「俺は、長くいられる場所を見つけたら、庭のある家に住みたかった。草とか木がいっぱいあって、庭で犬が飼えるような。ここは確かに俺の家だけど、寂しい感じがする。あんたん家みたいに、あったかい感じにはならない」

庭の向こうを、喜多川はじっと見つめた。

「人がいないと、家は寂しいもんだな」

ザワザワと風の吹く中、ぽつりと喜多川は呟いた。

夕方、日が落ちる前に堂野は家に帰った。喜多川は門を出たところまでついてきたが、堂野を引き止めることはなかった。アパートの玄関ドアを開けると、外は随分と暗くなっているのに、中も暗かった。明かりをつけると、麻理子の靴がそろえて置かれていた。家の中にはいるようだった。

リビングに行くと、ソファでうずくまっている影があった。明かりをつける気配で気づいたのか、麻理子はバッと起き上がった。

「どこか具合でも悪いの？」

麻理子は首を横に振った。

「……昨日、どこへ行ってたの……」

「喜多川の家に泊めてもらった」

麻理子はホッとしたような顔をした。

「もう、帰ってこないかと思った」

細い肩を震わせ、麻理子は両手で顔を覆った。

「会社に電話をかけたら、休んでるって言われて……」

堂野は、手にしていたビニール袋をテーブルに置いた。

「何か食べた？」

麻理子は首を横に振った。

「食べよう。適当に買ってきた」

近所のコンビニで買ってきた惣菜をテーブルに並べて、食べる。麻理子はお茶をいれた。食事を終えたあと、片づけを終えた麻理子に、堂野は「君に話がある」と切り出した。

リビングのソファで向かい合う。麻理子は俯いたまま、顔を上げなかった。

「あれから色々と考えた。君の浮気のこと、お腹の中の子供のこと、穂花のこと……」

堂野は言葉を切った。

「このまま君と一緒にいて、お腹の子供を僕らの子として育てていくという選択肢もある。僕はその子を愛せないと言ったけど、長く一緒にいれば情が湧いて、可愛いと思えるようになるかもしれない。たとえその子は愛せるようになっても、僕はもう君を、以前のように妻として、生涯の伴侶として見ることができない」

麻理子の頬が強張った。

「一度の浮気ぐらいって、思うかもしれない。許せる人もいるのかもしれない。けれどそこは価値観の違いだと思う」

私は……と麻理子は震える声で続けた。

「あなたのこと、愛してるわ」

「僕は君の気持ちがわからない。人の気持ちって、もともと推し量れるものじゃないから、わかるって表現がおかしいのかもしれないね。けど、一つだけ確かなのは、このまま一緒にいても僕は君を守っていきたいと思えない。……大切に思えないんだ」

離婚してください、と堂野は告げた。麻理子は唇を噛んだまま、両手を握り締めた。

「お腹の子は、どうするの」

「その子に関しては、一切を君に任せる」

「無責任だわっ」

「君は、僕の子じゃないって確信してるんだろう。あの男の子供だって。それで、僕に決定権を求めるのは間違っている」

けどっ、と言いかけた麻理子を遮った。

「僕と離婚して、もしできるようなら、君はあの男と再婚すればいい。そしたら、本当の親子で暮らせる。ここじゃ人の目があるから、住むのは離れた場所がいいかもしれない。君が好きで、子供も認知したいと言ってるんだろう」

常識で考えてよっ、と麻理子は叫んだ。

「穂花を殺した女の夫なのよ。そんな男と再婚なんて絶対に嫌よ」

「それでも、あの男は君に産んでほしいと言ったんだろう」

「けどっ……」

堂野は、言うか言うまいか悩んだ。けれど結局、それを口にした。

「君は自分に責任を持つべきだ」

麻理子は唇を噛んだ。

「絶対に別れないから」

そう呟いた。

「あなたのこと好きだもの」

「裁判で争うことはしたくないんだ。円満に別れたい」

麻理子は号泣した。泣いている妻を見ても、かわいそうだと思っても、慰めてはいけないと自分に言い聞かせた。

「財産は君に全て譲る。僕から言い出したことだし、子供が生まれたら君も生活費が必要だろうから」

麻理子は泣いて、泣いて、そのうちふらふらとリビングを出ていった。寝室に行ったのかと思っていたが、しばらくするとバスルームから水音が聞こえてきた。シャワーの音は、いつまでも止まらない。それに気づいた時、堂野は脱衣所へと走った。バスルームへ続くドアに、鍵はかかってなかった。開けた瞬間、堂野が見たのは真っ赤になったバスルームの床だった。その傍には、果物ナイフが転がっている。ぐったりと座り込んだ麻理子を揺さぶると、意識はあった。

堂野は慌てて救急車を呼んだ。幸い切り傷は浅く、縫わなくても大丈夫だった。病院に運び込まれた麻理子は「死なせて」と大暴れし、鎮静剤を打たれてようやく眠り始めた。

麻理子はこんこんと半日、眠り続けた。ようやく目をあけたその時、堂野を見てポロリと涙を零した。

「傷はそれほど深くない。お腹の子も、大丈夫だそうだ」

麻理子はシーツを頭から被って、嗚咽を漏らした。

「もうすぐ君の両親が来る。そしたら交替してもらうから」

ベッドから麻理子が起き出した。

「ついててくれないの」

「僕は会社に行かないといけない。随分と休んでしまったから」

「あなたが傍にいてくれないと、死ぬわ」

「困らせないでくれ」

「本気よ、本気で死ぬから」

堂野は細く、ため息をついた。

「君の両親には、話をしたよ。別れたいということも話した。そしたら納得してくれた」

するとそれまで弱々しかった麻理子の表情が豹変した。

「最初に浮気をしたのはお前の娘だって、私を悪者にしたんでしょう」

麻理子の浮気が原因だということは、そこまではっきりとは語られなくても、そういったニュアンスで昨日、報道されてしまった。麻理子と堂野の両親も、既に知っていたに違いなかった。

「お互い、それぞれでやり直そう。この結婚が間違っていたとは思わない。思わないけど、どこかでずれていたんだと思う」

麻理子は別れる、とは言ってくれなかった。朝の六時を過ぎると、麻理子の両親が来たので交替した。アパートに帰り、穂花に手を合わせてから堂野は会社へ行き、上司に昨日急に会社を休んでしまったことを謝った。

午後七時過ぎ、仕事を終えた堂野はまっすぐ喜多川の家へ向かった。引き戸を叩くと、飛んで出てきた。息を切らす、そんな些細なことが無性に愛しい。「何をしていたんだい」と聞くと、俯き加減に「本を読んでいた」と答えた。

「夕飯は、食べた？」

「まだだ」

「食べようか。買ってきた」

小さなテーブルで向かい合って、食事をする。喜多川は様子を窺うように、何度もこちらを見た。庭に続く窓は開いてて、うつそうとした庭からは虫の鳴き声が聞こえてきた。懐かしいそれに引き寄せられるように、堂野は食事が終わると縁側に出た。喜多川が隣に腰掛ける。

「妻と別れることになると思う」

さり気なさを装って、堂野は告げた。

「少し揉めそうだけど、落ち着いたらここに居候させてもらってもいいだろうか。財産を向こうに譲り渡すことになったら、金がなくなると思う」

返事がなかった。そのことに堂野は焦りを覚えた。照れからではなく、隣の男の顔が見られなくなる。

「急に色々言っても驚くよね。それに最初から人の家に居候っていうのも、よく考えたら甘えてるし……」

「他に言うことは、ないのか」

問われ、喉がゴクリと鳴った。静けさが、虫の声が、余計に焦りを掻き立てる。

「いや、別に……」

堂野は俯いた。両手を握り合わせる。また、沈黙する。気まずくなって立ち上がろうとすると、右手を摑まれた。

「どこ行くんだ」

まっすぐに見つめられる。

「今日は、帰ろうと思ってたから」

「帰るな」

「あ、でも」

引き寄せられ、抱き締められた。ベルトに手がかかり、性急に服を脱がしてくる。

「喜多川、その……」

抗っても聞かない。堂野も途中で覚悟した。縁側で、全裸で抱かれる。相変わらず腰は痺れるほど痛んだが、涙は出なかった。二度、喜多川は堂野の中に射精した。セックスしたあと、二人で風呂に入った。髪を洗われたが、シャンプーがないので石鹸でゴシゴシやられて、少し痛かった。

「帰るな」

風呂の中で、堂野を抱き締めたまま、喜多川は呟いた。傍にいてやりたいのはやまやまだが、堂野にも帰りたい理由があった。

「今日は麻理子が家にいないんだ。穂花のお骨が一人になる。だから帰ろうと思って……」

喜多川が、眉間に皺を寄せて俯いた。それでも堂野を強く抱き締めてくる。

「あんたが帰ったら、俺は一人だ」

「うん、また来るから」

「一人でも、平気だった。今までずっと、一人だった。あんたん家にメシ食いにいって、子供と遊んで、帰る時も嫌な感じがした。今はもっと嫌な感じがする。泣きたくなる。どうしてだろうな。あんたは俺とセックスもキスもするのに、余計に……」

頼りなく見つめてくる目。堂野は男の頭を抱きかかえて、キスした。

「もう少し、もう少ししたら、ここに来るから。寂しいなんて思わないように、傍にいるよ」

風呂から上がると、堂野は帰り支度をはじめた。「帰るから……」、そう声をかけても、部屋の隅で背中を向けたまま、返事をしない。仕方がないからそのまま帰ろうとすると、門を出る前に引き止められた。

「明日は、来る？」

「泊まれなくても、仕事の帰りに寄るよ」

「一日が、長い」

堂野は笑った。

「寝たら、半分過ぎる。そしたらもう朝だ」

駄々を捏《こ》ねる子供のような男の手をぎゅっと握って、堂野は車に乗った。ずっと門の前から動かない喜多川をバックミラー越しに見ていると、切なくなってきた。あんなに寂しがっていたのに、いっそ家に連れてくればよかったと思った時には、アパートに帰り着いていた。

自分の部屋の明かりがついていることに、堂野はギョッとした。麻理子が帰ってきているのだろうか、それともその両親が……。

堂野が家に入ると、麻理子の靴があった。確かに容態自体は大したことがなかったが、まさか昨日の今日で帰ってくるとは思わなかった。

「お帰りなさい」

ドアの開く音を聞きつけたのか、麻理子が廊下まで出てきた。

「遅かったのね。お食事、まだでしょう」

普段のように、いつものように振る舞おうとする麻理子の態度が、逆に不自然だった。

「いや、食べてきた」

あ、そうなの……と麻理子は俯いた。手首の包帯が、目に痛いほど白い。

「じゃあ、お風呂に入る？」

堂野が躊躇っていると、麻理子は首を傾げた。

「それもいいよ。僕はもう寝るから」

麻理子の隣を過ぎる。瞬間、腕を摑まれた。

「どこに行ってたの」

こちらを見る目は、厳しかった。

「どこって……」

「どこでご飯を食べて、お風呂に入ってきたか聞いてるのっ」

鋭さに、胸が震えた。

「安っぽい石鹸のにおいに、ムカムカする。私のこと浮気したって軽蔑するけど、あなただって同じことをしてるんじゃない」

「違う」

「自分だって浮気してるんじゃない。それなのに、離婚するのは私のせいだみたいな言い方をして。酷いわっ。相手は誰よ。どんな女よっ。正直に言いなさいよっ」

麻理子に摑みかかられて、堂野は床の上に引っくり返った。殴られると痛いが、抵抗はしなかった。そのうち麻理子は静かになり、堂野の上に乗りかかったままで泣き出した。

「その人のこと、私よりも好きになったから、だから別れるっていうんでしょう。嫌よ。子供だっているのに」

けれど麻理子がお腹をさするその子は、堂野の子供ではない。

「好きかどうかは正直わからない。けど、優しくしてやりたい」

麻理子が顔を上げた。

「僕がいるだけでいいというから、だから……」

「あなた、ずるいわ。傷ついたって、自分はちゃんと頼れる相手がいるんじゃない。私一人だけ、みんなに後ろ指をさされて……」

後ろ指さされたのは、自分のせいだ。遊びのつもりの行為が、自分だけではなくどれだけの人間を傷つけたか、麻理子は見ようともしない。堂野も、浮気相手も、浮気相手の妻も……。

「どこの誰よ。どこの女よ。言いなさいよ。言いなさいったら！」

襟許を摑んで揺すぶられた。堂野は妻の、どこが好きだったのか思い出そうとした。でも嫌な思いに侵食されて、楽しかった思い出までが灰色に濁っていく。

「喜多川だよ。喜多川の家で、ご飯を食べて風呂に入ってきた」

瞬間、麻理子の顔にホッとした表情が浮かんだ。

「喜多川さんの家なら、最初に言ってくれればいいのに。そうよね、あなたあの人とても仲がいいから」

「彼と、寝たんだ」

麻理子の顔が強張った。

「喜多川は不幸な男で、生い立ちもそうだけど人に愛されたことがない。だから、僕が一緒にいてやりたい」

「あ、あなた、何を言ってるのっ」

「僕は、僕だけだと言ってくれる人の気持ちに、応えたい」

「男同士じゃないのっ。それなのに……」

「関係ないよ」

堂野は言葉を切った。

「そういうのは、関係ないんだ」

呆然と腹の上に乗りかかる麻理子を、床に座らせた。

「関係を持ったのは、一昨日だ。けどまだ君と別れてないから、浮気になるかもしれない。すまなかった」

堂野は両手をついて頭を下げ、そして麻理子を見た。

「喜多川圭と一緒にいたいので、どうか別れてください」

麻理子は何も言わなかった。何も言わず、ただ顔を背けていた。


翌朝、麻理子はいつまでもベッドから出てこなかった。堂野は声もかけず、食パンだけの簡単な朝食をすませてから仕事に出かけた。

仕事は七時過ぎに終わった。喜多川の家に行きたかったが、麻理子がいるので、帰りが遅くなるとまずいような気がした。

それに、麻理子は堂野と喜多川の関係を受け入れられていない。離婚のこともあるし、まだいくつか詰めていかなくてはいけない話がある。

今日は行けない。昨日の寂しがっていた姿を見ているだけに、申し訳ない気持ちで喜多川の家に電話をかけたけれど、繋がらなかった。

どうしたんだろうと気になって、帰りに喜多川の家に寄ろうと遠回りした。信号待ちをしている間、ぼんやり前を見ていると、自転車に乗った喜多川がスッと走りすぎていった。

慌ててサイドガラスを下ろし声をかけたが、遅かった。しかも堂野が行こうとしている方向と、喜多川が走っていった方向は違う。自分が行くと約束していたのに、出かけているのが気になった。驕《おご》りかもしれない、だけどそう思った。堂野は途中で車を回し、喜多川が走っていった方向に向かった。

喜多川にだってプライベートはあるし、自分との約束があったからといって、出かけてはいけないわけではないけれど、気になる。

どこかで自転車は曲がってしまったのか、喜多川を見つけられない。堂野はそのままダラダラと車を走らせた。そうしているうちに、穂花が落ちた橋の近くまでやってきた。引き返そうとして、ふと喜多川はそこへ行こうとしてるんじゃないかと気づいた。毎日、花冠を作ってくれている。今日の分を、穂花に届けようとしてくれているのかもしれない。

堂野は橋へと向かった。大きな橋の中央には、今も花束や菓子が絶えない。そこに、自転車と人影が見えた。やっぱり喜多川はここへ来ていた。声をかけようとして、ギョッとした。喜多川の向かいに誰かいる。ライトの中に浮かび上がった人影は、麻理子だった。

動揺した堂野は、そのまま声もかけずに行き過ぎた。二人は自分の車に気づかなかったようだった。振り向かないし、見ている風もない。堂野は橋を渡り数十メートルのところで車をとめた。海岸通りなので、車の量はそれほど多くない。路上駐車をしても、さほど迷惑にはならないはずだった。

麻理子と喜多川がどんな話をしているのか気になるが、近づいていって話に参加するのはためらわれた。

堂野は橋の手前で二人を見た。橋の欄干に手をかけて、二人は川をじっと見下ろしている。車が途切れて静かになり、橋の上の街灯に二人の姿がぼんやりと映しだされるだけになる。そんな中、不意に麻理子が左右を見渡すような素振りを見せたかと思うと、喜多川の背中を押した。大きな体がぐらりと前に傾いて、喜多川が落ちそうになる。踏みとどまったところを、更に麻理子は押した。

「やっ、やめろっ」

堂野は欄干の近くから飛び出した。麻理子が驚いたように後ずさる。喜多川は橋の向こうに身を乗り出して、片手で欄干を掴んで揺れているような状態だった。堂野は慌てて橋の向こうに身を乗り出すと、指が離れかけた寸前の喜多川の右手首をしっかりと掴んだ。ズシッと一人分の重みが右手に伝わる。重たい。

「喜多川、左手で何か掴めるか」

重たくて引き上げられない。喜多川も何とか欄干を掴もうとするけれど、上手くいかない。

「麻理子、誰か呼んできてっ」

麻理子は青い顔をしたまま動かなかった。

「早くっ、早く誰か連れてくるんだっ」

右手が痺れてくる。片手で、何十キロもある男を長時間支えるのは無理だ。しかも風で喜多川の体が揺れる。

喜多川の下に、暗い川の水面が見えた。欄干を掴んでいる左手まで痺れてきて、堂野はもう駄目かもしれないと思った。

早く誰か、誰か……そう思って必死で歯を食いしばる堂野の耳に、声が聞こえた。

「手、離せよ。あんたまで落ちる」

揺れる喜多川の顔に、恐怖の色はなかった。

「い、嫌だっ」

「子供が生まれるんだろ。あんたん家は、またあったかい家になる」

子供が生まれても、あたたかい家にはならない。それは自分が一番よくわかっている。

「最後に一緒にいるのが、あんたでよかった」

喜多川が、フッと息をついた。

「あんたに会えて、よかったよ」

そう言い、喜多川は摑まれた自分の右手を捻った。重さにギリギリ耐えていた右手が、捻られる動きに耐えられず離れそうになる。

堂野は摑んだ手を離したくなかった。こんなことで、一人で、逝かせたくなかった。

僕でいいなら、一緒にいてやる。そう思って左手を離した途端、楽になった。吸い込まれるように二人して落ちていく瞬間、喜多川は信じられないといった顔で自分を見ていた。

水の衝撃を受けるまでの数秒、堂野は喜多川に一度も「愛している」と言わなかったことを思い出した。言わなかったことを後悔したが、それも今更だった。

崇文、崇文、と何度も名前を呼んで揺さぶられた。うっすら目を開けると、強く抱き締められた。

「喜多川……」

痛いほど抱き締められた、その肩越し、遠くに橋が見えた。落ちても、死ななかった。そのことにホッとすると同時に、体中の力が抜けた。

ずぶ濡れだけど、自分は生きている。確かに生きていた。

「動かないあんたを、ここまで引きずってきた」

喜多川の声が震えていた。

「死んだかと思った。どうして、あんただけ死ぬんだと思った。悪いことをしたら、一緒に死なせてももらえないのかと思った」

堂野は震える男の頭を抱き締めた。

「君が、好きだ」

男の背中が、震えた。

「君を愛してる。だから一緒にいたい」

「子供ができるんだろ。あんたの奥さんが言ってた。だから俺に、遠くに行けって

「……」

「僕は君がいい。君も子供みたいなものだから、一つしか選べないとしたら、僕は君を選ぶ」

「俺の家は、あんたん家みたいにあったかくない。古いし、綺麗でもない」

「それでも君の家がいい」

堂野は喜多川を見た。

「君が、いいんだ」

喜多川は手放しで泣いた。子供みたいに泣いた。堂野はそんな男を強く抱き締めて、何度も好きだと繰り返した。

橋に高さはあったが、落ちても死ぬほどではなかった。ただ堂野はショックで気を失っていたようなので、喜多川がいなければ溺死していたかもしれなかった。

堂野に別れ話を切り出され、相手が喜多川だと知った麻理子は、それがどうしても許せなかったようで喜多川を呼び出し、子供ができたから自分たちの前からいなくなってほしい、と言ったようだった。喜多川は「いる」とも「いなくなる」とも返事ができず、黙っていた。すると麻理子が「下の方に、何かいるみたい」と橋の下を指さし、喜多川が欄干に近づき下を覗き込んだ時に、背後から背中を押した。

喜多川を突き落とそうとした行為、それで万が一怪我でもしていたら、傷害罪になった。麻理子も突発的な自分の行動を後悔していたし「どうか許してやってほしい」と堂野が頭を下げると、喜多川は「別に」とボソリと呟いた。

麻理子とは、離婚を前提に話を進めた。けれど遅々として状況は変わらず、正式に離婚が成立するまでに、一年ほどかかった。

紙の上での離婚が成立する前から、堂野は喜多川の家に居候するようになった。正直、麻理子と一緒に生活をするのが苦痛だった。妻は自分の存在をアピールするように、凝った料理を作ってみたり、堂野に甘えてきた。堂野にはそれら全てがまがいもののように思えて、心から「ありがとう」と言う気になれなかった。どこか釈然としないまま、麻理子の美味しい料理を食べているよりも、喜多川と出来合いの弁当を食べている方がよかった。

堂野は喜多川の家に転がりこんだ際、「妻とはまだ離婚していない。話し合いに時間がかかっている」と正直に話した。喜多川は一度も堂野が妻と今、どうなっているかとは聞かなかった。

離婚の話し合いが長引くにつれ、麻理子の腹はどんどん膨れていった。それを見た麻理子の両親が「もう一度、考え直したらどうだ」と言ってきたけれど、堂野は離婚の意思を曲げなかった。

麻理子は、誰の子かわからない子を産んだ。堂野は顔を見ていないが、男の子のようだった。子供が生まれると、麻理子は嫡出否認をしないなら離婚届に判を押す、と言い出した。それを聞いた時、堂野はその子は相手の男の子供だったんだなと悟った。

堂野は子供を認知し、そのかわりに判の押された離婚届を手に入れた。

七月の初めだった。その日、堂野は麻理子から郵送されてきた離婚届を、昼休みに市役所へ提出した。

独り身になったその夜、喜多川の家に帰った堂野は、離婚が成立したことを言おうと思った。けれどいきなり「離婚した」と切り出すのもどうかと思い、タイミングを見計らっているうちに、紙切れ一枚のことだし、だんだんどうでもいいかと思えてきた。

「おい」

風呂上がり、居間でテレビを見ていた堂野を喜多川が縁側で呼んだ。

「梨、食うか」

「あ、うん」

堂野は、喜多川の隣に腰掛けた。綺麗に剝かれた梨を、堂野は摘んで口許に運んだ。シャクシャクとして、甘くて美味しかった。

「なあ」

蚊に刺されたような気がして、堂野が首筋を掻いていると、喜多川がぽつりと呟いた。

「現場の近くに犬を捨ててあってさ。明日もいたら、拾ってきていいか」

「いいよ」

喜多川はこっちを見なかったが、嬉しそうに肩を竦めていた。

「僕に断らなくても、ここは君の家なんだし、飼えばいいんだよ」

「まあな。でも、あんたに相談してみたかったんだよ」

喜多川は堂野の右手を摑んで、自分の口許に運んだ。梨の汁が残った指先が甘かったのか、ペチャペチャと犬のように舐める。

「あんた、首のとこ赤いぞ」

堂野は首筋を撫でた。

「何か、刺されたみたいで」

「吸ってやろうか」

言うなり、喜多川は堂野の首筋に吸いついた。甘嚙みして、吸い上げる。皮膚がピリピリしてきて、堂野はそれが快感のせいなのか痒みのせいなのかわからなくなってきた。

明らかに快感が増して、すっかり赤くなった堂野の顔を見て、喜多川が笑った。

「夢が、かなう」

「ゆめ……」

「家があって、あんたがいて、犬が飼える。俺がずっと、夢見てた通りだ」

ほんの些細な男の夢が、幼い夢がどうにも切なくなる。堂野は男の唇にキスした。

「今日、離婚が成立した」

間近で告げた。

「……ふうん、それで？」

確かに、ふうん、程度のことかもしれない。こだわっていたのは、自分だけで……。堂野は苦笑いすると、浅黒く日焼けした男のこめかみを撫でて「何でもない」と呟いた。

解説

三浦しをん
（作家）

『箱の中』はもともと、ＢＬ（ボーイズラブ）として発表された作品だ。『箱の中』は二〇〇六年三月に、続編『檻の外』は同年五月に、それぞれノベルスサイズで刊行された（ノベルス版には、この文庫には収録されていない短編が加わっているため、二冊に分かれていた）。

ノベルス版『箱の中』が出た当時、「また木原音瀬《このはらなりせ》さんが傑作を書いたー！」と、私は友人たちと熱く語りあった。続編『檻の外』が出たときには、感動の涙があふれるばかりで、友人たちも私ももう声もなく、「読んだか？」「むろん！」と目と目で会話するほかなかった。

木原音瀬さんは、九〇年代半ばから活躍する作家だ。デビュー当時から現在に至るまで、多数の傑作を発表しつづけており、ＢＬ界を牽引してきた、突出した才能の持ち主である。ＢＬ愛読者のあいだでは広く知られた存在で、熱烈なファンが多い。Ｂ

Ｌ小説界でもっとも実力と人気のある作家の一人と言っていいだろう。

ここで、「ＢＬ」とはなんなのかを、少し説明してみよう。一言で言えば、「主に女性作者が、主に女性の読者に向けて書いた、男性同士の恋愛物語」だ。急いでつけくわえると、もちろん男性作者も少数ながらおられるし、ＢＬを愛読する男性も増えつつある。

ＢＬには小説もあれば漫画もあり、それぞれ才能ある書（描）き手が大勢いて、多種多様な作品が毎月たくさん刊行されている。安定した市場を形成しているのだが、ＢＬに興味のないかたは当然、本屋さんの一角を占めるＢＬコーナーが目に入ったとしても、素通りしてしまう。

興味のないかたにとっては、存在しないのと同じ、というのは、「ジャンル」物の宿命なのかもしれない。豊饒な世界を擁しているにもかかわらず、ＳＦやホラーやファンタジーの多くが、現状、「ジャンル」物と見なされ、よほどの話題作にならないかぎり、一部の熱心なファン以外はあまり手に取らないのと同じである。

創作物を「ジャンル」で語り、妙なレッテルを貼ったり偏見の目で見たりするのは、愚かしいことなのではないかと私自身は考えている。「ＳＦには興味ないから」と言うのと同様に、「ＢＬには興味ないから」と読みもせずに遠ざけてしまうのは、もったいない。読めば、奥深く楽しい世界が広がっていることに気づくのになあ、と思う。もちろん、ひとそれぞれの好みというものがあるのは、どんな創作物でも同じだ。「好みじゃない」と言っているひとに押しつける気はまったくないが、それなりの数を読んでみなければ、好みか好みじゃないかわからないままだ。

BLを読んだことのないかたにとっては、BLは謎の「ジャンル」のようだ。未だに、「美少年同士がイチャイチャしてるんでしょ」というイメージをお持ちのかたもいらっしゃる。しかし、そのイメージがまちがっていることは、『箱の中』をお読みになれば、おわかりいただけるだろう。BLは、ものすごく幅の広い「ジャンル」なのである。「美少年同士がイチャイチャしてる」作品もないとは言えないが、むしろ少数派で、登場人物の年齢や職業や境遇はさまざまだ。舞台も現代日本だけではなく、時代物や外国を舞台にしたもの、SFやファンタジー設定のものもある。サスペンスやホラー設定の作品も皆無ではない。「こういう設定で、こういう登場人物が出てくるのがBL」と一概には言えないほど、作品数も多く、そこに描かれる物語は多様なのだ。だから、おもしろい。おもしろいから、安定した市場を形成している。

では、そのなかで木原さんを、「突出した才能」と評したのはなぜか。

BLは多種多様な作品を内包した「ジャンル」だが、一応は「男性同士の恋愛物語」という大前提の「お約束」がある。「お約束」をべつの言葉に言い換えれば、「BLをBLたらしめる基本ライン」となるだろうか。多くのBL作品は、この基本ラインに沿って書（描）かれるので、全体として、ある種の傾向は確実に見られる。つまり多くのBLは、登場人物や設定は多岐にわたれど、基本的には「読んでうっとりできる恋愛物語」なのだ。

しかしもちろん、「お約束」は破るために存在するとも言える。「お約束」をどう破り、BLの「型」だとされるものを崩してみせるかが、作者の腕の見せどころだ。

木原さんの場合、「男性同士の恋愛物語」というBLの基本ラインははずしていないものの、そこで描かれる恋愛は「うっとり」という言葉では収まらない作品ばかりだ。木原さんは、ひりつくような人間関係の機微、心理の綾《あや》、そして愛がはらむ本質的な部分にまで、深く深く切りこんでいく。それは結局、「男性同士の恋愛」を通して、「愛や性や生活や理想に振りまわされ、卑劣と崇高の狭間で生きる、人間とはいったいなんなのか」を問うことにほかならない。

『箱の中』を例に考えてみよう。本作を乱暴に要約すると、痴漢の冤罪で刑務所に入ることになってしまった主人公が、そこで出会った殺人犯の男に好かれて困惑する話である。

この設定で、「お約束」に徹頭徹尾忠実に、「うっとり」するようなBLを書こうと志した場合、私だったら次のごときストーリーが思い浮かぶ。

冤罪で刑務所に入れられた主人公は、同房の粗暴な男に言い寄られ、困惑する。そんなある日、新たに担当になったという弁護士（身長一九〇センチの美丈夫、事務所は六本木ヒルズ）が接見にやってきた。弁護士の皮肉っぽい物言いに最初は反感を覚える主人公だが、徐々に彼の優しさに気づき、励まされていく。弁護士の大活躍によって、ついに主人公は冤罪が証明され、出所。しかし、冤罪とはいえ刑務所に入っていた自分が、これ以上弁護士のそばにいては、彼のためにならない。静かに身を引こうとした主人公を、弁護士はポンティアックに乗って迎えにきてくれた。「きみを愛してる。離したくない……！」。ついに二人は、六本木ヒルズの事務所兼弁護士の自宅で、身も心も結ばれるのであった。東京の夜景も二人を言祝《ことほ》ぐようだった。

……書いていていやになってきたが、こういうトンデモ展開でもおかしくないのが、BLのすごいところだ。それがまたBLが奥深く楽しい所以《ゆえん》で、私などではなく、うまい作家が書けば、たとえ右記のような筋であったとしても、「ぎゃははは、ありえん！」とツッコみつつ、最終的にはうっとりできる作品になるのである。

しかし木原さんの作品は、こういう「ベタ」な展開とはまったく無縁である。本作の主人公・堂野《どうの》は、刑務所で精神的にぎりぎりまで追いつめられる。殺人犯だという喜多川《きたがわ》は、子どものように無邪気に堂野を慕い、看守の目を盗んで布団のなかにまで潜りこんでくるが、堂野は喜多川を受け入れられない。互いのあいだに芽生えたほのかな感情を、刑務所のなかという特殊な環境にいるから生じた勘違いだと考え、退けてしまう。

本作には、華麗な弁護士も六本木ヒルズも登場しない。堂野の冤罪が晴れることも、明確なハッピーエンドが訪れることもない。どちらかといえば地味な男たちの、真実の愛をめぐる心の変遷が、淡々とした筆致で丁寧に描きだされていくのみだ。「うっとり」できる夢のような恋愛物語では全然ない。しかし、刑務所に入った経験がなくても、男であろうと女であろうと共感せずにはいられない、だれもが身に覚えのある、もしくはこれから体験する可能性のある、「他者をいかに受容し、愛するか」にまつわる物語なのである。

BL的にはやや変化球気味に、しかし人間心理を鋭く描くのが、木原さんの作品の特徴のひとつだ。その意味で、木原さんは作家として突出した才能の持ち主だが、BL作品全体の傾向からすると、少々異端の才能の持ち主だとも言える。BLには、ベタで華やかな物語だけではなく、パッと見には淡々として地味なように感じられる物語も存在し、なおかつそういう作品を書く木原さんが人気作家だという事実が、BL界およびBL読者の豊饒を証している。

堂野は、真面目で常識的な(「小市民的な」と言ってもいいかもしれない)男だ。暴力とは無縁に、家族や友だちの愛に包まれ、女性と恋愛をして生きてきた。そんな堂野にとって、喜多川は異物だ。常識がなく、「好きだ」と思ったら相手が同性だろうとおかまいなしに、せっせと好物のおかずをお裾分《すそわ》けしてくる。堂野の目には、そんな喜多川が、本当の意味での愛を知らぬ獣のように映る。

しかし、実はそうではなかったのだ、ということが、読み進むうちに明らかになる。常識や世間体に縛られ、愛の本質を深く考えたことがなかったのは、喜多川ではなく堂野のほうだった。

喜多川は堂野と出会うことによって、他者を思いやり、自らが犯した殺人について考えるようになる。堂野は、不器用ながら表明される喜多川の思いに直面し、人間にとって本当に必要な愛とはなんなのかを、少しずつ感知していく。本作は、愛によって人間が変化していくさま、真実の愛を知った人間が周囲の人間に影響を与えていくさまを、高い密度で表現している。

愛はうつくしいばかりでなく、醜く独善的な面をも持っている。特に『檻の外』では、刑務所を出た二人の運命の転変が描かれ、非常に残酷で痛切な事態も生じる。だれかを愛することは、ほかのだれかを選ばないこととイコールなのだ。その事実を突きつけられ、読んでいて息苦しい気持ちにもなってくる。だけど、その息苦しさこそが愛の真実の一面だ。

堂野と喜多川のその後が気になるかたは、ノベルス版『檻の外』（蒼竜社）に収録された短編『なつやすみ』も、ぜひお読みになってみてほしい。堂野と喜多川が、堂野の妻と子どもが、どういう人生を歩んでいるかが描かれる。これはもう、読み返すたびに涙が怒濤のごとくあふれる傑作だ。

もちろん、本書に収録された『箱の中』『脆弱な詐欺師』『檻の外』だけでも、「人間にとって、真実の愛とはなんなのか」というテーマは十全に語られている。だがやはり、『なつやすみ』をもって、この物語は本当に完結すると思う。『なつやすみ』まで読むと、堂野によって愛を教えられた喜多川が、今度は周囲のひとに身をもって愛のなんたるかを示すほどの存在に変化していることがわかる。『箱の中』シリーズは、獣のようだった喜多川が、愛によって救われ、人間になり、最終的には愛によって堂野やその周囲の人々を救う物語だ。喜多川がスケッチブックに描きつづけた、愛するひとの顔。そのひとと住む家の間取り。それらをついに、本当の意味で永遠に手に入れるまでを描いた、喜多川という男の愛についての物語なのだ。

『箱の中』で、堂野と喜多川はこういう男の会話を交わしている。

「これは取り引きじゃないんだ。見返りがあるなしの問題じゃなくて、気持ちの問題だから」

堂野の言葉に隣の男は黙り込んだ。

「俺は何もしてない」

「何もしてなくていいんだよ」

見返りの有無は関係ない。特別になにかをする必要もない。ただ、相手のことを心から思いやり、考えること。それこそが愛だ。実践は難しい。けれど、堂野も喜多川も最終的には、周囲のひとの心に常に寄り添い、「何もしてない」にもかかわらず素晴らしい影響を与え、変化をうながすほどの存在になっていく。互いが互いの愛によって、他者を受容しうる存在に変化していったがゆえに。

真実の愛が、いかに人間を救い、そのひとの生を豊かで深いものにするか。木原音瀬さんは、『箱の中』をはじめとするさまざまな作品のなかで、そのことを繰り返し描いている。ひりつくような痛みとともに。

今回、『箱の中』が講談社文庫になり、より広く多くの読者のもとに届くことを、BLを、小説を、創作物の持つ力を、信じ愛するものの一人として、心の底から喜んでいる。

本書は二〇〇六年三月に蒼竜社より刊行されたノベルス版『箱の中』と、同年五月に刊行されたノベルス版『檻の外』表題作を、『箱の中』として一冊にまとめたものです。

参考文献
『刑務所の中のごはん』永井道程（青林工藝舎）
『元刑務官が明かす刑務所のすべて』坂本敏夫（文藝春秋）
『刑務所の中』花輪和一（青林工藝舎）
『痴漢「冤罪裁判」—男にバンザイ通勤させる気か！』池上正樹（小学館）

|著者|木原音瀬　不器用でもどかしい恋愛心情を生々しく鮮やかに描き、ボーイズラブ小説界で不動の人気を持つ。ノベルス版『箱の中』と続編『檻の外』は刊行時、「ダ・ヴィンチ」誌上にてBL界の芥川賞と評され、話題となった。ノベルス版『美しいこと』（上・下）は舞台化され好評を博し再演。著書には講談社文庫版『美しいこと』の他に『あいの、うた』『リベット』『秘密』『さようなら、と君は手を振った』『リバーズエンド』（以上、蒼竜社 Holly NOVELS)、『月に笑う』（上・下)、『薔薇色の人生』（ともにリブレ出版）など多数。

箱《はこ》の中《なか》
木原音瀬《このはらなりせ》

2012年9月14日第1刷発行
2013年5月15日第5刷発行

発行者——鈴木　哲
発行所——株式会社　講談社
東京都文京区音羽2-12-21　〒112-8001
電話　出版部（03）5395-3510
販売部（03）5395-5817
業務部（03）5395-3615

Printed in Japan

講談社文庫
定価はカバーに
表示してあります

デザイン—菊地信義
本文データ制作—講談社デジタル製作部
印刷———豊国印刷株式会社
製本———株式会社大進堂

ISBN978-4-06-277325-6

講談社文庫刊行の辞

二十一世紀の到来を目睫に望みながら、われわれはいま、人類史上かつて例を見ない巨大な転換期をむかえようとしている。

世界も、日本も、激動の予兆に対する期待とおののきを内に蔵して、未知の時代に歩み入ろうとしている。このときにあたり、創業の人野間清治の「ナショナル・エデュケイター」への志を現代に甦らせようと意図して、われわれはここに古今の文芸作品はいうまでもなく、ひろく人文・社会・自然の諸科学から東西の名著を網羅する、新しい綜合文庫の発刊を決意した。

激動の転換期はまた断絶の時代である。われわれは戦後二十五年間の出版文化のありかたへの深い反省をこめて、この断絶の時代にあえて人間的な持続を求めようとする。いたずらに浮薄な商業主義のあだ花を追い求めることなく、長期にわたって良書に生命をあたえようとつとめるところにしか、今後の出版文化の真の繁栄はあり得ないと信じるからである。

同時にわれわれはこの綜合文庫の刊行を通じて、人文・社会・自然の諸科学が、結局人間の学にほかならないことを立証しようと願っている。かつて知識とは、「汝自身を知る」ことにつきていた。現代社会の瑣末な情報の氾濫のなかから、力強い知識の源泉を掘り起し、技術文明のただなかに、生きた人間の姿を復活させること。それこそわれわれの切なる希求である。

われわれは権威に盲従せず、俗流に媚びることなく、渾然一体となって日本の「草の根」をかたちづくる若く新しい世代の人々に、心をこめてこの新しい綜合文庫をおくり届けたい。それは知識の泉であるとともに感受性のふるさとであり、もっとも有機的に組織され、社会に開かれた万人のための大学をめざしている。大方の支援と協力を衷心より切望してやまない。

一九七一年七月

野間省一